Manfred Böckl

DER TOTE AM KALTEN BAUM

Sieben schaurig-schöne Erzählungen

rund um

Burgen in Ostbayern

Der Kalte Baum

Manfred Böckl

DER TOTE AM KALTEN BAUM

Sieben schaurig-schöne Erzählungen
rund um
Burgen in Ostbayern

Buch & Kunstverlag Oberpfalz

Bibliografische Information Der Deutschen Bibliothek
Die Deutsche Bibliothek verzeichnet diese Publikation in der Deutschen Nationalbibliografie; detaillierte bibliografische Daten sind im Internet über http://dnb.ddb.de abrufbar.

Mühlgasse 2, 92224 Amberg
www.buch-und-kunstverlag.de
Satz: BeSt-Systeme, Sulzbach-Rosenberg
Druck: Frischmann, Amberg

ISBN: 978-3-935719-94-0

Coverfoto (Burgruine Leuchtenberg): Ingrid Popp

Weitere Bilder: S. 2 (Der Kalte Baum), S. 63 (Klostervorhalle von Kastl) und S. 66 (Mumie von Kastl) Petra Hartl, S. 6 (Teufelsbutterfass bei Leuchtenberg) und S. 23 (Burgruine Leuchtenberg) Ernst Frischholz, S. 47 (Burgruine Weißenstein am Regen) © Tourist-Info Regen, S. 85 (Schloss und Bergfried Wildthurn) © Christoph Maria Lermer, S. 91 (Burg Wolfsegg) © Kuratorium Burg Wolfsegg, S. 163 (Plattenrock) © Bayerisches Armeemuseum in Ingolstadt, S. 176 (Weißenstein im Steinwald) Wolfgang Benkhardt. S. 189 (Ritterrüstung) © PRILL Mediendesign - Fotolia.com

Inhalt

Rund um Leuchtenberg gibt es zahlreiche ungewöhnliche Felsentürme, um die sich uralte Geschichten ranken. Beim Teufelsbutterfass im Lerautal soll der Teufel mit einem Leuchtenberger Landgrafen einen Händel getrieben haben.

Der Tote am Kalten Baum

Oberpfalz, Landkreis Neustadt an der Waldnaab
Antike, 14. und 17. Jahrhundert

Mächtig war der Keltenstamm der Boier; von seinen Nachbarn, den Norikern im Osten, den Vindelikern im Westen und den Rätern im Süden, geachtet; von seinen Feinden, den Römern, gefürchtet. Zusammen mit anderen Kelten waren Boierkrieger über die Alpen gezogen, um die Legionen ihrer römischen Widersacher zu bekämpfen – doch zumeist lebten die Boier friedlich in ihrer mitteleuropäischen Heimat, die vom Donaustrom durchflossen und vom Gabreta-Waldgebirge überragt wurde.

Vom Christentum wussten die Menschen zu jener Zeit nichts. Die Kelten ehrten die uralten indoeuropäischen Gottheiten des Abendlandes: die alles Leben spendende Göttin Dana, den die heilige Erde befruchtenden Sonnengott Lugh, den Tier- und Waldgott Cernunnos und andere. Zu bestimmten Jahreszeiten opferten die Boier ihren Gottheiten Feldfrüchte, Honig und Milch. Oft wurden diese Opfergaben in Steinschalen dargebracht, die man auf der Oberfläche von Sakralfelsen ausgehöhlt hatte – und solche Opferkessel gab es auch auf dem Leuchtenberg, der nach dem leuchtenden Gott Lugh benannt war und sich im Nordwesten des Gabreta-Gebirges erhob.

Jahrhundertelang brachten die Boier der Gegend dem Sonnengott dort ihre Opfergaben dar. Alljährlich am vierzigsten Tag nach der Sommersonnenwende, wenn die warme Jahreszeit in ihrer schönsten Blüte stand, feierten sie auf dem Leuchtenberg die Sakralhochzeit Lughs mit Dana, der Erdmuttergöttin. Doch dann, in der dunklen Epoche, als in Rom die despotischen Cäsaren herrschten, ging die keltische Kultur im Herzen Europas unter. Sie wurde von römischen Legionen aus dem Süden und einfallenden Germanenstämmen aus dem Norden zerstört; das Land um den Leuchtenberg wurde weitgehend entvölkert, und in den folgenden Jahrhunderten lag der Sakralberg verwildert und verlassen da.

Erst im Hochmittelalter wurde die Gegend allmählich wieder stärker besiedelt. Auf dem Nordgau, wie der Landstrich nun genannt wurde, entstanden Rodungsdörfer und einfache Befestigungsanlagen; um das Jahr 1300 sodann erbaute ein Landgraf namens Ulrich eine starke Steinburg auf dem Leuchtenberg und nannte sich fortan nach diesem Festungsplatz: Ulrich von Leuchtenberg. Noch immer befanden sich unweit der Burg die keltischen Sakralfelsen, aber der christliche Graf und seine Gefolgsleute wussten nichts mehr über ihre Bedeutung. Sie konnten lediglich über den Sinn der Steinschalen rätseln, und in seiner Unwissenheit vermutete der Landgraf einmal, dass die Heiden der Vorzeit in den Schalen womöglich ihre Speisen gekocht hätten, welche Meinung sich dann auch bei seinen Untertanen durchsetzte.

Anderweitig jedoch war der Graf sehr viel erfolgreicher als bei der Deutung der Schalensteine; er erweiterte seine Hausmacht um die Herrschaften Schwarzenburg, Reichenstein, Schönsee, Rötz, Waldmünchen und Pfreimd. Auch die Ehe mit seiner Gemahlin Elisabeth verlief glücklich. Sein Weib gebar ihm im Lauf der Jahre vier Töchter und zwei Söhne, und das erstgeborene Mädchen, das schon bald nach dem Bau der Leuchtenberger Festung zur Welt gekommen war, hieß Gerlind.

***

Der Junimorgen war sonnig und verlockte zu einem Ausritt über die in frischem Frühsommergrün prangenden Wiesen zu Füßen des Burgberges. Bester Laune führte die siebzehnjährige Gerlind ihren Schimmel aus dem Marstall in der Vorburg: einen Tölter, der einen besonders weichen und angenehmen Gang besaß. Neben der gemauerten Pferdeschwemme, an deren Rand Enten schnatterten, schwang sich die Grafentochter in den Sattel; dann trieb sie das Ross an und jagte durch das äußere Festungstor davon.

Beinahe zwei Stunden lang durchstreifte Gerlind das Bauernland um die Burg. Endlich, weil sie hungrig wurde, lenkte sie den Tölter zurück zu dem Fahrweg, der vom Marktflecken Weiden im Norden kommend nach Leuchtenberg und von dort weiter nach Süden führte. Der Schimmel durchwatete eine Bachfurt; eine Achtelmeile jenseits des Wasserlaufes schlängelte sich der Weg – und eben als Gerlind ihn erreichte, erspähte sie in der Ferne einen anderen Reiter.

Er kam aus nördlicher Richtung heran; etwas an ihm schien im gleißenden Sonnenlicht Funken zu sprühen, und nachdem die Grafentochter ihre Verblüffung darüber überwunden hatte, dachte sie: Es muss ein Edler sein. Einer, auf dessen Waffen sich der Sonnenglast widerspiegelt.

Gerlind zügelte ihren Schimmel am Wegrand; wenig später wurde klar, dass sie sich nicht getäuscht hatte. Denn als sich der Berittene näherte, erkannte die Siebzehnjährige ihn an seiner schmucken Kleidung und insbesondere an seiner Bewaffnung – Kurzschwert, schmuckloser Schild, einfacher, visierloser Helm und Speer – als einen Edelknecht: einen jungen Mann von ritterlicher Geburt, der in der Waffenkunst ausgebildet war und später einmal, wenn er sich im Dienst seines Herrn verdient gemacht hatte, zum Ritter geschlagen werden konnte. Seine eher bescheidenen Waffen wiesen auf diesen Stand hin; er gehörte der niedrigsten Stufe des Adels an – und nun brachte er seinen kräftigen Rappen ein paar Schritte vor Gerlinds Tölter zum Stehen.

Im nächsten Moment errötete die Grafentochter; ihr Herz begann heftig zu pochen, und das war kein Wunder, denn der etwa zwanzig Jahre alte Fremde sah ausgesprochen gut aus. Sein markantes Gesicht mit der beinahe südländischen Hautfarbe wirkte energisch und sensibel zugleich; unter dem Helm quoll sein reiches, braunschwarzes Lockenhaar hervor, das ihm bis auf die Schultern fiel, und seine strahlend blauen Augen standen in erregendem Kontrast zu seinem dunklen Teint.

Gerlind konnte den Blick nicht von dem jungen Mann wenden, aber auch er betrachtete die Siebzehnjährige sehr intensiv: sah ihre rotblonde, bis auf die Hüften reichende Haarpracht, ihre grünblauen Augen, in denen Sonnenfünkchen zu glitzern schienen, und ihr weiches, anziehendes Antlitz, welches ihn an ein meisterlich gemaltes Madonnengesicht erinnerte, das er einmal in einer Kirche bewundert hatte.

Endlich wurde die Grafentochter ihrer Verwirrung einigermaßen Herr; mit belegter Stimme fragte sie den Fremden: „Wer seid Ihr … und was führt Euch nach Leuchtenberg?“

Der Dunkelhaarige trieb sein schwarzes Ross ein wenig näher an den Schimmel heran. „Ich heiße Gernot und bin der dritte Sohn eines Ritters, der in seinem festen Haus zwei Tagesreisen von hier an der böhmischen Grenze sitzt. Gleißenfels nennt man das Gut meines Vaters. Dort wurde ich im Waffenhandwerk ausgebildet, und jetzt will ich beim Leuchtenberger Landgrafen vorsprechen.“

„Ihr möchtet in seinen Dienst treten?“, erkundigte sich die Siebzehnjährige und errötete dabei erneut.

„So hat es mein Vater mit dem Grafen Ulrich im vergangenen Winter vereinbart, als sich beide auf einem Hoftag in Amberg trafen“, erwiderte Gernot. Er schenkte der jungen Frau ein Lächeln und fuhr fort: „Ihr lebt auf der hiesigen Burg, oder?“

Die Siebzehnjährige nickte, und als sich der Edelknecht nun nach ihrem Namen erkundigte, entgegnete sie mit schelmischem Funkeln in den Augen: „Ich heiße halb so wie Ihr …“

Verdutzt starrte der Dunkelhaarige sie an; die Grafentochter weidete sich einen Moment an seiner Verwirrung, ehe sie ihm einen Hinweis gab: „Mein Taufname lautet in der ersten Hälfte ebenso wie Eurer …“

„Ger …“, murmelte der Edelknecht; im nächsten Moment begriff er. „Gerlind! Das ist es, nicht wahr?“

„Gut geraten“, lobte ihn die Siebzehnjährige. „Ihr seid ein heller Kopf. Und weil mir das gefällt, erlaube ich Euch, an meiner Seite nach Leuchtenberg weiterzureiten.“

„Mit dem größten Vergnügen“, freute sich der Dunkelhaarige. „Doch zuvor, schönes Edelfräulein, sagt mir bitte noch, ob Ihr vielleicht gar mit dem Burgherrn verwandt seid?“

„Was das angeht, dürft Ihr gerne noch eine Weile rätseln“, neckte ihn Gerlind – sodann zog sie ihren Schimmel herum und setzte ihn in Trab, und der Edelknecht beeilte sich, seinen Rappen an ihre Seite zu treiben.

Auf Anhieb hatten die Grafentochter und der nachgeborene Sohn des Nordgauritters Gefallen aneinander gefunden. Im Verlauf der folgenden Wochen kamen sie sich immer näher, und schließlich, in der Julimitte, wurden sie ein Paar.

Nach einer Waffenübung im Festungshof, bei der er in voller Rüstung einen harten Schwertkampf mit dem kriegserfahrenen Hauptmann der Burgwache ausgetragen hatte, sehnte sich Gernot nach einem kühlen Bad. Er legte sein Kettenhemd und das dicke Steppgewand, das er unter der Rüstung getragen hatte, ab, schwang sich mit nacktem Oberkörper auf sein Ross und ritt zu einem Teich in der Nähe von Leuchtenberg.

Dort entledigte sich der Edelknecht auch seines Beinkleides, sprang ins Wasser und genoss das erfrischende Schwimmen. Dann, als er ans Ufer zurückkehrte, erblickte er Gerlind, die auf ihrem Schimmel herankam. Jetzt gewahrte die Grafentochter den Dunkelhaarigen; lachend winkte sie ihm zu und lenkte ihr Pferd im Galopp zum Weiher. Am Teichufer glitt sie aus dem Sattel; Gernot wiederum wollte aus dem Wasser steigen – begriff aber mit dem nächsten Lidschlag, dass er nackt war, und rief Gerlind zu: „Du solltest dich besser umdrehen, damit ich mich wieder bekleiden kann.“

Die Grafentochter errötete; unmittelbar darauf stach sie der Hafer, und sie erwiderte: „Schämst du dich etwa vor mir? Oder hast du gar Angst, ich könnte dir etwas abgucken …“

Mit lockender Bewegung berührte Gerlind ihr prachtvolles, rotblondes Haar; machte zwei, drei Schritte in Richtung des Edelknechts – da konnte sich Gernot nicht mehr beherrschen. Durch das aufspritzende Teichwasser rannte er zu der Grafentochter, zog sie in seine Arme, küsste sie leidenschaftlich und stieß hervor: „Ich liebe dich! Liebe dich bis zum Wahnsinn!“

„Und ich dich!“, stöhnte Gerlind; gleich darauf, während sie sich erneut küssten, waren die Hände des Dunkelhaarigen an ihren Brüsten, an ihrem Schoß. Wiederum wenig später befreite Gernot ihren bebenden Körper vom Mieder, vom Reitrock, vom dünnen Untergewand; im nächsten Moment kniete er vor ihr und vergrub seinen Mund zwischen ihren zitternden Schenkeln – und kurz darauf nahm er sie; entjungferte sie im hohen Gras am Weiherufer, das im leichten Sommerwind leise wisperte.

Irgendwann schließlich flüsterte Gerlind, innig an den Edelknecht geschmiegt: „Du hast mich zur Frau gemacht ...“ Unendlich zärtlich streichelte sie seine Lippen, sein Kinn, seinen Hals; dann fügte sie hinzu: „Anfangs hat es geschmerzt, aber danach war es unsagbar schön ... Und ich wünsche mir schon jetzt, dich wieder und wieder lieben zu dürfen ...“

„So geht es mir auch“, raunte Gernot an ihrem Ohr. „Nie mehr möchte ich von dir lassen ... Möchte mein ganzes Leben mit dir teilen ...“

Plötzlich, die Grafentochter spürte es fast erschrocken, schien etwas in ihm zu erstarren. „Was hast du?“, fragte Gerlind ernüchtert. „Auf einmal bist du ... nicht mehr so wie eben noch bei mir ...“

Der Edelknecht umklammerte ihre Hand. „Dein Stand ... und meiner. Du bist die älteste Tochter des Landgrafen, womöglich dereinst seine Erbin. Und ich bin nichts weiter als der arme, drittgeborene Sohn eines unbedeutenden Grenzritters. Wenn dein Vater von unserer Liebe erfährt ... wenn er herausfindet, was zwischen uns geschehen ist, wird er vor Wut toben! Wird am Ende vergessen, dass du sein Kind bist!“

Gerlind wurde totenblass. „Vor allem du wärst aufs Schlimmste gefährdet! Mein Gott, ich darf gar nicht daran denken!“ Sie begann zu schluchzen, vergrub ihren Kopf an seiner Brust, flüsterte dann kaum hörbar: „Aber ... wenn wir nie wieder ...“

Gernot nahm ihr Gesicht in seine Hände. „Die Vorstellung, dich meiden zu müssen, quält mich ärger als der Gedanke an Kerker oder Galgen. Doch wenn du es so willst, wenn du meinst, die Gefahr sei zu groß, will ich ...“

„Nein!“, rief die Grafentochter aus. „Wir lieben uns! Der unbeschreiblich schöne Rausch, den wir vorhin erlebten, beweist es. Und wir haben uns doch schon immer von ganzem Herzen nacheinander gesehnt, haben nach der Umarmung des anderen gehungert. Seit wir uns das erste Mal sahen, war es so.“

„Ja“, bestätigte Gernot. „Und nun wissen wir, dass wir zusammengehören. Dass wir füreinander geschaffen sind. Ein wertvolleres Geschenk als dieses kann uns Menschen nicht zuteil werden. Und dennoch … reißt da jetzt diese fürchterliche Kluft zwischen uns auf …“

Jähes Aufbegehren blitzte aus Gerlinds grünblauen Augen. „Das dürfen wir nicht zulassen! Wir wollen zueinander stehen! Auf Biegen und Brechen!“ Sie küsste ihn, löste sich wieder von ihm. „Und was meine Eltern anlangt, meinen Vater … so braucht ja schließlich keiner von unserer Liebe zu erfahren.“

„Wir können sie vor der Welt geheimhalten“, murmelte der Edelknecht. „Das ging mir auch gerade durch den Sinn.“

„Dann sind wir uns einig!“ Die Siebzehnjährige strahlte Gernot an. „Wir werden unser wunderschönes Geheimnis wie einen Schatz hüten. Und wann immer wir Gelegenheit dazu finden, werden wir uns an verborgenen Plätzen treffen.“

„So wollen wir es halten“, stimmte der Edelknecht zu; gleich darauf verlor sich das Paar von neuem im Liebesrausch – und erst in der Abenddämmerung kehrten Gerlind und der Dunkelhaarige auf getrennten Wegen zur Landgrafenfestung zurück.

***

Während der Sommer verstrich und der Herbst das Laub in den Wäldern zum Leuchten brachte, genoss das junge Paar seine verbotene Liebe. Wieder und wieder trafen sich die Grafentochter und der Edelknecht in der freien Natur. Sie nutzten verschwiegene Forstlichtungen oder einsam stehende Schäferhütten und Heuschober, um sich ihrer Leidenschaft hinzugeben; manchmal gelang es ihnen auch, sich in der Burg in eine abgelegene Kammer zu stehlen und sich dort zu lieben.

Im November dann, als die ersten Nachtfröste einfielen und der Nordwind gelegentlich schon nach Schnee roch, musste Landgraf Ulrich nach Regensburg reiten, wo ein Hoftag des bayerischen Adels stattfinden sollte, zu dem auch der Landesherr erwartet wurde. Zu seiner Bedeckung bestimmte der Graf neben einigen anderen Rittern und Edelknechten auch Gernot, wodurch das heimliche Liebespaar für mehrere Wochen getrennt wurde. Gerlind verzehrte sich in dieser Zeit vor Sehnsucht nach dem Dunkelhaarigen; oft schaute sie stundenlang vom Fenstererker der Frauenkemenate aus nach Süden – und als sie, schon in der Dezembermitte, eines Spätnachmittags in der Ferne endlich einen Reitertrupp ausmachte, der sich Leuchtenberg näherte, war ihre Freude so groß, dass es sie fast schmerzte.

In der Abenddämmerung langten der Landgraf und seine Begleiter auf der Festung an. Zusammen mit ihrer Mutter und den Geschwistern stand Gerlind vor dem Palasportal; als Graf Ulrich vom Pferd stieg, begrüßten ihn seine Angehörigen – dann, in einem unbeobachteten Moment, wandte sich die Erstgeborene des Hochadelspaares dem dunkelhaarigen Edelknecht zu. In seinen Augen erkannte sie die gleiche Sehnsucht, die sie selbst so lange gepeinigt hatte; sie wollte sich in seine Arme stürzen, wollte seine Lippen schmecken und seine Liebkosungen spüren und wusste, dass es auch ihn mit aller Macht danach drängte. Aber sie musste sich, ebenso wie er, beherrschen; Gerlind und Gernot konnten sich lediglich mit ihren Blicken berühren – doch später, beim Festbankett, auf dem die glückliche Heimkehr des Landgrafen gefeiert wurde, fanden sie Gelegenheit, ein paar verstohlene Sätze zu wechseln.

„Morgen, nachdem das Burgtor für den Tag geöffnet wurde, in der Hütte bei der alten Linde“, flüsterte sie ihm zu.

„Die Nacht wird mir wie eine Ewigkeit vorkommen“, antwortete Gernot; während er es sagte, schafften sie es, ihre Finger für einen Moment heimlich miteinander zu verflechten.

„Ich liebe dich“, raunte die Grafentochter; gleich darauf, weil sich ihnen einige Ritter näherten, zog sich der Dunkelhaarige wieder zu den anderen Edelknechten zurück, und die Siebzehnjährige begann, um die Aufmerksamkeit der herankommenden Lehensträger von Gernot abzulenken, ein scherzhaftes Gespräch mit den ritterlichen Burgherren.

Erst nach Mitternacht fand das Bankett sein Ende. Die Tafeln wurden aufgehoben; die Festgäste begaben sich, teilweise schwer angetrunken, zu Bett. Auch Landgraf Ulrich hatte dem Wein sehr ausgiebig zugesprochen. Er fiel wie ein Stein auf sein Lager; als er am nächsten Tag geraume Zeit nach Sonnenaufgang erwachte, fühlte er sich übel verkatert.

Dank eines kräftigen Frühstücks, das aus Brot, Salzfleisch und einem großen Humpen Bier bestand, besserte sich sein Zustand einigermaßen. Sein Kopf schmerzte jedoch noch immer, und deshalb entschloss sich der Graf zu einem Ausritt in der frischen Dezemberluft. Nachdem er sich ein ruhiges Ross hatte satteln lassen, trabte er aufs Blachfeld vor der Festung hinaus. Dort ließ er das Pferd in Schritt fallen, schaute sich unschlüssig um und murmelte dann im Selbstgespräch: „Auf der Anhöhe dort drüben wird der Wind munter blasen. Und das wird mir den Kopf gründlich auslüften."

Er setzte das Ross wieder in Trab und lenkte es in Richtung des Hügelzuges, der sich nahe des Heerweges von Vohenstrauß nach Wernberg erstreckte. Als er den Fuß der Anhöhe erreichte, blickte er zum Flüsschen Pfreimd hinüber, das südlich des langgestreckten Hügels zwischen Felsklüften schäumte. Dann trieb er sein Pferd die Flanke der Anhöhe hinauf; als er oben auf der Kuppe war, erspähte er zur Linken einen mächtigen, allein stehenden Baum und dachte: Dort werde ich rasten. Werde den reinen Westwind atmen, der gottlob noch keinen Schnee bringt. Und werde dabei die Aussicht über mein Herrschaftsgebiet genießen.

Er zog das Ross herum, trabte auf den alten Baum zu – und sah beim Näherkommen, dass unweit der knorrigen Linde eine Schäferhütte stand. Sie war aus Balken erbaut; aus dem Schindeldach wuchs ein Steinkamin heraus, und nun gewahrte der Landgraf über dem Schlot eine dünne Rauchfahne.

Verwundert zügelte er das Pferd; murmelte: „Seltsam … Weit und breit keine Herde. Dennoch scheint jemand in der Hütte zu sein. Vielleicht, hol's der Teufel, Wegelagerer!"

Er tastete nach dem Schwert, das wie bei jedem seiner Ausritte am Sattelhorn hing; lockerte die Klinge in der Lederscheide. Dann ritt er langsam weiter, lenkte das Ross zu dem riesigen Lindenbaum, saß im Sichtschutz des gewaltigen Stammes ab, band die Zügel des Pferdes an einen Baumschößling, zog das Langschwert aus der Scheide und schlich mit blanker Waffe zu der Schäferhütte.

Das schlichte Holzgebäude war fensterlos; es gab lediglich eine kleine Sichtluke in den Balken neben der Brettertür. Eben als der Graf durch diese Luke spähen wollte, hörte er aus einem Verschlag hinter der Hütte ein Geräusch: das verhaltene Schnauben eines Rosses. Er huschte weiter, schaute in die einfache Stallung – und erkannte den Schimmel seiner ältesten Tochter. Neben dem weißen Pferd stand ein zweites Tier: ein kräftiger Rappe. Einen Augenblick lang starrte der Landgraf wie gelähmt auf die Rösser; dann stieß er einen gellenden Wutschrei aus, stürmte zur Hüttentür zurück, riss sie auf und erblickte Gerlind und den Edelknecht.

Beide lagen nackt auf einer Felldecke vor der Feuerstelle der Schäferhütte; die Kaminglut beleuchtete das Liebespaar, das jetzt erschrocken auseinanderfuhr. Im nächsten Moment war Graf Ulrich heran, setzte Gernot die Schwertspitze an die Kehle und schrie außer sich vor Zorn: „Du undankbarer, verräterischer Drecksack! Ich habe dich in meinen Dienst genommen, weil ich dir vertraute! Und du hast es mir vergolten, indem du meine Tochter zur Todsünde verführt hast!“

„Nein! Wir lieben uns!“, rief Gerlind. „Unsere Liebe ist keine Sünde! Sie ist ...“

„Kusch!“, herrschte der Landgraf sie an. „Mit dir rechne ich später ab, du Hure! Erst kommt dein gottverfluchter Stecher dran! Ich schlachte ihn ab! Gleich hier an Ort und Stelle! Da, wo er dich in den Schmutz ...“

Die Siebzehnjährige stürzte sich auf ihren Vater, umklammerte dessen Waffe. Der Edelknecht wich vor dem Grafen zurück; versuchte, an seine eigene Klinge zu kommen, die auf einer Bank neben dem Kamin lag. Doch ehe Gernot sein Kurzschwert packen konnte, stieß der Graf mit seinem Langschwert zu. Die Schwertklinge drang unter dem Schlüsselbein in den Brustkorb des Dunkelhaarigen ein; mit einem röchelnden Schrei brach Gernot zusammen und blieb schwerverletzt auf der Felldecke liegen, die sich rasch rot färbte.

„Vater, was hast du getan?!“, schrie Gerlind entsetzt. Ungeachtet ihrer blutenden Hände wollte sie sich über den Geliebten werfen, wollte ihm helfen. Aber Graf Ulrich riss sie von dem Schwerverwundeten weg, schleuderte sie in eine Ecke des Raumes und brüllte: „Ich werde ihm noch viel mehr antun, dem verdammten Drecksteufel!“

Mit hervorquellenden Augen schaute sich der Landgraf um, erblickte einen zusammengerollten Strick, der an der Wand hing, hetzte hin und griff nach der Seilrolle.

Gerlind ahnte, was ihr Vater vorhatte; sie raffte sich vom Boden auf, sprang den Grafen an und wollte ihn daran hindern, wieder zu Gernot zurückzukehren. Doch der Rasende schlug seine Tochter mit einem brutalen Fausthieb nieder. Dann schnitt er ein kurzes Stück von dem Strick ab, fesselte die halb besinnungslose Gerlind und schleppte sie nach draußen: zu der knorrigen Linde mit ihren weitausladenden Ästen. Dort band er seine Tochter an einem Pflock fest, der nahe des Baumes aus der Erde ragte. Danach zerrte er auch den schwerverletzten Edelknecht ins Freie, brachte ihn ebenfalls zu dem mächtigen Baum, verknotete das Ende des langen Seilstücks zu einer Schlinge und legte sie Gernot um den Hals.

Ohnmächtig musste Gerlind, die ihre Betäubung inzwischen überwunden hatte, mit ansehen, wie ihr Vater das freie Seilende über den niedrigsten Ast der Linde warf. Die Siebzehnjährige riss sich die Handgelenke an ihren Fesseln blutig, kam aber trotz ihrer verzweifelten Anstrengungen nicht frei – und erlebte gleich darauf das äußerste Grauen: Sie sah, wie der Landgraf ihren Geliebten henkte.

Als Gernot tot war und sein nackter, blutbesudelter Körper schlaff am Strick hing, spuckte Graf Ulrich verächtlich aus und zerknirschte einen gotterlästerlichen Fluch zwischen den Zähnen. Dann ging er zu seiner Tochter, starrte sie hasserfüllt an und stieß hervor: „Jetzt zu dir!“

***

„Nein, Ulrich! Diese Schuld darfst du nicht auf dich laden! Sie ist dein Kind, trotz allem!“ Außer sich vor Angst flehte die Landgräfin ihren Gatten an – doch es war sinnlos.

„Die Hure hat unseren hochadligen Stand beschmutzt, als sie sich mit dem niedriggeborenen Sauteufel einließ!“, schäumte der Graf. „Unsägliche Schande hat sie über unser Haus gebracht! Trägt am Ende gar einen Bankert von dem Dreckskerl im Bauch! Und deshalb gibt es nur eins: Die Zuchtel wird den gleichen Weg gehen wie ihr verfluchter Stecher!“

„Reicht es dir denn nicht, dass du sie in den Kerker geworfen hast?!“, rief die Gräfin.

„In dem Kerkerloch bekommt sie nur einen ersten Vorgeschmack auf das, was ihr noch blüht!“ Wie irrsinnig vor Wut starrte der Landgraf auf ein Bildnis Gerlinds, das an der Wand des Gemachs hing; mit dem nächsten heftigen Atemzug hastete er zu dem Gemälde, riss es herunter, zerbrach es über dem Knie und schleuderte die Stücke weg. Dann fiel sein Blick auf einen Weinkrug, der auf einer Anrichte stand. Unmittelbar darauf hatte er den Krug an den Mund gehoben, trank unmäßig und brüllte: „Gleich jetzt, auf der Stelle, wird die Metze, die angesichts ihrer Verworfenheit womöglich gar nicht von meinem Samen stammt, die Strafe erleiden, die ich ihr zugedacht habe! Und du, die du das Luder geboren hast, wirst es hinnehmen müssen! Das schwöre ich dir bei allen Heiligen!“

Die Gräfin begann zu weinen; ihr Gemahl fuhr sie an: „Wenn du es nicht ertragen kannst, so verkriech dich in deiner Kemenate! Dort kannst du flennen, so viel du magst!“

„Du willst mich aus den Augen haben, damit du deine Schandtat umso leichter vollbringen kannst“, schluchzte die verstörte Mutter. „Aber ich gehe nicht! Ich erlaube nicht, dass du …“

Hart schlug Graf Ulrich zu; während seine Gattin gegen einen Scherenstuhl flog und niederstürzte, schrie der Landgraf in Richtung der Tür: „Wachen herein! Sofort!“

Als die Bewaffneten hereinrannten, wurden sie Zeugen, wie Graf Ulrich neuerlich einen Sturztrunk tat; sodann befahl er den beiden Männern: „Bringt die Gräfin in ihr Kemenatengemach! Und sorgt dafür, dass auch meine fünf jüngeren Söhne und Töchter zu ihr gebracht werden! Wenn alle beisammen sind, bezieht ihr Posten vor der Kemenate und lasst niemanden mehr heraus! Und falls ihr meine Order missachtet, gehört ihr dem Henker!"

Die Bewaffneten schleppten die verzweifelt weinende und bettelnde Landgräfin weg. Graf Ulrich hob die Weinkanne ein drittes Mal an den Mund; danach brüllte er nach dem Kastellan, und als der graubärtige Dienstmann in den Raum trat und den mörderischen Hass in den blutunterlaufenen Augen seines Herrn gewahrte, wurde er totenbleich.

***

Zusammengekrümmt, nur mit einem schmutziggrauen Büßergewand bekleidet, kauerte Gerlind in ihrem Verliesgewölbe tief im Kellertrakt der Burg. Sie spürte weder die Kälte, die aus dem groben Mauerwerk drang, noch das Pochen und Ziehen in den Platzwunden, die ihr der Vater zugefügt hatte. Ihr Empfinden beschränkte sich auf den grausamen Schmerz über den Verlust, den sie erlitten hatte: den Verlust ihres so viehisch ermordeten Geliebten, dessen lebloser, blutbefleckter Körper nun über der kahlen, winterlichen Erde am Baum hing.

Mit brennenden Augen, die keine Tränen mehr hatten, starrte die Siebzehnjährige in die Finsternis des Kerkers; ab und zu glaubte sie, das Rascheln von Ratten in dem fauligen Stroh zu hören, das den Boden bedeckte – plötzlich vernahm sie draußen Geräusche. Gleich darauf kreischte der rostige Riegel der Verliespforte; die niedrige Tür wurde aufgestoßen, Fackelschein drang in den Kerker, und im flackernden Licht erkannte Gerlind das brutale, von Pockennarben verunstaltete Gesicht des landgräflichen Scharfrichters.

Der Henker kam zu der Gefangenen, sein Gehilfe folgte ihm; im nächsten Moment packten die beiden Männer die junge Frau und zerrten sie durch die Pforte in den Kellergang. Zunächst wehrte sich Gerlind kaum; dann aber besann sie sich auf ihren Stand und schrie: „Lasst mich! Ihr habt kein Recht, mich anzufassen! Ich bin die Tochter des …"

Der Scharfrichter versetzte ihr einen Hieb über den Mund. „Ein Dreck bist du! Eine Verstoßene! Und jetzt kusch! Sonst kriegst du eine Tracht Prügel, ehe wir dich nach oben bringen!"

Gerlind schmeckte Blut auf ihren Lippen; sie zitterte am ganzen Leib und wagte keinen Widerstand mehr. Sie ließ sich weiterzerren: den Gang entlang, danach eine Steintreppe hinauf, die in einen Lagerraum ein Stockwerk höher führte. Von dort aus schleppten die Männer die Siebzehnjährige in den inneren Festungshof hinaus und dann weiter zum Tor, das sich in den Wirtschaftshof der Burg öffnete. Einige verschreckte Mägde und Knechte, auch ein paar Ritter und deren Gefolgsleute beobachteten, wie Gerlind in den Vorhof der Festung gebracht wurde. Dort, über einem Abschnitt der äußeren Wehrmauer, erhob sich ein runder, vierstöckiger Turm, der mit einer flachen Kegelhaube überdacht war. Der Henker und sein Gehilfe trieben die Siebzehnjährige in den Mauerturm, zerrten sie die Balkentreppen hoch bis ins oberste Geschoß und stießen sie in eine halbdunkle Kammer mit drei schmalen Schießscharten in der dicken Steinmauer.

Mit einem unterdrückten Aufschrei stürzte Gerlind nieder, blieb auf den Knien liegen – mit dem nächsten Lidschlag gewahrte sie ihren Vater.

Der Landgraf stand im Schatten abseits der Mauerscharten; nun trat er vor seine Tochter hin, riss sie hoch und zischte ihr mit nach Alkohol stinkendem Atem ins Gesicht: „Hier drinnen wirst du deine Strafe erleiden, du gottverfluchte Metze!"

Die Siebzehnjährige starrte den entmenschten Vater an; sie keuchte vor Furcht, brachte schließlich heraus: „Du hast schon Gernot … auf dem Gewissen … Und jetzt quälst du …"

„Jawohl!", schnitt ihr der Graf das Wort ab. „Jawohl, du sollst zur Vergeltung für deine Hurerei gequält werden! Und sollst dich darüber hinaus selbst quälen! Hier in der Turmkammer! So lange, bis dich der Tod holt! So lange, bis du zur Hölle fährst, du verhurter Abschaum!"

Mit dem letzten Schimpfwort stieß der Landgraf seine Tochter von sich, richtete den Blick auf die Schergen, die Gerlind aus dem Verlies geholt hatten, und befahl ihnen: „Führt die Anordnung aus, die ihr vom Kastellan erhalten habt!"

Der Scharfrichter und sein Helfer packten Gerlind und schleppten sie zu einer der Schießscharten. Dort war, während die Grafentochter noch im Kerker geschmachtet hatte, eine Kette mit Handschellen an der Mauer befestigt worden; nun legten die Schergen die Eisenschellen um Gerlinds Gelenke und verschlossen sie.

Mit ausgebreiteten Armen, das Gesicht der Scharte zugewandt, kniete die Siebzehnjährige jetzt an der Kammerwand. Ihr Vater versetzte ihr einen Fußtritt; dann wies er den Henker und dessen Gehilfen an: „Macht weiter!"

Die Schergen holten eine Mörtelbütte sowie Ziegelsteine von draußen herein und vermauerten die Schießscharten links und rechts von Gerlind. Mit jedem Stein, den sie einsetzten, wurde es dunkler in der Kammer; am Ende fiel bloß noch ein dünner Lichtstreifen durch die mittlere Scharte in die Kammer.

Nachdem er seine leise wimmernde Tochter ein letztes Mal mit einem Ausdruck abgrundtiefen Hasses in den blutunterlaufenen Augen gemustert hatte, verließ der Landgraf den Raum. Der Henker und sein Gehilfe folgten ihm; sie nahmen die Bütte mit und verriegelten die Kammertür von draußen. Danach mauerten sie mit Ziegeln, die auf dem Vorplatz lagen, auch die Türfassung zu. Graf Ulrich wartete ab, bis alle Steine eingefügt waren; dann knurrte er: „Jetzt kann die gottverfluchte Hure, die mein Kind nicht länger ist, in ihrem Turmverlies verhungern! Und während sie langsam verreckt, kann sie durch die Schießscharte zu dem Hügelzug hinüberschauen, wo der verfaulende Kadaver ihres hundsföttischen Stechers am Baum hängt."

***

Einsam verschmachtete Gerlind in ihrem vermauerten Turmkerker. Der vom Hass zerfressene Landgraf wollte es so; seine Gattin, seine übrigen Kinder und die anderen Menschen auf der Festung Leuchtenberg konnten aufgrund der Hartherzigkeit des Hochadligen nichts mehr für die Siebzehnjährige tun. Zur Zeit der Wintersonnenwende starb Gerlind in ihren Ketten; bevor ihre Augen brachen, vermeinte sie, weit in der Ferne noch einmal das Antlitz ihres Geliebten Gernot zu sehen.

Nach ihrem Tod blieb ihr Leichnam im Turmverlies. Auf den strikten Befehl des Grafen Ulrich hin durfte niemand mehr ins Obergeschoß des Mauerturmes hinaufsteigen; einzig die Gräfin wagte es manchmal, den Turm heimlich zu betreten, und wenn dies geschah, kauerte sie weinend vor der zugemauerten Tür.

In den folgenden Jahren dann kamen immer mehr Burgbewohner zu der Überzeugung, dass es auf der Festung spuke. Die einen glaubten, in besonders finsteren Nächten einen geisterhaft bleichen Schein in der Höhe des Rundturmes zu erkennen; andere wollten zur Mitternachtsstunde grausige Schreie oder auch wildes Kettenklirren vom Mauerturm her gehört haben.

Etliche Mägde und Knechte flohen daraufhin aus der Burg; im zweiten Jahr nach Gerlinds Tod suchte außerdem ein betagter Einschildritter, der sein ganzes Leben im Dienst des Landgrafen verbracht hatte, das Weite. Aber auch Graf Ulrich selbst begann bald unter der zunehmend gespenstischen und immer bedrückender werdenden Atmosphäre in der Festung zu leiden. Oft quälten ihn entsetzliche Alpträume; zudem beging seine Gattin kurz nach dem Verschwinden des Einschildners Selbstmord, und darüber hinaus mieden ihn die meisten der Edelleute, die auf den Burgen im Umkreis von Leuchtenberg saßen.

Anno 1322 schließlich entschloss sich der Landgraf, die von ihm erbaute Festung in die Obhut eines Ministerialen zu geben. Er verließ Leuchtenberg und verlegte seine Residenz nach Pfreimd, wo er zwölf Jahre später und von allen seinen Kindern verlassen starb.

Nach dem Tod des Grafen Ulrich ließen dessen Erben die

Die Burgruine Leuchtenberg wird wegen ihrer exponierten Lage und ihrer Größe manchmal auch Akropolis der Oberpfalz genannt. Im Sommer veranstaltet das Landestheater Oberpfalz dort die Leuchtenberger Burgfestspiele.

vermauerte Turmkammer öffnen und die Gebeine ihrer Schwester Gerlind bergen. Die sterblichen Überreste der Grafentochter wurden in der Leuchtenberger Burgkapelle bestattet – und lange zuvor hatte auch Gernot seine Totenruhe in der Erde gefunden. Zunächst hatte ein mitleidiger Schäfer die von der alten Linde abgefallenen Knochen des Gehenkten am Stamm des Baumes beerdigt; später dann, nachdem der Landgraf seinen Wohnsitz in Leuchtenberg aufgegeben hatte, war der Vater des ermordeten Edelknechts, der Grenzritter aus dem Norden, zu der verlassenen Anhöhe geritten, um die Gebeine seines Sohnes auf sein Kleinadelsgut heimzubringen.

Während des darauffolgenden Jahrhunderts wurde der Lindenbaum auf dem Höhenzug unweit der Leuchtenberger Festung noch mächtiger als zu der Zeit, da die Liebe zwischen der Grafentochter und dem Dunkelhaarigen ein solch tragisches Ende genommen hatte. Die Menschen aber, die Hüteleute oder Bauern, die zuweilen zu dem Riesenbaum auf der Hügelkuppe kamen, erlebten dort öfter Unheimliches. Der Wind nämlich, der fast immer über die Anhöhe strich, konnte um die Linde herum jäh zu wirbeln beginnen und dabei schlagartig erkalten – und deshalb sprachen die Leute schon bald vom Kalten Baum.

Drei Generationen nach Gerlinds und Gernots Ermordung krachte die uralte Linde in einem fürchterlichen Sturm nieder. Doch sie hatte längst einen kräftigen Schößling ausgetrieben, der nun seinerseits heranwuchs und zum Baum wurde. Der Name, den die Menschen der Mutterlinde gegeben hatten, blieb ihm, und als abermals zwei Jahrhunderte vergangen waren und der Kalte Baum wiederum mächtig und knorrig geworden war, kam eine geheimnisvolle Frau mittleren Alters in die Gegend: eine Weise, die sich Sibylle Michalda nannte.

***

Sie stammte aus einem gräflichen Geschlecht, das einst reiche Besitzungen in Böhmen, im Fichtelgebirge und auch auf dem Nordgau gehabt hatte. Dann aber, als im beginnenden

Reformationszeitalter die ersten schweren Glaubenskämpfe zwischen Katholiken und Protestanten ausgebrochen waren, hatte Sibylles Vater, ein Anhänger Luthers, fast alle seine Ländereien verloren, und die Familie war verarmt.

Da außerdem der Verlobte der Grafentochter in einer der Schlachten jener Zeit gefallen war, hatte Sibylle in ihrem Seelenschmerz die Heimat verlassen, hatte sich einer Romasippe angeschlossen und war mit diesen Menschen, die nicht zum Christengott, sondern zu den uralten indoeuropäischen Gottheiten beteten, durch halb Europa und den Orient gezogen. Die entwurzelte Grafentochter hatte Italien, Frankreich, Spanien, Ägypten und Palästina gesehen; sie hatte sich in diesen Ländern dank der Unterstützung durch die Roma viel geheimnisvolles Wissen aneignen können und war zuletzt als begnadete Seherin ins böhmisch-bayerische Grenzland zurückgekehrt.

In diesem Frühherbst nun, etwa ein Jahrzehnt vor Ausbruch des furchtbaren Krieges, der später der Dreißigjährige genannt werden sollte, hatte Sibyllc die Leuchtenberger Grafschaft durchstreift und hielt sich jetzt, als die diesige Nachmittagssonne schon schräg stand, bei den keltischen Schalensteinen in der Nähe der einstigen Residenz des Landgrafen Ulrich auf.

Die Seherin wusste um die Bedeutung der in den Fels eingegrabenen Opferkessel. Sie betete vor einem der Sakralsteine, dessen Ausstrahlung ihren Geist besonders intensiv ansprach; danach suchte sie am Waldrand, der nur ein paar Dutzend Schritte entfernt war, nach Beeren, um sie den Andersweltlichen darzubringen.

Nachdem Sibylle eine Handvoll Heidelbeeren gesammelt hatte, legte sie die Früchte in der Opferschale auf dem Sakralfelsen nieder und dankte dem Sonnengott Lugh und der Göttin Dana für die reichen Gaben an Feld- und Waldfrüchten, die sie den Menschen auch in diesem Jahr wieder gespendet hatten. Als sie ihr Dankgebet gesprochen hatte, verzehrte die weise Frau andächtig drei Beeren, die sie für sich zurückbehalten hatte, um sich auf diese Weise auch körperlich mit den Gottheiten zu verbinden – und kaum hatte sie die dunkelblauen Früchte hinuntergeschluckt, war es ihr, als würde sie aus der Ferne einen lautlos hallenden Ruf vernehmen.

Sibylle schaute in die Richtung, von wo der andersweltliche Laut an ihr Ohr gedrungen war, und erspähte jenseits der Burg Leuchtenberg einen langgestreckten Hügelrücken, auf dessen Kuppe ein mächtiger, einzeln stehender Baum gen Himmel ragte. „Dorthin weist ihr mir den Weg, und ich will ihn gehen", flüsterte die Seherin; gleich darauf, nachdem sie noch einmal sanft den Schalenstein berührt hatte, verließ sie den Opferplatz.

Eine Weile vor Einbruch der Abenddämmerung erklomm Sibylle die Anhöhe; oben fuhr ihr scharfer Wind ins lange, schwarze Haar, und die knorrigen Äste der zweihundertjährigen Linde peitschten mit einem Mal so heftig, als würde die Wilde Jagd durch sie hindurchfahren. Die Seherin begriff, dass sich ihr ein dunkler Abgrund auftun sollte; sie erschrak, wollte in einer ersten Regung fliehen – doch dann schritt sie weiter: bis nahe an den gewaltigen Stamm des Kalten Baumes heran.

Als sie niederkniete, hatte sie das Empfinden, als würde sich die Erde unter ihr öffnen; als könnte sie in die Tiefe blicken und dort die bleichen Gebeine eines gewaltsam zu Tode gekommenen jungen Mannes erkennen. Ihre Augen, deren Farbe von seltsam hellem Grau war, verschatteten sich; im nächsten Moment raunte sie: „Du hast hier am Galgenast gehangen ... Hier, wo sich bösartigste Grausamkeit Bahn brach ... Aber weil dein Vater dich schließlich heimholte, bist du erlöst ..."

Unmittelbar nachdem sie dies wie geistesabwesend geflüstert hatte, erblickte sie eine zweite Ermordete: Gerlind, die im Turm der Leuchtenberger Festung in ihren Ketten verschmachtet war. Sibylle spürte, dass nach der langen Zeit, die seither verstrichen war, auch der Geist der Landgrafentochter befreit war – aber die grauenhaften Taten von Gerlinds Vater waren nicht ausgelöscht worden. Deren finstere, abgründige Ausstrahlung hatte sich mit dem Ort, wo der Kalte Baum stand, verbunden und würde noch jahrhundertelang düster fortdauern.

Ein eisiger Schauer rieselte das Rückgrat der Seherin entlang; dann war es ihr, als würde sich der Erdboden wieder schließen. Erleichtert atmete Sibylle auf – aber im nächsten Augenblick wurde sie von einer wie tosend heranrasenden Vision gepackt und erlebte eine Schauung, die sehr weit, über mehr als ein halbes Jahrtausend hinweg, in die Zukunft reichte.

Sie wurde Zeugin, wie ein unsagbar mörderischer Religionskrieg ausbrach, welcher das Herz des Abendlandes für dreißig Jahre verwüstete und Millionen Menschen das Leben kostete. Danach jedoch wurde es langsam lichter in Europa; allmählich schüttelten die Menschen die verderblichen Zwänge der alten Zeit ab, begannen zunehmend eigenständig zu denken und führten den Kontinent dadurch in eine etwas humanere Epoche. Aber es gab Rückschritte und neue Abstürze; schließlich, als ein französischer Kaiser das Leuchten der Aufklärung über ganz Europa hin verbreiten wollte, wurde das Abendland einmal mehr durch fürchterliche Kriege zersplittert.

Nach diesen Blutorgien folgte wieder eine ruhigere Zeit; doch dann, fast genau drei Jahrhunderte nach dem Beginn des großen Religionskrieges, raste die Kriegsfurie mit nie zuvor erlebter Brutalität über die Welt hinweg. Das Völkermorden forderte Abermillionen Tote in zahlreichen Ländern, und kaum war der Wahnsinn beendet, kam es zu einem zweiten weltweiten Krieg, in dessen Verlauf noch weit mehr Opfer zu beklagen waren als während des ersten.

Dieses neuerliche Völkermorden führte zu einer tiefen Spaltung unter den Menschen, welche die nördliche Hemisphäre der Erde bewohnten. Eine eiserne Grenze wurde zwischen den Verfeindeten errichtet; in Deutschland standen deutsche Bewaffnete einander gegenüber. Endlich aber wurde die Eisengrenze niedergerissen; es kam zur Versöhnung zwischen den einstigen Gegnern, und das Abendland fand zu seiner seit langem verlorenen Einheit zurück.

Europa blühte auf; die Menschen lebten im Wohlstand wie nie zuvor – doch schon nach wenigen Jahrzehnten schlugen sie und andere, die auf dem riesigen Kontinent jenseits des

Atlantiks wohnten, einen äußerst verhängnisvollen Weg ein. Hemmungslos beuteten sie die Erde aus; zugleich wurden sie von schrankenloser Geldgier befallen, und beides zusammen führte abermals ins Desaster. Die Erdmutter bäumte sich gegen sie auf; verheerende Wirbelstürme, Unwetter und Überschwemmungen tobten gegen die irregeführten Menschen heran. Weltberühmte Metropolen wurden zerstört; ganze Landstriche und große Inseln versanken im Meer. Anderswo verbündete sich die Erde mit der Sonne und ließ riesige Weltgegenden, die zuvor fruchtbar gewesen waren, zu toten Wüsten verdorren.

Viele Völker wurden heimatlos, zahlreiche andere stürzten aus dem Reichtum ins Elend. Die Folgen waren massenhafte Migrationen, waren erbitterte Kämpfe um Nahrung und Trinkwasser, und so brachen neue Kriege aus, die schließlich in einem dritten Völkermorden kulminierten, das noch ungleich schrecklicher als die beiden vorangegangenen war.

Fast der gesamte Globus wurde ins infernalische Blutvergießen hineingerissen – und nun erschaute die vor dem knorrigen Stamm des Kalten Baumes kniende Seherin eine Fülle von Schreckensbildern. Sibylle sah stählerne, schildkrötenartige Kampfmaschinen, die Feuer aus sich spien, über das Land donnern; sie sah gigantische metallene Raubvögel, die todbringende Explosionsgeschoße abwarfen; sie sah Feuerdrachen über das Firmament jagen, die in Städte fauchten und sie zerstörten. Weiter erblickte sie meilenweite Schwaden von giftigen Gasen, die Tausende von Männern, Frauen und Kindern qualvoll verröcheln ließen; sie sah Krankheiten ausbrechen, wie die Menschheit sie nie zuvor gekannt hatte; auch sah sie wolkenhohe Pilze gen Himmel steigen, von denen höllisch gleißende Lichteruptionen und tosend dahinrasende Stürme ausgingen, die alles Leben vernichteten und nur glasartig schillernden Erdboden zurückließen.

Dann gewahrte Sibylle eine böhmische Stadt, die sie gut kannte. Es war Prag mit seinen prächtigen Häusern und Kirchen; auf dem Burghügel über der Moldau thronte der Hradschin, und die Festungsmauern leuchteten seltsam dunkel unter einer schon weit im Westen stehenden Sonne. Plötzlich legte sich ein süßlicher Hauch über die Metropole; ahnungslos atmeten die Menschen, die auf den Straßen unterwegs waren, ihn ein – gleich darauf kam es zu einem Massensterben, das sich innerhalb kürzester Zeit über die ganze Stadt hin ausbreitete.

Wiederum wenig später raste ein langgestreckter Feuerschweif über den Himmel; die flammende, infernalische Erscheinung fauchte über den Vysehrad hinweg und schlug im Zentrum Prags ein. Stein- und Felstrümmer flogen durch die Luft; der Hradschin barst in einem Glutmeer; die Gebäude der Stadt wurden von einer höllischen Lohe verzehrt, und danach öffneten sich im Erdreich riesige Klüfte und schleuderten Vulkanfontänen aus sich.

Prag ging unter. Haltlos schluchzend erschaute es die Visionärin; dann sah sie, wie das dritte Völkermorden auf unbeschreiblich grauenhafte Art seinen Höhepunkt erreichte.Allüberall tobte der gewaltsame Tod, der größte Teil der Menschheit wurde ausgerottet. Nachdem dies geschehen war, verglimmten die Mordbrände auf dem Planeten wie erlöschende Feuerstellen; nur hier und da flackerte der Krieg jetzt noch – und zuletzt zog sich das Böse auf eine einzige kleine Weltgegend zurück: auf den Landstrich um den Kalten Baum.

Mit einem gellenden Schrei löste sich Sibylle aus dem Grauen ihrer Schauung. Zitternd kam sie zu sich, riss die Augen vom Lindenstamm los, den sie eben noch blutbefleckt gesehen hatte, und erhob sich taumelnd aus ihrer knienden Stellung. Verwirrt blickte sie um sich – und gewahrte einen Hirten, der in der hereinbrechenden Dunkelheit einen Steinwurf von der Linde entfernt dastand und zu ihr herüberstarrte.

Mit allen Fasern drängte es die Seherin nach der Nähe eines anderen Menschen; sie rannte zu dem Mann hin, umklammerte seine Schultern; mit dem nächsten gehetzten Atemzug brach es aus ihr heraus: „Die letzte Schlacht wird hier am Kalten Baum geschlagen werden! Zuvor wird diese

Linde, die jetzt noch lebt, verdorren, und ein neuer Baum wird an der gleichen Stelle aufgewachsen sein ..."

Sie stockte, schien in sich hineinzulauschen und fuhr fort: „In weniger als fünfhundert Jahren wird die Zeit da sein! Wenn einer der Baumäste so stark geworden ist, dass er einen gepanzerten Reiter tragen kann, wird die Schlacht um den Kalten Baum toben! In Strömen wird das Blut von der Anhöhe hinunter ins Tal fließen! Und die Hügel ringsum, von denen die Menschengier alles lebendige Holz geraubt hat, werden zusehen!"

Abermals verstummte sie; dann setzte sie noch hinzu: „Danach aber wird eine lange Friedenszeit kommen. Die Menschheit wird froher und freier sein als zuvor, sie wird jedoch auch um vieles bescheidener sein. Und in Prag wird der Tempel einer neuen und zugleich uralten Religion erbaut; golden wie die Sonne wird er leuchten und silbern wie der Mond."

Mit dem letzten Wort ließ Sibylle, die nun wieder ruhig wirkte, die Schultern des Hirten los, berührte wie segnend die Stirn des einfachen Mannes, wandte sich ab und verschwand in der Nacht.

Der Hirte hingegen blieb, tief in Gedanken versunken, noch eine ganze Weile bei der Linde stehen. Endlich ging auch er, stieg von der Anhöhe und schlug den Weg zum Leuchtenberger Burgdorf ein. Dort erzählte er, was er aus dem Mund der geheimnisvollen Frau gehört hatte. So wurde die Prophezeiung vom Kalten Baum weitergegeben und lebte danach im Bewusstsein der Menschen von Generation zu Generation fort – bis auf den heutigen Tag.

Die Burgmagd von Weißenstein

Niederbayern, Landkreis Regen
20. und 17. Jahrhundert

Es war im Sommer des Jahres 1995, als etwas geschah, was Schriftstellern öfter passiert: Eine Frau aus dem Bayerischen Wald rief unbekannterweise bei mir an und sagte mir sinngemäß: „Ich muss mich unbedingt mit Ihnen treffen, Herr Böckl. Weil ich allein nicht mehr weiter weiß. Aber Sie können mir vielleicht helfen, weil Sie sich in Ihren Büchern so oft mit der bayerischen Geschichte und auch mit geheimnisvollen Phänomenen beschäftigt haben."

Nachdem wir noch längere Zeit am Telefon miteinander geredet hatten, versprach ich der jungen Frau, die ich hier Claudia nennen möchte, zur Burgruine Weißenstein nahe der Stadt Regen im Bayerwald zu kommen. Ein paar Tage später fuhr ich hin; Claudia zeigte mir zunächst die kleine Kunstgalerie, die sie damals in einem noch erhaltenen Nebengebäude der mittelalterlichen Burganlage betrieb. Danach setzten wir uns bei einem Kaffee zusammen, und die junge Frau erzählte mir noch einmal ausführlicher von ihren unheimlichen Erlebnissen, über die sie bereits bei unserem Telefonat gesprochen hatte.

„Wenn ich in der Galerie oder anderswo in der Ruine bin, passiert es mir immer wieder, dass ich irgendwie in Trance falle und dann gespenstische Bilder sehe", sagte Claudia. Weiter berichtete sie, dass diese Heimsuchungen besonders intensiv seien, wenn sie sich an einer bestimmten Stelle im Kellergeschoß unter dem Galerieraum aufhalte. Sie habe dort das quälende Empfinden, in einem engen Kerker eingesperrt zu sein; in einem Verlies, in das nur ein dünner Lichtschein durch einen schmalen Spalt oben in der Gewölbedecke dringe. Als Gefangene scheine sie in der Kerkerhöhle zu schmachten; sie stehe dabei Todesangst aus.

Als ich die junge Frau fragte, ob sie in ihrem Trancezustand noch mehr erblicken könne, bestätigte sie dies. Gelegentlich befinde sie sich hoch oben auf einer Burgmauer und wisse, dass Weißenstein belagert werde und große Gefahr drohe. Doch sie und die anderen Leute auf der Festung wollten sich nicht ergeben. Außerdem könne sie manchmal die Feinde erkennen. Es seien in Eisen gepanzerte Reiter, die vom Regental zur Burg heraufkämen. Die Pferde seien schwer und stark; an den Seiten trügen sie etwas, das wie Teppiche aussehe. Und diese Berittenen seien die Belagerer von Weißenstein.

Nachdem ich all das gehört hatte, wollte ich Claudia testen. Ich fühlte ihr hinsichtlich ihres historischen Wissens auf den Zahn und fand schnell heraus: Die junge Frau war geschichtlich völlig unbeschlagen. Trotzdem waren die Schilderungen ihrer ungewöhnlichen Visionen, von der historischen Warte aus gesehen, durchaus griffig. Claudia hatte keine verfälschten Geschichtsbilder, wie sie etwa aus Hollywood-Filmen bekannt sind, wiedergegeben. Sie hatte sich stattdessen offenbar bemüht, echte Schauungen zu beschreiben, die sie sich selbst nicht erklären konnte – und speziell in ihrer Aussage über die Pferde, die so etwas wie „Teppiche" an den Flanken hätten, wurde dies für mich deutlich.

Weil ich also vermuten konnte, dass die junge Frau keine Betrügerin oder Phantastin war, sagte ich ihr, dass ich versuchen wolle, der Sache auf den Grund zu gehen. Konkret: Ich nahm mir vor, die Geschichte der Burg Weißenstein nach realen Hinweisen auf Claudias womöglich paranormale Erlebnisse zu durchforsten. In der nächsten Zeit dann sichtete ich die einschlägige Literatur und wurde tatsächlich fündig.

Daraufhin rief ich die junge Galeristin an und erklärte ihr unter anderem die Sache mit den „Teppichen". „Wahrscheinlich hast du in deinen Visionen Pferdeschabracken gesehen, wie sie im Mittelalter und in der Frühen Neuzeit von Adels- oder Kriegsrössern getragen wurden", erläuterte ich Claudia. „Diese Schabracken – große Satteldecken, die oft Verzierungen aufwiesen – hingen an den Flanken der Pferde herab; entweder zum Schmuck oder auch, um die Tiere im Kampf vor Verletzungen zu schützen."

Nachdem sie das erfahren hatte, wollte die junge Frau wissen, ob sich ihre Erlebnisse aufgrund meiner Nachforschungen auch in eine bestimmte historische Zeit einordnen ließen. „Ich vermute schon“, antwortete ich. „Denn es gibt eine Phase in der Geschichte von Weißenstein, auf die sich deine unheimlichen Schauungen beziehen könnten. Darüber hinaus habe ich eine sehr aufschlussreiche Sage entdeckt, und beides zusammen deutet auf den Dreißigjährigen Krieg hin …“

***

Im November des Jahres 1633 hatte ein schwedisches Heer unter dem Oberbefehl des protestantischen Herzogs Bernhard von Sachsen-Weimar die zuvor von den Katholiken gehaltene Reichsstadt Regensburg erobert. Das Gros von Bernhards Armee hatte Winterquartiere in der Donaustadt und ihrem Umland bezogen; einige Regimenter jedoch waren in den bayerischen Teil des Böhmerwaldes vorgedrungen, um ihre römisch-katholischen Feinde auch dort zu stellen und zu schlagen.

In der zweiten Dezemberwoche tauchten mehrere Reiterschwadronen, die auch Kanonen mit sich führten, vor dem Marktflecken Regen am gleichnamigen Fluss auf. Der Anführer der Schweden sandte einen Parlamentär zum geschlossenen und verbarrikadierten Haupttor des befestigten Ortes, welcher die Bürger zur Kapitulation aufforderte. Als dieses Ansinnen abgelehnt wurde, brachten die Schweden ihre Kanonenbatterien in Stellung und beschossen den Markt, bis hinter dessen Wehrmauern Feuersbrünste ausbrachen. Dies geschah am Abend des neunten Dezember; als der neue Morgen graute, waren fast alle Gebäude des Marktfleckens niedergebrannt.

In den Hausruinen, auf dem Marktplatz und in den Gassen lagen Dutzende Tote; in den wenigen Anwesen, die vom Feuer verschont geblieben waren, stöhnten, schrien und jammerten die Verwundeten, die nur notdürftig versorgt werden konnten. Um einem weiteren Beschuss zu entgehen, öffnete man den Protestanten notgedrungen die

Tore. Triumphierend zogen die Schweden in die verwüstete Ortschaft ein; danach plünderten sie die noch zugänglichen Keller, in denen Lebensmittel eingelagert waren, vergewaltigten etliche Frauen, henkten den Regener Pfarrer und dessen Kaplan auf dem Kirchhof und trieben die überlebenden Marktbürger zuletzt, am Spätnachmittag, in das winterliche Land vor den Mauern hinaus.

Die verzweifelten Frauen, Männer, Kinder und Alten stolperten nach Nordosten davon: auf Zwiesel zu, wo sie sich Aufnahme und Hilfe erhofften. Die protestantischen Schwadronen wiederum lagerten die Nacht über in dem verwüsteten Marktflecken. Am folgenden Tag marschierte die Hauptmacht in Richtung des Klosterortes Rinchnach weiter; eine Reiterschwadron aber, die vier Feldschlangen bei sich hatte, war abgestellt worden, um die Burg Weißenstein auf dem Pfahl oberhalb des Regentales einzunehmen und zu schleifen.

Die Burgleute hatten den Kanonendonner von Regen her vernommen; sie hatten auch gesehen, wie sich der Nachthimmel glutrot gefärbt hatte, und waren deshalb gewarnt. Der bayerisch-kurfürstliche Pfleger, der auf der Festung saß, hatte die eisenbeschlagenen Tore der Vor- und Hauptburg verbarrikadieren und die Mauergeschütze laden lassen, um einem Angriff begegnen zu können; zudem hatte er den zwanzig Söldnern, die er zur Verteidigung der Festung aufbieten konnte, befohlen, sich ständig einsatzbereit zu halten.

Zwei dieser Bewaffneten befanden sich am späten Morgen des zweiten Tages nach dem Marktbrand zusammen mit dem Pfleger im obersten Stockwerk des mächtigen Weißensteiner Wohnturmes. Von dort aus spähten sie ins Tal hinab; schließlich geschah, was sie befürchtet hatten: Von der Regenniederung her kam ein starker Kampfverband den Berg herauf.

Der Festungskommandant ließ Alarm geben. Die Söldner überprüften noch einmal ihre Waffen; die übrigen Burgleute sowie einige Bauernfamilien, die in der Festung Zuflucht gesucht hatten, taten, was der Pfleger bereits am Abend zuvor angeordnet hatte: Sie versammelten sich im Erdgeschoß des Turmgebäudes, wo die Quadermauern am dicksten waren. Dort begann ein alter und siecher Dienstknecht zu flennen; die Ehefrau des Kommandanten versuchte, ihn zu beruhigen; als ihre begütigenden Worte nichts bewirkten, rief sie eine junge Magd zu sich und wies sie an: „Sieh zu, dass du irgendwo einen Krug Bier auftreibst, Mariann. Den soll dann der arme Kerl kriegen, vielleicht hilft's ihm in seiner Angst."

Die blonde, grünäugige Magd eilte weg; wenig später kam sie mit dem gefüllten Krug zurück, und der verstörte Knecht griff gierig danach. Mariann schaute ihm zu, wie er schlucksend trank; gleich darauf durchfuhr es sie: Eigentlich ist's Unsinn, mich hier zu verstecken. Noch ist ja gar nichts passiert.

Im nächsten Moment stahl sie sich davon; stieg ins zweite Turmstockwerk hinauf, das menschenleer war, und huschte zu einer Fensterluke, durch die sie in Richtung Regen blicken konnte. Die Schweden waren ein gutes Stück näher gekommen; Mariann versuchte, ihre Stärke einzuschätzen und murmelte nach einer Weile: „Ungefähr achtzig Mann sind es."

Danach beobachtete sie die heranrückende Streitmacht weiter; schließlich langten die Berittenen sowie die Kanonen- und Trosswagen auf einer Wiese an, die sich, sanft abfallend, unterhalb des Burgfelsens erstreckte. Nun konnte die neugierige Magd Einzelheiten erkennen; sie sah mehrere gepanzerte Offiziere, welche die Spitze der Kolonne hielten und auf schweren Schlachtrössern saßen, von deren Flanken lange Schabracken in den Wappenfarben ihrer adligen Reiter herabhingen. Die meisten übrigen Männer der Schwadron waren leichter beritten; jetzt brüllte einer der schwedischen Offiziere einen Befehl, und daraufhin machte der Kampfverband Halt.

Die Schweden saßen jedoch nicht ab, sie blieben in den Sätteln und behielten ihre Marschformation bei. Dann, als die vielen Pferde zur Ruhe gekommen waren, trieb der Offizier, der das Kommando gegeben hatte, sein Ross wieder an. Er trabte bis zum Fuß des Festungsfelsens und rief in recht gutem Deutsch zum Burgturm hinauf: „Ich bin Hauptmann im Heer des Herzogs von Sachsen-Weimar und möchte mit dem Befehlshaber dieser Festung sprechen!"

„Wartet!“, scholl es vom obersten Turmgeschoß herab; wenig später trat der Weißensteiner Pfleger auf die Balkenbrücke heraus, welche die tiefe Felskluft zwischen dem Zugangsportal des Wohnturmes und der höchsten Torbastion überspannte. Von dort aus erstieg er den Wehrgang auf der nördlichen Schildmauer und fragte den Schweden, dem er nun deutlich näher war, barsch: „Was habt Ihr mit Euren ketzerischen Reitern hier zu suchen … Herr?!“

„Der Gottesfeind seid Ihr, verfluchter Papist!“, gab der Offizier schroff zurück. „Und was ich hier will, sollt Ihr sogleich erfahren! Ich verlange Eure sofortige Kapitulation!“

„Den Teufel werde ich tun!“, schrie der Pfleger. „Ich und meine Männer werden die Burg bis zum letzten Blutstropfen verteidigen! Und jetzt zieht schleunigst ab mit Eurer Mordbande, ehe ich Euch mit Kanonen Beine machen lasse!“

Der Schwede ließ den Blick über die verschiedenen Geschützstellungen auf den Festungsmauern schweifen. „Allzu viele Stücke habt Ihr aber nicht zur Verfügung, oder?!“

„Sie werden schon ausreichen, um Euch und Euer lutherisches Pack zur Hölle zu jagen!“, brüllte der Kommandant.

„Ihr satansanbeterischen Katholiken seid es, die in den tiefsten Höllenschlund fahren werden!“, schäumte der schwedische Hauptmann; mit dem nächsten Lidschlag riss er sein Schlachtross herum und galoppierte davon.

Kaum war der Offizier wieder bei seiner Schwadron, spuckten fünf Festungskanonen Feuer. Drei Kugeln gingen fehl; zwei jedoch fegten in die schwedische Kolonne, wo sie mehrere Reiter und Pferde verwundeten. Daraufhin räumten die Protestanten hastig das Feld; ihre Rösser preschten nach Osten: auf ein Waldstück zu, das sich entlang des Pfahls auf ungefähr gleicher Höhe wie die hohen Burggebäude erstreckte.

Dort, im Schutz der Bäume und ein Stück außerhalb der Reichweite der feindlichen Geschütze, errichteten die Schweden ein befestigtes Lager. Den ganzen Tag, an dem immer wieder dünne Graupelschauer über das Land stoben, arbeiteten sie an den Verschanzungen; schlugen außerdem ihre Zelte auf, bauten Pferche für die Pferde und trugen Steinbrocken für Feuerstellen heran. Am Abend sodann zogen sich die Offiziere und etwa ein Drittel der Mannschaften für die Nacht in die von den Bauernfamilien verlassenen Gehöfte in der Nähe der Festung zurück. Zu gleicher Zeit rückte ein Dutzend Schweden in eine Position unweit des Zugangs zur Weißensteiner Unterburg vor, um die Feinde von dort aus zu bewachen und, falls ein Ausfall drohen sollte, Alarmsignale zu geben.

Es kam jedoch bis zum Morgen zu keinerlei Kampfhandlungen. Beide Seiten beschränkten sich darauf, den Gegner zu beobachten; auch Mariann ging, da sie ohnehin keinen Schlaf gefunden hätte, immer wieder auf die Turmbrücke hinaus, um zum Feldlager der Protestanten hinüberzuspähen.

Bald nach Sonnenaufgang dann bemerkte die junge Magd, dass bei den Schweden Bewegung entstand. Sie sah die Offiziere und ihre Begleitscharen zurückkehren und beobachtete, wie die Wachtposten, die sich vor dem Untertor aufgehalten hatten, zum Wald hin abzogen. Fast zugleich wurden die vier Feldschlangen der Feinde aus der Verschanzung geschoben und etwa fünfzig Meter näher am Festungsfelsen hinter einer natürlichen Steinschwelle in Stellung gebracht. Zudem wurden Pulverfässer, Körbe mit Steinkugeln sowie schwere Holzpavesen zum zusätzlichen Schutz der Kanoniere dorthin geschleppt – und als die diesige Sonnenscheibe ein Stück über die Hügelzüge im Osten emporgeklettert war, begannen die Protestanten mit dem Artilleriebeschuss der Burg.

Die ersten Kugeln gingen zu kurz und richteten keinen Schaden an; die zweite Salve aber war besser gezielt und fetzte Holz- und Steinsplitter aus dem Torbau der Vorburg. Eine weitere, ebenso wirksame Vierersalve folgte – gleich darauf begannen auch die beiden Geschütze, die im Ostabschnitt der Festung standen, Feuer zu speien. Die Weißensteiner Kanoniere versuchten, die Feldschlangen der Feinde zu treffen; dies war jedoch wegen der Felsschroffe, welche die schwedische Stellung sehr gut deckte, fast unmöglich. Angesichts dessen entwickelte sich ein reichlich ungleiches Kanonenduell: Die Geschoße der Protestanten setzten der Torbastion hart zu; die Kugeln der Verteidiger dagegen prallten entweder an der Steinschroffe ab oder pfiffen in ungefährlicher Höhe darüber hinweg.

Mariann hielt sich nach wie vor auf der Turmbrücke auf. Der Geschützdonner ängstigte und faszinierte sie gleichermaßen; sie empfand so etwas wie einen verboten-blasphemischen und zugleich zutiefst erregenden Gefühlsrausch. Und dieser innere Aufruhr wurde, während das Duell der Kanoniere weiter tobte, immer stärker – mit einem Mal dann hielt es die junge Magd nicht länger auf der Brücke vor dem Wohnturm. Sie hastete in den östlichen Abschnitt der Hochburg, erklomm dort den Wehrgang, durch dessen Schießscharten die Geschütze feuerten, und rief den Söldnern mit den pulvergeschwärzten Gesichtern zu: „Gebt nicht auf! Ihr schafft es schon, die Ketzerteufel da drüben zur Hölle zu schicken!"

„Dein Wort in Gottes Ohr!", erwiderte einer der Männer – und kurze Zeit darauf glückte den Weißensteiner Kanonieren tatsächlich ein Treffer. Eines ihrer Geschoße streifte den oberen Rand der Felsschroffe, fegte dahinter schräg zwischen die schwedischen Feldschlangen und zerschmetterte einem Protestanten den Kopf. Durch den fürchterlichen Aufprall der Kugel wurde der Schwede außerdem aus der Deckung geschleudert; er blieb seitlich der Schroffe liegen, und als Mariann dies sah, stieß sie einen gellenden Freudenschrei aus.

Der Anblick des toten Feindes, von dem soeben noch eine mörderische Gefahr für sie und alle anderen in der Festung ausgegangen war, löste in ihr einen berauschenden Kitzel aus, wie sie ihn nie zuvor gekannt hatte: eine wilde, beinahe orgastische Ekstase. Erneut schrie sie ihre dunkle, befreiende Lust heraus – im nächsten Moment stieg sie über eine leere Schießscharte auf die Mauerkrone, drehte den Protestanten den Rücken zu, schlug den Rock bis zur Hüfte hoch und zeigte den Schweden ihr nacktes Hinterteil.

Die Weißensteiner Geschützmannschaften johlten begeistert; einer der Männer brüllte: „Du hast das Herz und dazu den Arsch auf dem rechten Fleck, Mariann! Und wenn ich was zum Saufen hier hätte, würde ich jetzt mit dir anstoßen und dich hochleben lassen!"

Die Magd sprang von der Mauer. „Ich will sehen, ob ich einen guten Schluck auftreiben kann. Verdient habt ihr ihn euch allemal!" Damit verschwand sie, kam bald darauf mit einer tönernen Branntweinflasche wieder und teilte sich, während das Kanonenduell weiterging, den Schnaps mit den Söldnern. Selbst als die Protestanten die Rohre zweier ihrer Feldschlangen in die Höhe richteten und danach versuchten, die Geschützstellungen auf der Burgmauer zu zerstören, blieb Mariann bei den Kanonieren. Sie feuerte die Männer an, schrie zwischendurch Verwünschungen in Richtung der Feinde und fluchte lautstark, wenn eine schwedische Kugel bedrohlich nahe gegen das Mauerwerk krachte.

In der Vormittagsmitte stellten die Schweden den Beschuss ein, weil in ihrer Kanonenbastion plötzlich ein Pulverfass explodiert war. Die Detonation hatte drei Männer so schwer verbrannt, dass sie mehr tot als lebendig weggetragen werden mussten; zudem war eine der Feldschlangen umgeworfen und dabei beschädigt worden. Andererseits war mittlerweile auch das Torgebäude der Vorburg übel in Mitleidenschaft gezogen worden; als der Pfleger es zusammen mit dem Söldnerführer inspizierte, wurde er zusehends blasser und sagte zuletzt mit belegter Stimme zu seinem Begleiter: „Wenn die Kanonade weitergeht, werden das Tor und die Bruchsteinbarrikade dahinter nicht mehr lange standhalten! Daher bleibt uns nur eins: Wir müssen einen zweiten, am besten doppelten Balkenverhau hier drinnen im Torschlund anbringen und ihn mit Felstrümmern und anderem schweren Material so gut wie möglich verstärken."

„Noch besser wäre es, den Raum zwischen der alten und der neuen Barrikade ebenfalls zu blockieren", riet der andere.

Der Festungskommandant nickte; wenig später wurde mit den Arbeiten begonnen, und während die Burgleute nach Kräften schufteten, hofften sie inständig, dass die Protestanten wenigstens für einige Zeit stillhalten würden.

Dies war der Fall; mehr noch: Es erfolgte an diesem Tag

überhaupt kein Angriff mehr, weil sich der Himmel schon bald nach der Pulverexplosion einschwärzte und kurz danach ein feuchter Schneesturm zu wüten begann, der bis zum Spätnachmittag anhielt. Die Schweden flüchteten sich vor dem Unwetter in ihre Zelte oder in die verlassenen Gehöfte; die Weißensteiner nutzten ihre Chance, um die halb zerstörte Torbastion so gut wie möglich wieder zu befestigen. Schließlich brach die Dämmerung herein; bald darauf änderte sich das Wetter erneut schlagartig, und peitschende Regengüsse wuschen den reichlich gefallenen Schnee wieder weg.

In der Morgenfrühe klarte das Firmament auf; am zeitigen Vormittag setzte der Kanonenbeschuss der Protestanten von neuem ein. Abermals krachten die Steinkugeln gegen den Torbau, und nachdem die Geschütze etwa eineinhalb Stunden lang gefeuert hatten, stürzte der vordere Teil der Torbastion in sich zusammen. Doch angesichts des hohen Trümmerhaufens und der neuen Barrikaden weiter hinten im Torschlund verzichteten die Schweden auf einen Sturmangriff. Stattdessen richteten sie die Rohre ihrer Feldschlangen nun auf einen Mauerabschnitt zur Linken der verwüsteten Stelle, wo sich beim Einsturz des Torbaues ein tiefer, zackiger Riss gebildet hatte.

Die Verteidiger erkannten die drohende Gefahr und taten alles, um die Kanonenbatterie der Feinde außer Gefecht zu setzen. Die beiden Festungsgeschütze, die auf dem Wehrgang im Osten der Hochburg standen, wurden mit Schrapnells geladen, so dass ganze Garben von Steinsplittern gegen die Felsschroffe fegten; zusätzlich ließ der Pfleger eine weitere Mauerkanone heranbringen, mit der Kettenkugeln auf die protestantische Geschützstellung geschossen wurden.

Wie schon am Vortag hielt sich Mariann bei den Kanonieren auf; sie ermutigte die Männer mit den pulvergeschwärzten Gesichtern und kletterte dann und wann auf eine Mauerzinne, um sich den Feinden zu zeigen und ihnen auf diese Weise ihre Verachtung zu demonstrieren. Als ein Kettengeschoß zwei Schweden tötete, die vom Waldrand her mit einem Munitionskorb zu den Geschützmannschaften bei der

Felsschroffe gerannt kamen, jubelte die junge Magd frenetisch; einmal mehr erregte sie der Anblick der menschlichen Körper, die mit einem einzigen fürchterlichen Schlag zerfetzt wurden, zutiefst.

Aber der Tod der beiden Söldner hielt die Protestanten nicht davon ab, das Mauerstück seitlich der Torruine weiter zu beschießen – gegen Mittag schließlich war dort plötzlich ein dumpfes Reißen und Knirschen zu hören, und im nächsten Moment krachte die Schildmauer auf einer Breite von vier, fünf Metern nieder.

„Richtet die Kanonen auf die Bresche!“, brüllte der Festungskommandant von der Brücke des Wohnturmes aus den Männern an den Geschützen zu. Die Kanoniere beeilten sich, den Befehl auszuführen; Mariann legte mit Hand an, und während dies geschah, kamen andere Söldner mit Musketen auf die Turmbrücke heraus, um die klaffende Mauerbresche in der Vorburg zusätzlich unter Feuer nehmen zu können.

Die Schweden wiederum richteten ihren Beschuss jetzt auf die Zinnenlücken am östlichen Wehrgang; sie hielten die Verteidiger dadurch einigermaßen in Schach – und kaum waren die ersten Kanonenkugeln eingeschlagen, rannte das Gros der Protestanten, von den Offizieren auf ihren schweren Rössern angeführt, aus dem Wald heraus.

Der Angriff zielte auf die Bresche in der Schildmauer; beim Heranstürmen fielen sieben, acht Schweden; dann hatten die Panzerreiter die Mauerlücke erreicht und jagten ihre Pferde in die Unterburg hinein. Zwei Katholiken, die sich ihnen in verzweifeltem Todesmut entgegengestellt hatten, wurden mit sausenden Schwerthieben niedergehauen; gleich darauf strömten Dutzende von Protestanten auf den Hof der Vorburg und drangen, ohne weiteren Widerstand zu finden, bis zu der nächsten Torbastion vor, welche den Aufgang zur Hochburg schützte.

Die wenigen Bewaffneten, die sich dort befunden hatten, flohen zur Balkenbrücke hinauf; sie hatten gesehen, wie die Feinde draußen ihre beiden Kameraden abgeschlachtet hatten, und waren in Panik geraten. Als die Schweden merkten, dass der zweite Torbau nicht verteidigt wurde, nutzten sie augenblicklich ihren Vorteil. Ein Stoßtrupp brachte eine Petarde am Portal des Torturmes an; einer der Männer steckte die Lunte der Sprengladung in Brand, dann rannte der Trupp weg – und kurz danach riss eine gewaltige Detonation die Torflügel auf.

Sofort stieß eine Schar von Protestanten durch den freigesprengten Torgang auf das dahinterliegende Areal am Fuß der Hauptburg vor. Doch dort pfiffen ihnen Musketenkugeln entgegen, die einen Mann töteten und drei weitere schwer verwundeten, weshalb sich die unverletzten Söldner rasch wieder in die Torbastion zurückziehen mussten. Kaum waren sie in Deckung gegangen, sahen sie, wie droben vor der Oberburg die Zugangsbrücke unpassierbar gemacht wurde. Zwei Weißensteiner zündeten im hinteren Abschnitt der Brücke ebenfalls eine Pulvermine und hasteten in den Wohnturm zurück; gleich darauf wirbelten Balken- und Brettertrümmer durch die Luft, und dann ragten nur noch die steinernen Stützpfeiler des zerstörten Brückenteils gen Himmel.

Von der Kanonenbastion der Hauptburg aus hatte Mariann die Brückensprengung beobachtet; nun hörte sie die gellende Stimme des Pflegers: „Schließt die Turmpforte und legt die Eisenriegel vor!“ Einen Lidschlag später knallte die metallbeschlagene Pforte zu, und als die Magd den Blick vom Turmeingang abwandte und ihn in die Tiefe richtete, schaute sie in einen felsigen Abgrund, der zwischen dem Wohnturm und dem östlichen, unzerstört gebliebenen Brückenende klaffte.

Die Schweden wiederum erkundeten jetzt den von ihnen eroberten zweiten Torturm. Sie durchstöberten den Keller und fanden Lebensmittel sowie Bierfässer in dem Gewölbe; auch in den übrigen Räumen machten sie Beute. Dann, nachdem die Bastion geplündert worden war, ordnete der Befehlshaber der Schwadron an, eine der Feldschlangen heranzubringen.

Es dauerte einige Zeit, bis das Geschütz im Torschlund des Turmes aufgestellt war; während sich die Kanoniere damit abmühten, inspizierten die Offiziere die Vorburg und suchten sich möglichst bequeme Quartiere in einem der Gebäude. Die Mannschaften richteten sich anderswo ein; nur einige Wachtposten beobachteten währenddessen die Oberburg, und als die Quartiernahme beendet war, wurden auch die Pferde, die bislang noch im Wald gestanden hatten, in die Stallungen und auf den Hof der Unterburg gebracht und versorgt.

In der Nachmittagsmitte sodann begab sich der schwedische Hauptmann, von einem Waibel mit weißer Fahne begleitet, zum Fuß der demolierten Brücke und rief zum Wohnturm empor: „Hört her, ihr Papisten! Ich fordere euch nochmals zur Kapitulation auf! Und da ich euch entgegenkommen will, biete ich euch großmütige Bedingungen an."

Nach einer Weile beugte sich droben der Pfleger aus einem Turmfenster und erwiderte trotzig: „Ich glaube nicht, dass uns kein anderer Ausweg mehr bleibt, als die Waffen zu strecken! Noch ist die Hauptburg in unserer Hand! Und ein Sturm eurerseits wäre aussichtslos, weil ihr nicht über die Brückenkluft könnt und der hohe Turmbau außerdem an allen anderen Seiten von unersteigbaren Felswänden geschützt ist!"

„Das mag so sein", entgegnete der Schwede. „Ihr vergesst aber, dass wir unsere Kanonade jederzeit wieder aufnehmen können! Und wenn wir das tun, werden wir eure letzte Zuflucht früher oder später in Klump schießen!"

Der Festungskommandant flüsterte mit einigen seiner Leute; dann fragte er: „Wie stellt Ihr Euch die Kapitulationsbedingungen denn vor?"

„Ihr übergebt uns die Burg mit allem, was darin ist, zur Plünderung und anschließenden Brandschatzung", lautete die Antwort. „Im Gegenzug sichere ich Euch und Euren militärischen und zivilen Untergebenen freien Abzug zu."

„Ihr wollt Weißenstein niederbrennen?!", rief der Pfleger empört. „Das kann nicht Euer Ernst sein! Die Festung ist eine der ältesten und ehrwürdigsten hier im Waldgebirge!"

„Ich habe meine Order!", versetzte der schwedische Offizier. „Und die verlangt von mir, die Burg zu schleifen!"

„Und ich bin meinem Landesherrn, dem Kurfürsten von Bayern, verpflichtet!", scholl es vom Turm herab. „Ich habe ihm Treue geschworen, er hat mir die Festung anvertraut! Und deshalb werde ich alles tun, um die Burg zu halten!"

Der Hauptmann öffnete den Mund zu einer Erwiderung – aber da schlug Marianns helle Stimme an sein Ohr: „Du hast vorhin mit deinen Kanonen gedroht, du protestantischer Ketzer! Doch du hast vergessen, dass auch wir Feuerrohre haben! Und wenn es sein muss, werden wir Weiber zusammen mit den Männern gegen euch verfluchte lutherische Teufel kämpfen! Wir können die glühenden Lunten nämlich ebenso gut wie die Kerle in die Zündlöcher der Kanonen drücken!"

Mit zornrotem Gesicht starrte der Schwede zu der Geschützbastion hinauf, wo die junge Magd stand; nach einem heftigen Atemzug brüllte er: „Kusch, du Papistennutte! Du hast das Maul zu halten, wenn Männer reden!"

„Von einem Ketzerschwein wie dir lasse ich mir den Mund nicht verbieten!", schrie Mariann. „Und die Oberburg werdet ihr nicht erobern! Ihr könnt ja versuchen, sie zu stürmen! Aber wenn der erste von euch Satansanbetern hier oben auftaucht, werde ich ihm eigenhändig den Schwanz abschneiden!"

Die Hand des Offiziers zuckte zu der Steinschlosspistole, die er im Gürtel stecken hatte; für einen Moment sah es so aus, als wollte er die Waffe ziehen, um auf die Magd zu schießen – doch dann spuckte er nur mit grimmiger Miene aus und wandte sich noch einmal an den Pfleger: „Was ist jetzt?! Werdet Ihr kapitulieren, oder nicht?!"

„Wir kämpfen!", rief der Burgkommandant. „Notfalls bis zum letzten Mann! – Es sei denn, Ihr schwört, die Festung nicht zu schleifen, nachdem ich mit allen meinen Leuten abgezogen bin. Wenn Ihr mir das zugesteht, muss kein Schuss mehr fallen."

„Ich erklärte Euch bereits, welche Order ich habe!", versetzte der Schwede. „Und da Ihr Euch so halsstarrig zeigt, macht es keinen Sinn, weiter zu verhandeln!" Der Hauptmann wollte sich abwenden, um zu der von seinen Söldnern besetzten Torbastion zurückzukehren. Plötzlich aber erinnerte er sich an Mariann und brüllte zu ihr hinauf: „Mit dir werde ich noch Schlitten fahren, du Sauhure! Sobald der Turm in meiner Hand ist, wirst du es bitter bereuen, dass du dein Schandmaul dermaßen frech gegen mich gewetzt hast!"

„Ich kann's kaum erwarten!", gab ihm die Magd unerschrocken heraus.

„Miststück, verdammtes!", knurrte der Offizier; dann hastete er, vom Waibel mit der Parlamentärsfahne gefolgt, davon.

Etwa eine Stunde später begannen die Protestanten, den Wohnturm zu beschießen. Doch mit der einzigen Feldschlange, die sie in die Unterburg gebracht hatten, richteten sie wenig aus. Daraufhin stellten sie das Feuer wieder ein und holten auch ihre übrigen Geschütze, die noch draußen vor der Festung standen, herbei. Sodann wurden diese Kanonen in verschiedenen Gebäuden der Vorburg in Stellung gebracht, so dass sie, ebenso wie die Feldschlange im Schlund des mittleren Torturmes, so gut wie möglich gegen feindlichen Beschuss gedeckt waren. Dies alles hatte geraume Zeit in Anspruch genommen; erst in der Abenddämmerung waren sämtliche Geschütze an Ort und Stelle, und deshalb kam es an diesem Tag letztlich nicht mehr zu Kampfhandlungen.

Am darauffolgenden Morgen aber deckten die Schweden den mächtigen Turm der Hauptburg sowie die angrenzenden Mauerbastionen mit schwerem Salvenfeuer ein. Wieder und wieder donnerten die Feldschlangen; die Verteidiger wehrten sich mit ihren eigenen Kanonen, so gut sie konnten, und so tobte der Kampf bis zur Vormittagsmitte.

Mariann hielt sich auch an diesem Tag bei einem der Mauergeschütze auf. Einmal mehr geriet sie angesichts des dröhnenden Kampflärms und der Todesgefahr in einen rauschhaften, zutiefst aufgewühlten Seelenzustand und handelte entsprechend: schrie den Feinden ihre Verachtung entgegen; jubelte frenetisch, wenn die Männer mit den pulverdampfgeschwärzten Gesichtern, bei denen sie stand, einen wirksamen Schuss anbrachten; kletterte zwischendurch auf eine der Mauerzinnen und zeigte den Schweden, wie bei früheren Gelegenheiten schon, verächtlich ihre nackte Kehrseite.

So ging es mehrere Stunden lang; dann plötzlich entschied das Schicksal zugunsten der Protestanten. Innerhalb kürzester Zeit glückte es den schwedischen Kanonieren, zwei Turmgeschütze der Weißensteiner außer Gefecht zu setzen, und wiederum wenig später sauste ein Brandgeschoß durch eine Schießluke ins oberste Stockwerk des Wohnturmes. Dort zerschmetterte die lodernde und beim Aufprall berstende Hohlkugel einen bis zum Rand gefüllten Getreidekasten, was einen verheerenden Funkenflug und eine Stichflamme aus den Kastentrümmern heraus auslöste. Im Nu brannten die zundertrockenen Holzpaneele der Turmkammer; in Panik flohen die Menschen, die sich in dem Raum aufgehalten hatten – und wenig später breitete sich die Feuersbrunst über das gesamte Dachgeschoß aus.

Der Pfleger, der an den Flüchtenden vorbei die Stiege vom darunterliegenden Stockwerk heraufhastete, schrie nach Löschwasser. Es war jedoch auf die Schnelle nur eine einzige Trinkwasserbütte zur Hand, weshalb dem Weißensteiner Befehlshaber nichts anderes übrigblieb, als die Treppenluke des brennenden Turmgeschoßes zu verschließen und wieder nach unten zu rennen. Während er hastig mit einigen Söldnern beratschlagte, was nun zu tun sei, fraßen sich droben die Flammen bereits ins Dachgebälk. Kurz danach schlug die Lohe durch die aufsplitternde Ziegelhaube des Daches ins Freie, und aus der Vorburg war Triumphgeschrei der Schweden zu hören.

„Schätze, jetzt haben wir den Dreckspapisten das Kreuz gebrochen!", sagte der protestantische Hauptmann feixend zu einem der anderen Offiziere – und er hatte sich nicht getäuscht. Denn kaum war das Turmdach in Brand geraten, erschien der Weißensteiner Pfleger auf dem Wehrgang seitlich des Wohnturmes und schwenkte ein weißes Tuch.

Angesichts dessen befahl der schwedische Kommandeur, den Kanonenbeschuss einzustellen; nachdem eine letzte Kugel gegen die Turmmauer geprallt war, verließ der Hauptmann seine Deckung und rief zur Mauerkrone der Hochburg hinauf: „Kapituliert ihr nun endlich?!"

„Ja!", lautete die Antwort. „Wir strecken die Waffen! Und bitten um Hilfe, damit wir von der Oberburg herabkommen können!"

Die Burgruine Weißenstein steht direkt auf dem Pfahl, einem Quarzgang, der sich durch den Bayerischen Wald zieht. Alle zwei Jahre kehrt bei einem großen historischen Spektakel das Mittelalter in das Gemäuer zurück.

„Rettet euch vorerst auf die Wehrmauer“, erwiderte der schwedische Befehlshaber; sodann wies er den Leutnant, mit dem er zuvor gesprochen hatte, an: „Nehmt ein paar Mann und bringt Planken und Seile zu den Brückenpfeilern empor.“

Während der jüngere Offizier die Order ausführte, wurde oben das Turmportal geöffnet; danach drängten die Bewaffneten und Zivilisten, die sich im Wohnturm aufgehalten hatten, ins Freie heraus und versammelten sich auf dem Wehrgang seitlich des brennenden Gebäudes. Die Kanoniere, die dort draußen gekämpft hatten, gesellten sich zu ihnen; auch Mariann, die jetzt sehr ernüchtert wirkte, hatte sich einen Platz nahe des Aufgangs zur Brückenruine gesucht.

Von dort aus sah die Magd, wie ein halbes Dutzend Protestanten lange Bretter über die nackten Steinpfeiler der Schluchtbrücke legten und sie mit Tauen sicherten. Nach einer Weile waren die Pfeiler notdürftig überplankt; als Erste wagten sich einige Söldner über den Abgrund. Die übrigen Männer und Frauen folgten den Kriegsknechten; etliche von ihnen trugen schreiende oder weinende Kinder, die sich verzweifelt an sie klammerten. Zuletzt verließ auch der Pfleger den Mauerabschnitt unter dem Turmbau, in dessen Innerem, wo die Feuersbrunst stärker denn je tobte, nun schon die Zwischendecken niederkrachten.

Jenseits der Felskluft wurden die Weißensteiner von den Schweden, die mittlerweile in Scharen von der Vorburg heraufgekommen waren, in Empfang genommen. Die Söldner wurden, so sie noch Schwerter oder Dolche trugen, entwaffnet und zu einem Schuppen in der Unterburg getrieben, wo man sie einsperrte; die zivilen Burgleute blieben weitgehend unbehelligt. Die Bauernfamilien ließ der protestantische Befehlshaber davonjagen; zum Festungskommandanten sagte er barsch: „Ihr haltet Euch zu meiner Verfügung! Bleibt in meiner Nähe und macht keine Mätzchen, sonst holt Euch der Teufel!“

Mit verkniffenem Mund nickte der Pfleger; im nächsten Moment gewahrte der schwedische Hauptmann die blonde Magd, die ihn und seine Leute so oft provoziert hatte. Sofort schwoll ihm der Kamm; er rannte zu Mariann, packte sie an der Schulter und fuhr sie an: „Da bist du ja, du Luder!"

Die Magd versuchte, sich von seinem Griff zu befreien. „Lasst mich los! Reicht's nicht, dass Ihr die Burg in Eurer Gewalt habt?! Müsst Ihr Euren Mut nun auch noch an mir kühlen?!"

Der Schwede versetzte ihr eine Ohrfeige. „Halt's Maul, du Papistennutte! Sonst lasse ich dir das Gewand vom Leib reißen und dich nackt auspeitschen! Miststück, du! Hast dir eingebildet, du könntest uns Protestanten verspotten; könntest uns ungestraft den nackten Arsch entgegenrecken! Und gestern hast du in deiner abscheulichen Verworfenheit sogar gedroht, uns zu kastrieren, du wildgewordene Drecksau!" Erneut schlug der Hauptmann zu; dann schrie er: „Aber jetzt ist die Stunde gekommen, wo du für deine Unverschämtheiten bezahlen wirst! Ich hab's dir versprochen, dass ich mit dir noch Schlitten fahren werde, und jetzt ist es soweit! Um Gnade wirst du winseln, doch nützen wird's dir nichts!"

Mariann begann vor Furcht zu zittern. Der Offizier weidete sich ein paar Atemzüge lang an ihrer Angst; schließlich winkte er einen rabiat aussehenden Kanonier heran und befahl ihm: „Binde die Papistenhure da vor den Lauf deiner Feldschlange!"

Der Artillerist feixte freudig. „Heißt das, ich darf ihr eine Kugel durch den Wanst jagen?"

„Könnte sein, dass ich es dir später erlaube", versetzte der Hauptmann. „Und jetzt tu, was ich dir angeschafft habe!"

Der Söldner zerrte die Magd weg; als sie sich in ihrer Panik losreißen wollte, drosch der Kanonier brutal auf sie ein, nahm sie in den Schwitzkasten und schleppte sie weiter. Kurz darauf fesselte der Artillerist die junge Frau unter Mithilfe von zwei anderen Söldnern an die Rohrmündung der Feldschlange, die im mittleren Torbau der Burg stand. In ihrer Todesangst nässte sich Mariann ein; als die Schweden es gewahrten, brachen sie in brüllendes Gelächter aus und beleidigten die Hilflose mit schweinischen Zoten.

Den ganzen restlichen Tag über musste die Magd ihre

grauenhafte Furcht und weitere Erniedrigungen ertragen. Hinzu kam, dass sie gezwungen war, die völlige Zerstörung der Hochburg mit anzusehen. Denn nachdem das Feuer im Wohnturm einigermaßen niedergebrannt war, zündeten die Protestanten Sprengminen in den übrigen Abschnitten des oberen Festungsbereiches. Nebengebäude des Turmes und Wehrmauern flogen in die Luft; die Detonationen verursachten weitere Brände, und als sich die Abenddämmerung über das Land senkte, war aus der Hauptburg eine feuergeschwärzte, zackig gen Himmel ragende Ruine geworden.

In der Nacht feierten die Schweden ihren Sieg durch ein Besäufnis; ihre Gefangenen hingegen mussten hungern und dürsten. Am nächsten Morgen sodann – Mariann stand, nun zutiefst erschöpft, nach wie vor in ihren Fesseln vor dem Kanonenlauf – machten sich die Protestanten daran, auch die tiefgelegenen Teile der Weißensteiner Festung zu schleifen. Wieder wurden Minen gezündet, um Mauern und Dächer zum Einsturz zu bringen; wo die Explosionen nicht ausreichten, halfen die schwedischen Söldner mit Brechstangen und Hämmern nach.

Schließlich jedoch, um die Mittagszeit, mussten die Protestanten ihr Zerstörungswerk einstellen, denn sie hatten beinahe ihr ganzes Schießpulver verbraucht. Es waren nur noch wenige Pulverfässer übrig, welche der Hauptmann klugerweise für die Feldschlangen aufsparen wollte, und deshalb erteilte er den Männern seiner Schwadron nun die Order, sich zum Abrücken fertigzumachen.

Eine Stunde später war die Militäreinheit marschbereit. Kurz inspizierte der Kommandeur die Reitertrupps, die Kanonenwagen und die sonstigen Fuhrwerke; danach begab er sich, von seiner Leibwache eskortiert, zu den Weißensteiner Gefangenen und erklärte dem Pfleger: „Da wir keine Kapitulationsvereinbarung getroffen haben, könnte ich mit Euch und Euren Leuten machen, wonach mir der Sinn steht; könnte Euch und die anderen beispielsweise an die Wand stellen und erschießen lassen. Aber ich will mich gnädig zeigen und gestatte Eurer Schar den freien Abzug. Führt Eure Untergebenen nach Böhmen hinüber oder bringt sie durch die Berge ins Donautal hinab, ganz wie Ihr wollt. Und wenn Ihr wieder unter Katholiken seid, dann erzählt, wie wir Protestanten Eure Festung innerhalb von wenigen Tagen erobert und zerstört haben."

Der Weißensteiner Pfleger rang mit sich, räusperte sich und presste stockend hervor: „Habt Dank dafür ... dass Ihr uns freilasst ... Können wir sofort aufbrechen?"

„Je schneller Ihr mir aus den Augen kommt, umso besser", versetzte der Hauptmann; sodann wandte er sich an seine Leibwächter: „Schneidet den Papisten die Fesseln durch."

Einige der Reiter schwangen sich noch einmal aus den Sätteln und zogen ihre Dolche; gleich darauf suchten die Weißensteiner eilig das Weite. Der Schwadronskommandeur blickte ihnen grinsend nach; als der Pfleger und die übrigen Burgleute außer Sicht waren, trieb der Waibel der Leibwache sein Ross ein Stück vor und knurrte: „Ich hätte die Ketzerbrut nicht verschont; bei Gott nicht! Doch wenigstens haben wir die Hure noch in unserer Gewalt ..."

„Potzdonner, auf die hätte ich fast vergessen!", rief der Hauptmann aus. „Wo steckt das Miststück denn jetzt?!"

„Als die Feldschlangen marschfertig gemacht wurden, musste die Nutte von ihrer Kanone losgebunden werden", antwortete der Unteroffizier. „Und seitdem hängt sie dort drüben", er deutete auf ein Stallgebäude, „an einer Kette."

„Hol das Luder her!", befahl der Kommandeur.

Der Waibel verschwand; gleich darauf kam er mit Mariann, die er an der Rinderkette hinter sich her zerrte, zurück. Vor dem Pferd des Hauptmanns zwang er die blonde Magd auf die Knie nieder; dann meldete er seinem Vorgesetzten feixend: „Da habt Ihr die Ketzerdirne!"

Der Hauptmann schaute verächtlich auf Mariann hinunter, spuckte aus und fuhr die junge Frau an: „Du stinkst wie ein Misthaufen! Hast dich wohl am Kanonenrohr vollgebrunzt und vollgeschissen, eh?!"

Mariann begann zu schluchzen; der Schwadronskommandeur weidete sich an ihrer Erniedrigung, dann schrie er: „Steh auf! Oder ist's deine Art, wie ein Vieh im Dreck zu hocken?!"

Taumelnd kam die Magd auf die Beine; der Hauptmann zog sein Schwert und setzte es Mariann an die Kehle. „Ein einziger Stich bloß, und du bist hin! Ein Leichtes wäre es mir, dich abzuschlachten wie eine Sau! Andererseits“, er löste die Klingenspitze ein wenig von ihrem Hals, „könnte ich auch barmherzig sein und dich verschonen. Könnte dich sogar laufen lassen, so wie die übrige Brut aus der hiesigen Burg ...“

„Gnade, Herr!“, rief die Blonde. „Ich bereue bitter, was ich getan habe! Nie wieder wird mir ein schlimmes Wort gegen ...“

„Du bereust also deine Schandtaten?!“, fiel ihr der Kommandeur in die Rede. „Zeig mir, dass es so ist! Küss mir den Stiefel!“

Die Magd gehorchte, sie presste ihren Mund auf den Reitstiefel des Schweden – plötzlich stieß sie der Offizier mit einem derben Tritt zurück. Zugleich aber lächelte er sie an und sagte mit beinahe weicher Stimme: „Doch ... ich sehe, dass du es ernst meinst. Dass du tatsächlich Reue empfindest und womöglich wirklich Schonung verdienst ...“ Er stieß das Schwert wieder in die Scheide; mit dem nächsten Lidschlag brüllte er: „Aber ich habe dir gestern, wie du dich gewiss erinnerst, etwas angekündigt: Dass du noch um Gnade winseln wirst, und dass es dir nichts nützen wird!“ Erneut versetzte er ihr einen Fußtritt. „Und das heißt für dich: Jetzt wirst du deine verdiente Strafe bekommen, du Mistluder!“

Der Waibel griff nach einem Strick, den er am Sattelhorn hängen hatte. „Soll ich die Ketzernutte aufknüpfen?!“

„Nein“, erwiderte der Hauptmann. „Am Galgenstrick würde sie viel zu schnell verrecken. Besser ist's, sie stirbt einen langsamen, grausamen Tod.“

„Was für einen denn?“, fragte der Unteroffizier mit sadistischem Aufleuchten in den Augen.

Der Schwadronskommandeur winkte den Waibel nahe zu sich heran und flüsterte, während Mariann wieder auf dem Boden kniete und vor entsetzlicher Furcht zitterte, mit seinem Untergebenen. Zuletzt wies er den Unteroffizier an: „Erledige es, und dann kommst du uns anderen nach.“

Gleich darauf gab der Hauptmann den Befehl zum

Abmarsch der Militäreinheit. Die Reiter- und Wagenkolonne setzte sich in Bewegung und schlug, von den Offizieren geführt, den Weg hinunter ins Regental ein.

Der Waibel wiederum zerrte die sich verzweifelt wehrende und um ihr Leben bettelnde Magd an der Kette zu einem halbzerstörten Gebäude der Vorburg, in dessen tiefem Untergeschoß die Protestanten am Tag zuvor neben Lagerkellern auch einen Kerker entdeckt hatten. Über Trümmerschutt hinweg, der von oben herabgefallen war, schleppte der Schwede sein Opfer die Kellertreppe hinunter. Im hintersten und dunkelsten Abschnitt des unterirdischen Gewölbetrakts riss er die klemmende Kerkerpforte auf und zwang Mariann, ihm in das enge, nach Moder und Verwesung stinkende Verlies zu folgen.

Drinnen warf er die junge Frau zu Boden und vergewaltigte sie brutal; als er mit ihr fertig war, brüllte er sie an: „Die Schwänze wolltest du uns Protestanten abschneiden, du Papistensau! Aber jetzt ist's anders gekommen! Jetzt hast du stattdessen meine Schwanzgeilheit befriedigen müssen! Und kannst von deinem letzten Fick träumen, während du hier im Kerkerloch verrottest!"

Er spuckte auf die wimmernde, grausam geschändete Magd. Dann ging er, schlug die Verliespforte hinter sich zu und stieß die beiden außen an der niedrigen Tür angebrachten Riegel in ihre Halterungen.

Mariann hörte, wie sich die Schritte ihres Peinigers entfernten; ihre Verzweiflung wurde übermächtig, und sie begann gellend zu schreien. Sie schrie und schrie, bis ihr eine Ohnmacht das Bewusstsein raubte; als sie irgendwann wieder zu sich kam, gewahrte sie einen schütteren Lichtschein, der durch einen Spalt in der Gewölbedecke in ihren Kerker fiel.

Einzig dieser dünne Lichtfinger begleitete die junge Magd durch die Tage ihres langsamen, qualvollen Sterbens – doch kurz bevor der Tod zu ihr kam, erinnerte sich Mariann an etwas, das sie einmal aus dem Mund einer alten, durch die Wälder wandernden Frau gehört hatte: Dass der Geist aller Lebewesen unsterblich sei und nach dem Hinscheiden des Körpers in einem neuen Leib wiedergeboren werden könne.

Die Königstochter in Kastl

Oberpfalz, Landkreis Amberg-Sulzbach
14. Jahrhundert

Am Morgen war der Reiter- und Wagenzug in Amberg aufgebrochen; nun, da sich an diesem frostigen Spätjanuartag des Jahres 1319 die Abenddämmerung ankündigte, kam jenseits eines im schwindenden Tageslicht düster wirkenden Waldriegels die Klosterburg Kastl in Sicht.

Ludwig von Wittelsbach, der inmitten einer Ritterschar an der Spitze des Zuges ritt, spähte mit zusammengekniffenen Augen zu der Abtei hinüber, die hoch über dem Flusstal der Lauterach auf einem schroffen Felsmassiv thronte. Das Mönchsnest kann es nicht verleugnen, dass es einst, vor Jahrhunderten, aus einer wehrhaften Adelsfestung hervorging, dachte der im Reich umstrittene König; im nächsten Moment durchfuhr es ihn: Und ich wäre froh, wenn ich meine Hausmacht um ein Dutzend solch starker Festungsanlagen vergrößern könnte. Denn dann fiele es mir leichter, dem Habsburger, der mir die Königskrone streitig macht, Widerpart zu leisten.

Scharf sog der siebenunddreißigjährige, kräftig gebaute Wittelsbacher mit den markanten Gesichtszügen und den dunklen, lockigen Haaren die eiskalte Luft ein. Seit beinahe einem halben Jahrzehnt lag er mit Friedrich von Habsburg im Streit; Anno 1314 waren sowohl der Österreicher als auch er selbst von rivalisierenden Adelsparteien zum römisch-deutschen Herrscher gewählt worden, und seitdem litt das Reich unter dem Unheil des Doppelkönigtums; unter dem Verhängnis der politischen Spaltung. Die Zeit wird kommen, da der Thronstreit auf dem Schlachtfeld entschieden werden muss, dachte Ludwig; gleich darauf wurde er aus seinen Gedanken gerissen, weil von hinten ein Reiter heranpreschte.

Der Mann, ein Edler aus dem Gefolge der Königin Beatrix, trieb sein Pferd zwischen die Rösser von Ludwigs Begleitreitern und rief dem Monarchen zu: „Eure Gemahlin schickt mich. Ihr sollt zu ihr kommen, weil Eure Tochter …"

„Anna?!", unterbrach der König den Adligen – und als dieser stumm und mit zusammengepressten Lippen nickte, riss Ludwig seinen Hengst herum und galoppierte zurück: zu dem großen Reisewagen, in dem seine schwangere Gattin mit ihren vier kleinen Kindern fuhr.

Bei dem mit zwei schwarzweißen Kaltblutschecken bespannten Gefährt angelangt, schwang sich der Monarch aus dem Sattel, warf die Zügel seines Rosses dem Boten der Königin zu, der ihm gefolgt war, und befahl dem Kutscher auf dem Wagenbock: „Halt an!"

Einen Augenblick später wurde die Seitentür des geschlossenen Reisewagens von innen geöffnet; Ludwig erblickte seine rotblonde Gemahlin, sah ihr verstörtes Gesicht, ihre verschreckten hellblauen Augen und hörte sie mit bebender Stimme sagen: „Anna … Es ist wieder schlimmer geworden! Der Husten und die Atemnot!"

Der König stieg in den Wagen; seine fünfjährige Tochter Mechthild und sein vierjähriger Sohn Ludwig starrten ihn angstvoll an; die noch in einem Säuglingskorb liegende Agnes schien die Furcht ihrer Geschwister zu spüren und wimmerte, als hätte sie Schmerzen. Fahrig, wie hilflos, strich ihr der Monarch über das Köpfchen; dann wandte er sich hastig der dreijährigen Anna zu, die an der Brust ihrer Mutter lag. Das Mädchen war schweißgebadet und glühte vor Fieber; einmal mehr wurde es von einem Hustenanfall gequält und rang zwischen den keuchenden Hustenstößen verzweifelt nach Luft.

Gehetzt irrte der Blick des Königs von seiner leidenden Tochter zu Beatrix und wieder zurück. Dann, als die Hustenattacke der Dreijährigen abklang, beugte sich der Monarch in einem jähen Entschluss aus der Wagentür und gab dem Edelmann, der ihn verständigt hatte, die Order: „Lass den Vortrab und alle anderen Halt machen! Anna braucht Ruhe! Das Wagenrütteln verschlimmert ihre Pein noch!"

Der Adlige trieb sein Ross an, um den Befehl des Königs auszuführen; kaum war er verschwunden, fuhr Beatrix in einer verzweifelten Aufwallung auf ihren Gatten los: „Du bist schuld! Unser Kind hätte auf der Amberger Burg in der geheizten Kemenate bleiben müssen! Dort hätte sich der Medikus der Stadt weiter um Anna kümmern können! Aber du wolltest ja um keinen Preis länger in Amberg bleiben! Wolltest unbedingt heute schon nach München aufbrechen! Und hast es durchgesetzt, obwohl ich dich händeringend darum bat, unserer kranken Tochter die Strapazen der Fahrt ..."

Die Königin unterbrach sich, weil Anna erneut zu husten und zu keuchen begann. Erst nach einer ganzen Weile klang der Anfall wieder ab, und nun verteidigte sich Ludwig: „Du weißt doch, wie dringend ich in meiner Residenzstadt gebraucht werde! Der Habsburger macht mir die Hölle heiß wegen der Königswürde! Und wenn es mir nicht in allernächster Zeit gelingt, ihm mit Hilfe meiner Münchner Rechtsgelehrten Paroli zu bieten ..."

„Jawohl, die Krone und das Reich!", fiel ihm Beatrix ins Wort. „Allein das zählt für dich! Unser todkrankes Kind hingegen schert dich nicht!"

„Das ist nicht wahr!", widersprach der König. „Schließlich erklärte der Amberger Medikus doch, Anna könnte die Fahrt im Wagen gut überstehen."

„Das sagte er nur, weil du es ihm zuvor so in den Mund gelegt hattest und er es nicht wagte, dir Widerstand zu leisten", rief Beatrix. „Und jetzt ist es deine Schuld, wenn Anna ..."

Die Königin schluchzte gequält auf; fast gleichzeitig fing die Dreijährige abermals zu husten an, röchelnd diesmal. Ratlos, mit den Zähnen an der Unterlippe nagend, starrte Ludwig auf das Mädchen; plötzlich rümpfte er die Nase und stieß hervor: „Die schlechte, abgestandene Luft hier in dem geschlossenen Wagen. Und dazu der schwere Geruch des Lederzeugs und der samtenen Sitzpolster. Das macht Anna zu schaffen. Das Kind muss ins Freie. Draußen wird sich sein Zustand bestimmt bessern."

„Glaubst du?", kam es von Beatrix; während sie die Frage stellte, glomm ein leiser Hoffnungsschimmer in ihren Augen auf.

„Natürlich“, antwortete Ludwig. „Du hast dich doch selbst schon öfter über den dumpfen Mief in diesem Reisewagen beklagt. – Los, lass uns Anna ins Freie bringen!“

Gleich darauf hob der Monarch seine Tochter, die von ihrer Mutter rasch in ein warmes Wolltuch gewickelt worden war, aus dem Gefährt. Beatrix bat eine ihrer Zofen, die von einem anderen Wagen herbeigekommen war, sich um die übrigen Kinder zu kümmern. Dann schaute sich das Königspaar nach einem geschützten Platz für Anna um, und etwa zwanzig Schritte entfernt entdeckte Ludwig eine hüfthohe Feldmauer, die aus Bruchsteinen aufgeschichtet war und von einer knorrigen, niedrig gewachsenen Eiche überragt wurde. Das Paar brachte das kranke Kind dorthin; behutsam wurde Anna in eine windgeschützte Muldung auf der Mauerkrone gelegt – und tatsächlich schien die reine Luft der Dreijährigen wohlzutun.

Geraume Zeit blieb das Mädchen ruhig und schien, flach atmend, in Halbschlaf gefallen zu sein. Erleichtert schauten das Königspaar und dessen vertrauteste Gefolgsleute, die sich mittlerweile ebenfalls bei der Mauer eingefunden hatten, auf Anna; dann und wann zupfte Beatrix vorsichtig das Tuch zurecht, welches das kranke Kind wärmte. Allmählich vertiefte sich die Abenddämmerung; in der Ferne war die Silhouette der Klosterburg Kastl jetzt nur noch schemenhaft zu erkennen. Dann auf einmal war es, als würden die nächtlichen Schatten unvermittelt anwachsen und die Landschaft urplötzlich völlig verdüstern, und im selben Augenblick schien die Fieberröte von Annas Antlitz zu weichen.

Der König sah die Glut aus dem Gesicht seiner Tochter schwinden; er fühlte unendliche Erleichterung – doch im nächsten Moment schrie seine Gattin entsetzt auf. Beatrix hatte gespürt, wie das Leben aus dem Leib ihres Kindes floh; sie kniete nieder, umklammerte den kleinen Körper, bettelte und flehte – und konnte dennoch nicht verhindern, dass der schmächtige Leib erschlaffte und der ohnehin kaum noch wahrnehmbare Atem völlig aussetzte.

Auch Ludwig begriff nun, was geschehen war. Er sank neben seiner Gattin auf die Erde und tastete mit zitternder

Hand nach Annas zur Seite gesunkenem Kopf. Gleich darauf brachen er und seine Gemahlin in Tränen aus, und irgendwann wurde ihnen bewusst, dass die Edelleute ihres Gefolges leise zu beten begonnen hatten.

Nachdem die Worte des Totengebetes verklungen waren, blieb es lange still an der Wegmauer; einzig das Schluchzen der Königin und einiger anderer Frauen war zu hören. Endlich presste der Monarch die Sätze heraus: „Wir können nicht länger hier verweilen ... Müssen unseren Weg fortsetzen ... Zu den Mönchen von Kastl ..."

Einer der Adligen gab die Anordnung weiter; Ludwig stand wie taumelnd auf, half seiner Gattin auf die Beine und hob das verstorbene Mädchen von der Mauerkrone. Beim Reisewagen angelangt, übergab er den kleinen Leichnam einer Zofe. Als Beatrix protestieren wollte, beschied er sie stockend: „Wir müssen an unsere anderen drei Kinder denken ... Sie sollen Anna ... jetzt nicht so sehen ..."

Obwohl ihr das Herz zu zerreißen drohte, fügte sich die Königin. Die Zofe verschwand mit dem leblosen Bündel zu ihrem eigenen Wagen; Ludwig und seine Gattin bestiegen das Gefährt, in dessen Innerem ihre dreijährige Tochter den letzten Tag ihres kurzen Lebens verbracht hatte.

Dann setzte sich der Reiter- und Wagenzug wieder in Bewegung – einige Bauern aber, die während des Aufenthalts des Königszuges angelockt worden waren und das Geschehen aus einiger Entfernung beobachtet hatten, näherten sich nun der Mauerstelle, wo Anna gestorben war, und begannen dort erschüttert untereinander zu flüstern.

Eine knappe Stunde später erreichten die Reiter und Reisewagen den Klosterort Kastl. Durch enge, steile Gassen quälte sich der Zug zur Abtei hinauf; im Innenhof des Benediktinerklosters begrüßten der Abt und die Chorherren den Monarchen und dessen Gemahlin. Als das Herrscherpaar vom unverhofften Tod seiner Tochter berichtete, bekreuzigten sich die Patres; der Abt sagte: „Wir werden noch heute Abend eine Seelenmesse für Euer Kind zelebrieren. Doch zuvor solltet Ihr Euch in unserem Refektorium aufwärmen und Euch ein wenig von den Strapazen der Reise erholen."

Zumeist schweigend und zutiefst bedrückt nahmen das Königspaar und dessen adlige Begleiter einen Imbiss im Speisesaal der Abtei ein; Annas kleine Geschwister wurden im Gästetrakt des Klosters von einer Zofe betreut. Nach dem bescheidenen Mahl beteten die Mönche in der Klosterkirche für das Seelenheil des verstorbenen Mädchens, das vor dem Altar aufgebahrt worden war. Ludwig folgte der Messe mit versteinertem Gesicht; Beatrix weinte die ganze Zeit über, und einmal drohte sie vor Schmerz ohnmächtig zu werden.

Nach der Totenmesse führte der König seine Gemahlin am Arm ins Refektorium zurück; als das Paar wieder am Abtstisch Platz genommen hatte, fragte der Klostervorsteher: „Habt Ihr Euch bereits Gedanken wegen der Beisetzung Eures Kindes gemacht?"

Einmal mehr schluchzte die Königin auf; ihr Gatte erwiderte: „Wir sind nach München unterwegs, und die Reise dorthin wird noch fünf bis sechs Tage dauern. Und weil Anna in dieser langen Zeit …" Ludwig unterbrach sich, setzte neu an: „Und weil wir erst in einer knappen Woche in der Residenzstadt ankommen werden, ist es wahrscheinlich besser, wenn …"

„Wenn Eure kleine Tochter hier auf dem Klosterfriedhof bestattet wird", sprang ihm der Abt bei.

Der Monarch nickte. „Ja, darum möchte ich Euch bitten."

Doch ehe der Klostervorsteher zustimmen konnte, rief die Königin aus: „Nein! Das erlaube ich nicht!" Sie umklammerte den Unterarm ihres Gemahls. „Ich ertrage den Gedanken nicht, dass Anna hier in der Fremde unter die Erde kommt! Dass sie auf dem hiesigen Kirchhof wie irgendein Bauernmädchen aus den Gehöften von Kastl verwest! Obwohl sie ein Anrecht auf ein Fürstengrab hat …"

Die Stimme versagte Beatrix; in einer wilden Aufwallung trommelte sie mit den Fäusten gegen Ludwigs Brust. Im nächsten Augenblick erlitt sie einen Weinkrampf, und der Anfall war so heftig, dass ihrem Gatten nichts anderes übrigblieb, als sie in das für sie vorbereitete Gemach im Gästetrakt der Abtei zu bringen, wo sich Beatrix' Kammerfrauen um die verzweifelte Mutter kümmern konnten.

Nachdem er sich auch selbst noch eine Weile bei seiner Gemahlin aufgehalten hatte, kehrte der König ins Refektorium zurück und setzte sich wieder an den Abtstisch. Der Klostervorsteher schenkte ihm Wein ein; als sein Gast den Pokal wie geistesabwesend zum Mund geführt und einen Schluck getrunken hatte, murmelte der Abt: „Vielleicht ist es gut, wenn Ihr Eure Gattin zunächst ein wenig zur Ruhe kommen lasst, bevor Ihr erneut wegen der Beerdigung hier auf unserem Friedhof mit ihr sprecht."

Ludwig nagte an seiner Unterlippe. „Ich glaube nicht, dass sie sich umstimmen lässt. Und im Grunde meines Herzens verstehe ich sie ja auch. Nur ... wenn wir Anna, so wie Beatrix es will, einsargen lassen und sie nach München bringen, um sie in unserer Fürstengruft dort zu bestatten ... und meine Gemahlin sieht unsere verstorbene Tochter vor der Beisetzung noch einmal ... dann fürchte ich das Schlimmste."

Der Klostervorsteher bekreuzigte sich. „Sie würde es vermutlich nicht ertragen können, ihr Kind im Zustand der einsetzenden Verwesung zu erblicken. Und andererseits würde sie es als Mutter wohl auch nicht über sich bringen, auf den letzten Abschied von Anna am offenen Sarg zu verzichten."

„So sehe ich das auch ..." Neuerlich trank der König, diesmal fast unmäßig. „Aber wie könnten wir es schaffen, Beatrix das Grauenhafte zu ersparen?!"

Geraume Zeit überlegte der Abt; endlich äußerte er: „Womöglich gibt es einen Ausweg ..." Und dann erklärte er dem Monarchen, welcher Gedanke ihm soeben durch den Kopf gegangen war.

***

Der neue Tag war angebrochen; tiefhängende Wolken, die der Wind von Süden herantrieb und aus denen Nieselregen fiel, zogen über das Lauterachtal hin.

Das Wetter ändert sich, es wird wärmer, dachte der König; sodann löste er den Blick vom Fenster und wandte sich wieder seiner Gattin zu, die noch im Nachtgewand und mit hochgezogenen Knien auf der Bettstatt kauerte. „Draußen taut es. Die Wege werden schlammig, was unsere Weiterreise nach München nicht gerade erleichtern wird." Er beugte sich vor und tastete nach Beatrix' Hand. „Und du weißt, was die milde Witterung … bei einer Leiche …"

„Ja, ich weiß es", stieß die Königin hervor. „Trotzdem lasse ich nicht zu, dass Anna auf dem hiesigen Friedhof beigesetzt wird! Hier, wo mein Kind zwischen namenlosen Mönchen und elenden Bauern vermodern müsste!"

Ludwig erhob sich von seinem Stuhl, setzte sich neben seine Gemahlin auf das Bett und legte den Arm um ihre Schultern. „Das möchte ich auch nicht. Genauso wenig wie du. Doch es gäbe eine Lösung …"

Als Beatrix stumm blieb, fuhr der Monarch fort: „Letzten Abend, nachdem du dich zurückgezogen hattest, machte mir der Abt einen Vorschlag. Es gibt einen Pater unter den Klosterbrüdern, der viele Jahre in Outremer lebte. Und dort wurde er in gewisse Geheimnisse eingeweiht, die mit den Toten zu tun haben …"

Die Königin unterdrückte ein Schluchzen; dann schien sie etwas zu ahnen und flüsterte: „Du willst mir sagen … dass dieser Mönch …"

Ludwig zog seine Gattin enger an sich. „Der Pater versteht sich auf die Kunst, der Vergänglichkeit eines Leichnams Einhalt zu gebieten … Es wäre ein letztes Geschenk, das wir unserer Tochter machen könnten. Und danach könnte Anna hier in der Klosterkirche fürstlich bestattet werden. Wir müssten dazu nur ein Hochgrab für sie stiften."

Beatrix kämpfte mit sich; plötzlich befreite sie sich wie in einem jähen Aufbegehren aus der Umarmung ihres Gemahls. „Aber in München, in der Fürstengruft, würde mein Kind standesgemäßer ruhen!"

„Standesgemäßer!", brach es aus Ludwig heraus. „Ist dir das wirklich so wichtig?! Willst du dafür in Kauf nehmen, dass

Annas Leib während der langen Reise …" Er sprang auf, trat ans Fenster, blickte hinaus, drehte sich wieder zu seiner Gattin um. „Während meiner Kriegszüge habe ich gesehen, wie die Zeit, ein paar Tage oder eine Woche nur, den Körper eines Toten verändert! Ich lasse nicht zu, dass dies mit unserem Kind geschieht! Und in deinem Sinn kann es doch auch nicht sein, oder?!"

Die Königin senkte die Lider; dann murmelte sie: „Aber der Mönch, von dem du sprachst, würde es doch vielleicht schaffen, dass Annas … Leichnam den Weg nach München … unbeschadet überstehen könnte."

Ludwig schüttelte den Kopf. „Ich fragte ihn gestern Abend danach, weil ich ebenfalls hoffte, es wäre möglich. Doch er sagte mir, die Leiche dürfte nicht mehr transportiert werden, nachdem er seine Kunst an ihr angewandt hätte. Es bestünde sonst aufgrund des Rüttelns und Holperns des Sargwagens die Gefahr, dass seine Mittel ihre Wirkung verlieren würden."

Erneut begann Beatrix zu weinen; schließlich flüsterte sie: „Ich werde es mir überlegen …"

„Danke", kam es vom König. „Aber du weißt, wir können unseren Aufenthalt in Kastl nicht allzu lange ausdehnen …"

„Gib mir nur eine oder zwei Stunden", schluchzte Beatrix. Stumm nickte Ludwig; dann verließ er, während seine Gattin wie kraftlos aufs Bett niedersank und ihren Kopf in den Kissen vergrub, leise das Gemach.

***

Der Nieselregen des Morgens hatte sich jetzt, in der Vormittagsmitte, in fegende, vom pludrigen Wind getriebene Regenschauer verwandelt. Die Wassergüsse peitschten gegen die beiden Mönche heran, die mit tief ins Gesicht gezogenen Kuttenkapuzen vom Dormitorium der Abtei zur Klosterkirche eilten: einen Chorherrn und einen Frater, der einen schweren Holzkasten schleppte.

Im Windschutz des Kirchenportals verschnauften die Mönche kurz, traten dann in den Sakralbau ein, bekreuzig-

Der mumifizierte Leichnam der Prinzessin Anna ruhte zunächst in diesem Hochgrab im Paradies, der Vorhalle der Klosterkirche. Im Jahre 1715 wurde die Mumie aus dem Hochgrab herausgenommen und in einem Eichenschrank untergebracht.

ten sich und schritten zum Altar. Auf der Bahre dort lag noch immer das tote Kind; nach der Seelenmesse am vergangenen Abend war Annas Leiche mit einem Brokattuch bedeckt worden. Nun, nachdem er ein stilles Gebet gesprochen hatte, nahm der Chorherr das Tuch weg, hob das verstorbene Mädchen hoch und trug es zur Sakristeitür im hinteren Teil des Altarraumes. Der Frater öffnete ihm die niedrige Pforte; drinnen im Sakristeigewölbe bettete der Pater den Leichnam auf einen Eichentisch und befahl seinem Begleiter: „Stell den Kasten mit meinem alchemistischen Gerät hier neben den Körper des Mädchens."

Der Laienbruder gehorchte und trat danach scheu ein paar Schritte zurück. Der Chorherr wiederum entkleidete Anna, und als die kleine Leiche nackt war, machte er sich an sein schauriges Werk.

Zunächst reinigte er den Leichnam mit einem Wolltuch; sodann öffnete er mittels einer Lanzette verschiedene Hauptschlagadern des toten Kindes und drückte nach und nach ein beträchtliches Quantum einer streng riechenden Flüssigkeit, die er mit Hilfe einer metallenen Kolbenspritze aus einer großen Phiole absog, in die Blutgefäße. Nachdem dies geschafft war, behandelte er Annas Bauchraum auf ähnliche Art, so dass auch die Eingeweide und inneren Organe mit der Tinktur getränkt wurden.

Zuletzt verschloss der Pater die diversen Wunden am Leib der Leiche wieder, indem er die Ränder der kleineren Einschnitte zusammenpresste und die größeren Wundmale vernähte. Anschließend wandte er sich aufatmend dem Laienbruder zu, der ihm zuvor mit der einen oder anderen Handreichung beigesprungen war, und erklärte: „Jetzt muss das Kind nur noch äußerlich behandelt werden, und dann ist es vollbracht."

Nach diesen Worten entkorkte er eine zweite Phiole, deren flüssiger Inhalt nicht ganz so scharf wie jener der ersten roch, und rieb die Haut des Mädchens mit dieser Tinktur ein. Als auch das erledigt war, befahl der Chorherr seinem Gehilfen: „Bring den Kasten samt Inhalt in meine Zelle im Dormitorium zurück, damit das Herrscherpaar ihn hier in der Kirche nicht erblickt. Und danach suchst du den Abt auf und sagst ihm, er könne nun mit Ludwig und Beatrix ins Gotteshaus kommen."

Als der Frater gegangen war, bekleidete der Pater den Leichnam wieder und trug ihn zur Bahre vor dem Altar zurück. Behutsam legte er die Kinderleiche dort nieder, bedeckte sie bis zur Brust mit dem Brokattuch und wartete danach leise betend ab, bis er hörte, dass das Kirchenportal geöffnet wurde.

Es waren der Abt und das Königspaar. Langsam schritten sie durch den Mittelgang der Kirche zum Altarraum; Ludwig stützte seine Gattin, die wachsbleich war. Vor der Totenbahre fiel Beatrix auf die Knie nieder und berührte mit zitternder Hand die Wange ihrer verstorbenen Tochter; ganz so, als wollte sie ihr Kind noch einmal streicheln. Der Monarch hingegen blieb stehen und musterte die Leiche; nach einer Weile, während sich seine Gemahlin wieder erhob, flüsterte er: „Anna sieht … fast so aus, als würde sie noch leben."

„Das ist dank der orientalischen Ingredienzien so, die ich verwendet habe", beschied ihn der Chorherr mit leiser Stimme. „Und die alchemistischen Mittel werden auch weiterhin wirken. Über Jahrzehnte, vielleicht sogar Jahrhunderte hinweg …"

Beatrix umklammerte seinen Oberarm. „Ist das sicher? Ist das ganz gewiss so?!"

„Ihr könnt Euch unbedingt darauf verlassen", beteuerte der Pater. „In Outremer habe ich Verstorbene gesehen, deren Leiber noch nach sehr langer Zeit unversehrt waren. Und diejenigen, die mich die geheime Kunst lehrten, sagten mir, dass es in ihrer Heimat Ägypten sogar Tote gäbe, die selbst nach Jahrtausenden noch nicht verwest seien."

Die Königin gab den Arm des Chorherrn frei; ihr Gatte murmelte: „Ich habe einmal gehört, dass auch die Körper mancher Edelleute, die während der Kreuzzüge starben, auf diese magische Weise einbalsamiert wurden."

„Mit Magie, schon gar nicht mit schwarzer, hat mein

Wissen nichts zu tun", versetzte der Chorherr. „Vielmehr habe ich besondere Kräfte der Natur genutzt; spezielle Kräfte, welche den allermeisten Menschen allerdings unbekannt sind."

„Auf jeden Fall hast du dein Werk zu einem guten Ende gebracht und den Seelenschmerz unserer königlichen Gäste dadurch gelindert", erklärte der Abt. „Und nun lasst uns Sorge tragen, dass Anna eingesargt wird, damit sie, wie besprochen, zunächst in unserer Mönchsgruft beigesetzt werden kann."

Wenig später legten Ludwig und Beatrix den Leichnam ihrer Tochter in einen kleinen Totenschrein, der im Laufe des Vormittags vom Klostertischler angefertigt worden war. Danach zelebrierten die Mönche ebenso wie am Abend zuvor eine Totenmesse, an der neben dem Herrscherpaar auch die Adligen ihres Gefolges teilnahmen.

Anschließend wurde der Sarg geschlossen und in die Krypta der Kastler Kirche hinabgetragen, wo ein geöffneter Steinsarkophag stand, welchen der Klostervorsteher bereits vor Jahren für seine eigene Bestattung hatte vorbereiten lassen. Der Kindersarg wurde in diesen Sarkophag gestellt; dann wurde der abgenommene Steindeckel wieder an seinen alten Platz gehievt, und nachdem das Herrscherpaar den letzten Abschied von Anna genommen hatte, stiegen die trauernden

Der mumifizierte Leichnam der kleinen Prinzessin Anna im Eichenschrank.

Eltern, die Edelleute und die Mönche wieder ins Kirchenschiff hinauf und verließen den Sakralbau.

Den Rest des Tages verbrachten Ludwig und Beatrix zusammen mit ihren drei lebenden Kindern zurückgezogen im Gästetrakt der Abtei. Früh am darauffolgenden Morgen brach der Reiter- und Wagenzug zur Weiterreise nach München auf; der Monarch fuhr nun im Pferdegespann seiner Gattin mit, um ihr und den Kleinen so gut wie möglich Trost zu spenden.

Als die Klosterburg über dem Lauterachtal bereits ein gutes Stück entfernt war, schaute Beatrix noch einmal zurück. Auch an diesem Tag regnete es wieder; tiefhängende Wolken trieben über das Flusstal und dessen felsige Randhöhen, und von der Erde, die nur noch an wenigen Stellen mit altem Schnee bedeckt war, schien dämpfiger Brodem aufzusteigen.

Es war eine beklemmende Szenerie, welche das Herzweh der Königin noch verschlimmerte – doch dann, als sich ein Wolkenfleck etwas lichtete, gewann in Beatrix' Innerem plötzlich ein weniger schmerzhaftes Empfinden die Oberhand, und sie dachte: Immerhin wird Anna, mein geliebtes Mädchen, nicht von Würmern gefressen werden, sondern darf dank der geheimen Kunst des Chorherrn unversehrt in Kastl ruhen.

***

Am 30. Januar des Jahres 1319 war die dreijährige Königstochter vorübergehend in der Krypta der Klosterkirche bestattet worden; schon wenige Monate später wurde im Paradies des Klosters, der Vorhalle der Abteikirche, ein prachtvolles Hochgrab für Anna errichtet. In dieser Tumba lag die Kinderleiche beinahe vier Jahrhunderte lang: bis zum Jahr 1715.

Dann wurde dieses Grabmal aufgehoben, wobei man entdeckte, dass der kleine Leichnam mumifiziert und außerordentlich gut erhalten war. Die Kindermumie wurde sodann in einen Eichenkasten gelegt, der danach in einem Schrank in der Kirchenvorhalle aufbewahrt wurde – und dort befindet sich die Mumie der Königstochter bis heute.

Die Raubhorde von Wildthurn

Niederbayern, Landkreis Dingolfing-Landau
15. Jahrhundert

Es war ein warmer Spätsommernachmittag im Jahr 1417. Soeben hatte der von Süden, aus dem Salzkammergut, kommende Kaufmannszug – vier schwerbeladene Planwagen, die von je zwei Pferden gezogen wurden, sowie sechs bewaffnete Begleitreiter – die Vils durchfurtet. Nun formierten sich die Berittenen, die ihre Rösser am Flussufer angehalten und das Herüberkommen des letzten Fuhrwerks abgewartet hatten, wieder an der Spitze des Zuges.

Der Befehlshaber der Reisigen, ein bereits graubärtiger Mittvierziger, brachte seinen übermütig stampfenden Schecken zur Raison; als das Tier sich beruhigt hatte und brav dahinschritt, wandte er sich dem Reiter an seiner Linken zu, deutete nach Norden und sagte: „Dort drüben zieht sich der Weg über die Randhöhen des Vilstales. Und wenn wir den Anstieg überwunden haben, ist's bloß noch ein Katzensprung bis Landau, wo wir übernachten werden."

Der Angesprochene, ein kaum achtzehnjähriger blonder Bursche, der zuvor noch nie in der Gegend gewesen war, schaute in die angegebene Richtung; dann entgegnete er: „Auf ein bequemes Nachtquartier in der Wittelsbacherstadt freue ich mich. Aber morgen kann's ungemütlich werden, gell? Wenn wir die Frachtwagen und die Pferde über den reißenden Isarstrom bringen müssen!"

„Mit Hilfe der Landauer Flößer werden wir es schon hinkriegen", schmunzelte der Graubärtige. „Und danach geht's weiter. Über die Isarhöhen ins Donautal, von dort aus ins große Waldgebirge. Und wenn wir auch das hinter uns gebracht haben, sind wir in Böhmen, wo die Menschen schon sehnsüchtig auf unsere Salzfässer warten."

„Weil sie im eigenen Land kein weißes Gold haben", kam es von dem Blonden.

Er grinste. „Doch an schönen Frauen herrscht dort drüben kein Mangel, wie ich hörte."

„Musst halt versuchen, mit einer anzubandeln", scherzte der Reiterführer – im nächsten Moment stutzte er, spähte wie erschrocken nach vorne zu einer etwa dreißig Meter entfernten Waldzunge und rief: „Obacht, Leute! Mir scheint, als ob ..."

Er konnte den Satz nicht vollenden; ein Armbrustbolzen fuhr ihm in den Hals und schleuderte ihn rücklings vom Pferd. Unmittelbar darauf zischten noch mehr Geschoße heran; sie trafen zwei weitere Reisige sowie einen Fuhrmann – dann preschte aus dem Waldstück ein Reiterpulk heraus: ein gutes Dutzend schwerbewaffneter Wegelagerer, an deren Spitze ein hochgewachsener Mann im Harnisch eines Ritters galoppierte.

Die drei noch kampffähigen Begleitreiter und die unverletzten Fuhrleute hatten keine Chance gegen die Übermacht. Die Angreifer trieben sie zu Paaren und metzelten sie gnadenlos nieder; danach erstachen sie auch jene, die durch die Armbrustschüsse zu Beginn des Kampfes verwundet worden waren.

Als die blutige Arbeit getan war, beraubten die Wegelagerer ihre Opfer der Waffen und sogar der Kleider; anschließend schleiften sie die nackten Leichen zur Vils und warfen sie unterhalb der Furt ins Wasser. Dann kehrten sie zu den Planwagen zurück, und nachdem er die Ladungen der Fuhrwerke kurz inspiziert hatte, sagte der Anführer der Raubhorde unter triumphierendem Grinsen zu seinen Männern: „Unser Ausflug von Wildthurn hierher hat sich wahrhaftig gelohnt! Jede Menge Salz, dazu die Reit- und Zugpferde, die Frachtwagen und das übrige Zeugs. Das alles wird uns einen Haufen Geld von den Hehlern einbringen."

„Wenn der Ruppert Waller zuschlägt, kann man gewiss sein, dass es sich lohnt", versetzte einer der Waffenknechte des Geharnischten. Er kratzte einen eingetrockneten Blutfleck von seinem Lederkoller und fuhr fort: „Aber zunächst einmal, bis Gras über unser Nachmittagsvergnügen gewachsen ist, werden wir das Beutegut in der Burg verstecken müssen."

„Da hast du recht", nickte der Raubritter Waller. „Doch das soll uns nicht daran hindern, unseren Erfolg kräftig zu feiern. Heute Abend werden wir fressen und saufen, was das Zeug hält. Aber jetzt lasst uns von hier verschwinden. Sonst könnte es am Ende passieren, dass uns irgendein Neugieriger in die Quere kommt und wir ihn auch noch abmurksen müssen."

Wenig später setzten sich die Fuhrwerke, nun von einigen Strauchräubern gelenkt, wieder in Bewegung; die Rösser der ermordeten Reisigen wurden von anderen Waffenknechten neben ihren eigenen Pferden am langen Zügel mitgeführt. Ungefähr eine Viertelmeile legte der Reiter- und Wagenzug auf diese Weise zurück – dann auf einmal zügelte Ruppert Waller, der ein Stück vor dem ersten Planwagen ritt, sein Tier und knurrte: „Kreuzkruzifix! Muss mir ausgerechnet jetzt mein geschissener Vetter über den Weg laufen?!"

Gleich darauf gab der Raubritter seinen Leuten den Befehl, anzuhalten. Er selbst trabte seinem Verwandten, der soeben aus einem Birkenwäldchen heraus ins Freie gekommen war, entgegen. Als die beiden Männer aufeinandertrafen, erkannte der Raubritter, dass sein Vetter auf der Jagd gewesen war, denn er hatte Bogen und Pfeilköcher bei sich, und an seinem Sattel hing ein toter Fuchs.

Ruppert Waller deutete auf den Kadaver und bemerkte spöttisch: „Hast wenig Glück beim Waidwerk gehabt, Rapoto. Ein Rehbock oder eine Wildsau wären besser gewesen, nicht?"

Der ungefähr dreißigjährige Rapoto Waller, dessen schulterlanges blondes Haar im Nacken von einem Lederband zusammengehalten wurde, ging nicht auf den Hohn seines Onkels ein. Vielmehr schoss er einen vorwurfsvollen Blick aus seinen blaugrauen Augen auf den etwa zehn Jahre älteren Verwandten und warf ihm vor: „Schon wieder hast du den Schwur gebrochen, den du bei deiner Schwertleite geleistet hast!"

Unter verächtlichem Schnauben nahm Ruppert seinen Eisenhut ab, strich sich ein paar verschwitzte schwarze Haarsträhnen aus der Stirn und erwiderte: „Der Eid ist bloß etwas für Narren. Die halten sich dran. Aber die Gescheiten pfeifen auf den blödsinnigen Ritterschwur, der ihnen verbieten möchte, die Waffen zum eigenen Vorteil zu führen. Denn nur so, wenn man die Macht ausnutzt, die man als Adliger hat, kommt man zu was. Und wenn man's nicht tut, wenn man die Schwerter, Spieße und Armbrüste in der Rüstkammer lässt und den Waffenknechten das Faulenzen erlaubt, geht alles den Bach hinunter. Dann kann's einem Edlen leicht passieren, dass ihm die Burg verfällt und er am Ende unterm verrotteten Dach verhungert."

Zorn glühte in seinen braunen Augen auf. „Dutzendweise sind die Ritter hier im Vils- und Isargäu in den letzten Jahrzehnten verarmt! Und anderswo ist's dasselbe. Dass sie brav dem Herzog oder den sonstigen weltlichen und kirchlichen Hochadligen in deren Kriegen gedient haben, hat ihnen nichts gebracht. Heruntergekommen sind sie, oft bis auf den Bettelstab! Doch die anderen, die Großkotze, sind immer feister geworden. Sie und die Bürger in ihren Städten. Und dort vor allem die Pfeffersäcke, die gierigen Kaufherren. Die scheffeln das Gold und Silber, haben Berge davon in ihren Truhen. Wir aber, die alteingesessenen Edelfreien, kommen auf den Hund und verrecken! Außer, wir nehmen unser Recht in die eigene Hand und holen uns das, was wir zum Dasein und zum Erhalt unserer Burgen brauchen, mit Gewalt von den bürgerlichen Fettsäcken!"

Der Raubritter deutete auf die Planwagen. „Von der Beute, die ich heute machte, können ich und meine Leute lange leben. Fürs Ausbessern der morschen Wildthurner Ringmauer bleibt auch noch was. Und nur das zählt für mich! Nichts sonst!"

„Ja, das weiß ich schon." Rapoto Waller beruhigte sein Pferd, das bei den letzten, fast herausgebrüllten Sätzen Rupperts scheu geworden war. Dann, als das Tier wieder still stand, fügte er hinzu: „Aber ich weiß auch, wie viel Hass und Verachtung du dir durch deine Raubüberfälle zugezogen hast. Seit Jahren treibst du es nun schon so! Und vom Salzkammergut im Süden bis zum Donaugäu und dem Waldgebirge im Norden verfluchen dich die Menschen deswegen! Doch du gibst einen Dreck drauf, nimmst es vielmehr in Kauf, dass irgendwann ein Aufgebot gegen dich zusammengestellt wird und man dich hängt und deine Burg schleift!"

„Im Wildthurner Wehrturm bin ich sicher!", versetzte der Raubritter. „Dort kommt keiner an mich ran. Da könnten sie mich und meine Gesellen bis zum Sankt-Nimmerleinstag belagern."

Rapoto schüttelte den Kopf. „Du zeigst keinerlei Einsicht! Schändest den Ruf unserer ganzen Familie! Dabei hättest du es gar nicht nötig, immer wieder zu plündern und Blut zu vergießen. Könntest es so machen wie ich ..."

„So wie du?!", fiel ihm Ruppert ins Wort. „Nie im Leben! Eher soll mich der Teufel holen! Ich bin ein Adelsherr, kein Bauer! Ich werde mir die Hände nicht mit Ackerdreck beschmutzen!"

„Du willst mich nicht verstehen ..." Der Blonde schaute seinen Onkel beinahe bittend an; nahm einen neuen Anlauf: „Denk doch wenigstens einmal darüber nach, ob du es nicht auch so halten könntest wie ich. Seit ich meinen Herrensitz in Reichersdorf, den mir mein Vater arg heruntergekommen hinterließ, landwirtschaftlich auf Vordermann gebracht habe, geht es mir gut. Ich habe Ackerland roden und Feuchtwiesen entwässern lassen, habe den Viehbestand verbessert, und nun kann ich mehr als zufrieden mit meinem Dasein ..."

„Hör auf!", unterbrach ihn der Raubritter. „Ich hab genug von deinen Salbadereien! Du bist es, der die Ehre unseres Geschlechts schändet, weil du dich mit den Fronbauern, den nichtswürdigen Mistkratzern, gemein gemacht hast! – Und jetzt geh mir aus dem Weg. Ich will weiter, muss meine Beute nach Wildthurn bringen."

Stumm, mit zusammengepressten Lippen, zog Rapoto Waller sein Pferd herum und galoppierte zu dem Birkenwäldchen zurück, aus dem er gekommen war.

Ruppert rief seinen Männern den Befehl zu, weiterzuziehen. Sofort setzte sich der Reiter- und Wagenzug wieder in Bewegung – und schon bald kam die Burg Wildthurn in Sicht.

Die Festung stand auf einer mäßigen Anhöhe über dem Vilstal. Das Burgareal auf dem Hügelplateau wurde von einer nicht sonderlich starken und hohen Ringmauer geschützt; über die Umwallung ragten die Dächer einiger Wirtschaftsgebäude sowie die oberen Stockwerke eines mächtigen rechteckigen Wohnturmes empor.

Auf einem schmalen Fahrweg, der an der Hügelflanke entlangführte, polterten die Planwagen zum Festungstor hinauf. Als der vor den Fuhrwerken herreitende Burgherr nur noch wenige Pferdelängen vom Tor entfernt war, knarrten dessen Balkenflügel auf. Ein hünenhafter Knecht mittleren Alters, der mit dem linken Bein hinkte, hatte die Torflügel geöffnet. Jetzt, da Ruppert Waller an ihm vorbei in den Festungshof trabte, schaute der Burgknecht unter zusammengekniffenen Brauen hervor auf die Frachtwagen; einen Moment später hörte er im Rücken die tadelnde Stimme des Raubritters: „Beim nächsten Mal machst du gefälligst schneller mit dem Tor, Konrad!“

Der Knecht brummte etwas Unverständliches in seinen schon ergrauenden Bart; der Burgherr nahm es hin, schwang sich aus dem Sattel, band sein Ross bei der nahen Pferdetränke an und wartete ab, bis alle Wagen, Reiter und ledigen Tiere im Festungshof waren. Dann, während Konrad die Torflügel wieder schloss und verriegelte, befahl Ruppert Waller seinen zwölf Waffenknechten sowie etlichen Mägden, die unterdessen von den verschiedenen Wirtschaftsgebäuden herbeigekommen waren: „Versorgt die Gäule, ladet die Fuhrwerke ab, schiebt die Wagen in die Remise und bringt die Salzfässer in den Küchenkeller. Die übrigen Sachen aber, die wir erbeutet haben, tragt ihr hier beim Rossbrunnen auf einen Haufen zusammen.“

Die Leute des Burgherrn beeilten sich, dessen Anordnungen zu befolgen; nach einiger Zeit war alles erledigt, und nun rief Ruppert Waller, welcher die Arbeiten der Männer und Frauen von der Pferdetränke aus überwacht hatte, seine Spießgesellen zu sich. Als sich die zwölf Kerle vor ihm versammelt hatten, deutete er auf die Waffen, Kleidungsstücke,

Brotbeutel, Geldbörsen und anderen Dinge, die von den getöteten Reisigen und Fuhrleuten stammten, und sagte: „Dieses Beutegut teilen wir oben im Turm gerecht unter uns auf. Packt es also in Körbe und tragt diese zum Bergfried hinüber, damit sie unser Freund Konrad zusammen mit uns in den Adlerhorst hochziehen kann."

Aufgeräumt machten sich die Spießgesellen des Raubritters ans Werk; wenig später standen die Weidenkörbe mit dem Raubgut am Fuß des sechsstöckigen Steinturmes. Jetzt hinkte der hünenhafte Knecht heran und griff nach einem dicken, in Abständen von je einem Fuß zu einem Knoten geschlungenen Tau, das von der Einstiegspforte des Turmes in ungefähr zehn Metern Höhe herunterhing. Trotz seiner Behinderung erklomm Konrad die Turmmauer erstaunlich schnell und schlüpfte droben, Kopf und Schultern voran, durch die enge Zugangspforte.

Grinsend hatte ihm Ruppert Waller beim Aufstieg zugesehen; nun wandte er sich einem seiner Waffenknechte zu und äußerte: „Es freut mich immer wieder, dass meine Ahnen den Trutzturm so schlau erbaut haben. Sechs Mannsgrößen hoch nichts als geschlossenes, meterdickes Mauerwerk; erst da oben, wo eigentlich nur die Vögel daheim sind, das Portal. Und deshalb hat es in dreihundert Jahren auch nie ein Feind geschafft, in den Wildthurner Turmbau einzudringen."

„Aber für uns ist das Hinaufkommen gar nicht schwer, weil uns das Hinkebein dabei hilft", versetzte der andere.

„So ist's", nickte der Burgherr; im nächsten Moment pfiff er gellend durch die Finger und schrie zur Turmluke empor: „Was ist?! Bist du endlich fertig, Krüppelkonrad?!"

„Gleich", scholl es von droben herab – und einen Augenblick später wurde aus der Einstiegspforte im dritten Stockwerk des Wohnturmes ein starkes Hanftau herabgelassen, an dessen Ende zwischen vier Halterungen ein Trittbrett befestigt war. Als das Brett auf dem Pflaster des Hofplatzes aufgekommen war, stellte sich der Nächststehende der unten wartenden Waffenknechte darauf. Sodann griff er mit beiden Händen nach zwei Halteschlaufen, die sich weiter oben an dem Tau befanden. Gleich darauf, nachdem er den Hinkenden droben im Turm durch einen Ruf verständigt hatte, wurde er langsam in die Höhe gezogen. Als er sich vor dem Turmportal befand, beugte er sich mit dem Oberkörper hinein, hielt sich an einer Eisenkrampe fest, die drinnen an einer Seite der Pfortenlaibung angebracht war, und verschwand im nächsten Moment in der dahinterliegenden Turmstube.

Auf dieselbe Weise gelangten die übrigen elf Spießgesellen des Raubritters in den Festungsturm; zuletzt stand nur noch Ruppert Waller unten im Hof. Der Raubritter wartete, bis das Hanftau mit dem Trittbrett erneut herabgelassen worden war; dann hob er einen der Körbe mit dem Beutegut auf das Brett und band ihn fest. Nach einer Weile waren auch die insgesamt fünf Weidenkörbe in die Höhe gehievt worden, und nachdem das erledigt war, folgte Ruppert Waller seinen Waffenknechten ins dritte Stockwerk des Wohnturmes.

In dem halbdunklen Raum hinter der Einstiegspforte befand sich ein Flaschenzug mit einer Reihe hölzerner Rollen; diese Vorrichtung hatte dem hinkenden Hünen Konrad das Emporziehen der Männer und Körbe erleichtert. Nun nickte der Raubritter dem Knecht zu und sagte: „Hast deine Arbeit ordentlich gemacht. Deshalb darfst du jetzt, obwohl du bloß ein Krüppel bist, mit in den vierten Stock, wo du es dir zusammen mit uns anderen gutgehen lassen sollst.“

Damit schritt Ruppert Waller zu einer Balkenstiege, die durch eine Deckenöffnung ins nächste Stockwerk führte. Das Turmgeschoß dort oben war im Gegensatz zu dem darunterliegenden nicht in Kammern unterteilt, sondern nahm die gesamte Turmfläche ein. Ein großes, bogenförmiges Fenster ging nach Osten hinaus, daneben gab es einen Sitzerker in der Mauer; weitere zwölf ähnliche Erker waren in regelmäßigen Abständen in die fensterlosen Wandabschnitte des großen Raumes eingelassen. In der Mitte des Gemachs stand ein mächtiger eckiger Tisch, dessen Ränder bis nahe an die Sitzerker heranreichten; auf der Tischplatte waren Krüge, Becher, Teller und mehrere gefüllte Brotkörbe zusammengestellt.

Auf zwei Böcken beim Turmfenster lagen ein Wein- und ein kleineres Schnapsfass; von einem Schragen, der sich über die Fässer erhob, hingen Schinken und Würste herab.

Nun nahm der Raubritter im Fenstererker Platz. Seine Spießgesellen, die nach ihm heraufgekommen waren, setzten sich in die anderen Erker; zuvor hatten einige von ihnen die mitgebrachten Beutekörbe auf den Tisch gehoben. Der Knecht Konrad wiederum war bei der Treppenluke stehen geblieben; jetzt blickte er zum Burgherrn hinüber und wollte wissen: „Soll ich die Trinkbecher schon füllen, oder wollt Ihr erst das Raubgut verteilen?"

„Natürlich haben wir Durst!", erwiderte Ruppert Waller. „Gewaltigen sogar! Was denkst du denn? Und hungern tut's uns auch. Also mach dich gefälligst ans Werk und lass' mich und meine Waffengefährten nicht länger darben."

Daraufhin versorgte Konrad den Burgherrn und dessen Waffenknechte nach deren speziellen Wünschen mit Speise und Trank. Als alle ihre gefüllten Teller und Becher vor sich hatten und kräftig zuzulangen begannen, nahm sich auch der Hinkende sein Teil und setzte sich danach auf einen Hocker nahe der Treppenluke. Während der folgenden Stunden dann schmausten und pokulierten die dreizehn Wegelagerer nach Herzenslust und wurden dabei, wann immer es nötig war, von Konrad bedient. Die Abenddämmerung brach darüber herein, so dass der Hinkende die dicken Kerzen auf dem wagenradgroßen Eisenleuchter entzünden musste, der über der Tischplatte hing. Schließlich, als alle schon reichlich geladen hatten, rief Ruppert Waller: „Jetzt wollen wir das, was uns an der Vils in die Hände gefallen ist, nach bewährtem Brauch unter uns aufteilen."

Sofort schleppte Konrad den ersten Weidenkorb vor den Raubritter hin; dieser nahm die drei wertvollsten Beutestücke an sich: einen sehr ordentlichen Reitsattel, der oben auf dem Korb gelegen hatte, ein gutes Schwert sowie ein warmes, auf der Brust mit Stickereien verziertes Wollwams. Danach wurde der restliche Korbinhalt unter den zwölf Waffenknechten verteilt, wobei Waller darauf achtete, dass möglichst keiner seiner Spießgesellen bevorzugt oder benachteiligt wurde. Als der Korb leer war, brachte Konrad den nächsten heran – und so ging es fort, bis auch das letzte Stück des Raubgutes seinen neuen Besitzer gefunden hatte.

Der Abend war nun schon weit fortgeschritten; in der Unterkunft der Burgmägde im Festungshof war längst nächtliche Stille eingekehrt. Im Turmgemach aber ging es jetzt immer noch höher her; gegen Mitternacht brüllte der Raubritter, wobei ihm der Branntwein von den Lippen troff: „Lasst uns weitersaufen, bis uns der Schnaps wieder zu den Ohren herauskommt! Wir dürfen's uns leisten, weil wir keine Eheweiber haben, die uns das Leben zur Hölle machen könnten. Die meine ist mir ja schon vor sechs oder sieben Jahren samt den Bälgern davongelaufen und hockt seitdem bei Verwandten irgendwo im Böhmischen drüben. Und von euch, meine Herzbrüder, trägt ebenfalls keiner einen vermaledeiten Ehering; habt's auch nicht nötig, weil ihr die Burgmägde oder die Bauerndirnen draußen auf den Höfen vögeln könnt, wenn euch der Schweif juckt."

„So ist's!", schrie einer der Waffenkechte; die übrigen grölten zustimmend oder ließen den Burgherrn johlend hochleben, und dann ging das Trinkgelage weiter und wurde immer noch wüster, bis die dreizehn Mordgesellen zuletzt völlig besoffen waren.

***

Der Sommer hatte sich in den Herbst gedreht; über den Feldern und Wiesen um den Reichersdorfer Herrenhof des Rapoto Waller waberte der Novembernebel, und in der Kaminstube des Anwesens lauschte der blonde Gutsherr entsetzt den Worten seines Verwalters. Nachdem der Vogt geendet hatte, herrschte eine Weile Schweigen zwischen den beiden Männern; endlich sagte Rapoto gepresst: „Mein Onkel muss ganz und gar den Verstand verloren haben! In seinem Irrsinn treibt er es ärger denn je! Vor kaum einem Monat der blutige Überfall zwischen Landau und Straubing, bei dem sechs unschuldige Tote zu beklagen waren!

Erst vorletzte Woche der Angriff auf den Kaufmannszug bei Osterhofen, wo der Wahnsinnige in seiner unersättlichen Beutegier weitere fünf Menschen abschlachten ließ! Und nun zu allem Überfluss die Gräueltat heute, von der du mir soeben berichtet hast …"

„Ich habe das Gefühl, als würde ich die nackten Leichen noch immer auf dem Misthaufen des geplünderten Freibauernhofes bei Mettenhausen liegen sehen", murmelte der Gutsverwalter mit verstörten Augen. „Die Körper des Hofherrn, seiner Frau und der Kinder. Dazu jene der Dienstboten, die nicht rechtzeitig zu fliehen vermochten. Ich verzweifelte an der Welt, als ich vor den Hingemetzelten stand … Und dann trug mir der Wind das Wimmern zu, und ich ging dem Geräusch nach und entdeckte in einer Hecke am Hofrand das zwölf- oder dreizehnjährige Mädchen, das mir zitternd berichtete, wer die Schuld an dem Massenmord trägt …"

„Da schickte ich dich vor ein paar Stunden mit einer harmlosen Botschaft zu meinem Mettenhausener Freund, und jetzt kommst du mit der Nachricht von der grauenhaften Bluttat zurück!" Rapoto starrte durchs Fenster, starrte ins Nebeltreiben hinaus; nach einem heftigen Atemzug fuhr er fort: „Doch du hast recht daran getan, mich sofort über dieses neueste Verbrechen meines verfluchten Verwandten in Kenntnis zu setzen. Und ich schwöre dir: Nun werde ich tun, was ich schon längst hätte tun müssen! Ich werde dem Bluthund und seinen Mordgesellen das teuflische Handwerk legen! Um der bedrohten Menschen und um der Ehre des Adelsgeschlechts der Waller willen muss es mir gelingen!"

„Aber wie wollt Ihr das anstellen?!", stieß der Vogt hervor. „Ihr habt hier auf dem Gut keinen einzigen Waffenknecht zur Verfügung. Nur die kampfunerfahrenen Männer und Burschen, denen ich ihre Arbeiten anweise. Euer Onkel hingegen befehligt ein volles Dutzend skrupelloser Kerle, die schon oft getötet haben. Außerdem heißt es, dass sein Burgturm, in dem er sich jederzeit verschanzen kann, uneinnehmbar ist."

„Das stimmt", gab Rapoto zu. „Der Satan hockt im

stärksten Festungsturm weit und breit und wird von seinen zwölf Spießgesellen beschützt. Trotzdem muss ich an ihn herankommen, muss ihn für seine abscheulichen Taten zur Rechenschaft ziehen! Denn wenn ich es nicht tue, wird er weiter und weiter morden!"

Erneut blickte er ins Nebelwabern draußen, blieb eine ganze Weile stumm; schließlich forderte er den anderen auf: „Geh nun. Versuch, zur Ruhe zu kommen. Und ich werde überlegen, wie ich dem Scheusal ans Leder kann."

Während der folgenden Tage zermarterte sich der Gutsherr den Kopf; er fand aber keine Antwort auf die Frage, wie er seinem blutsäuferischen Verwandten beikommen könnte. In seiner Ratlosigkeit und Gewissensnot besprach er sich schließlich mit seiner Gemahlin. Doch auch sie vermochte ihm nicht weiterzuhelfen; sie reagierte vielmehr beinahe panisch und beschwor ihn, sich auf gar keinen Fall mit dem brandgefährlichen Wildthurner Raubritter anzulegen.

Daraufhin wurde auch Rapoto unsicher; fast eine Woche lang fühlte er sich innerlich hin und her gerissen und war zuweilen nahe daran, seine Absicht aufzugeben. Schließlich aber, als er eines Morgens nachdenklich vor dem großen Taubenkobel stand, der sich an die sechs Meter hoch in der Mitte des Gutshofes erhob, sah er, wie ein Habicht einen Schwarm der Haustauben verfolgte und im Jagdeifer in den Kobel geriet. Da plötzlich durchzuckte den Neffen des Wildthurners eine Idee – und einen Moment später fiel ihm zudem ein, dass die Schwester einer seiner Gutsmägde auf der Raubritterburg diente.

Noch am selben Tag sandte er die Reichersdorfer Magd nach Wildthurn; zuvor hatte er der Frau haargenau eingeschärft, wie sie vorgehen sollte. Am frühen Abend kehrte die Gutsmagd zurück und berichtete ihrem Herrn, was sie auf Rupperts Festung erreicht hatte. Rapoto Waller belohnte sie mit einer Silbermünze; am übernächsten Nachmittag sodann tauchte ein etwa zehnjähriger Bauernbub im Gutshof auf, suchte die bewusste Magd und sagte, nachdem er sie im Kuhstall gefunden hatte, zu ihr: „Deine Wildthurner

Schwester schickt mich. Ich soll dir von ihr ausrichten, dass sie am Sonntagvormittag in der Marienkapelle im Wald bei Exing sein wird."

Die Frau gab die Botschaft an Rapoto weiter, und am Sonntagmorgen ritt der Reichersdorfer Gutsherr zu dem Exinger Forst, wo die einsame Kapelle auf einer kleinen Lichtung stand. Neben dem bescheidenen Sakralbau sprudelte eine Quelle; Rapoto Waller genoss einige Schlucke des köstlichen Wassers, tränkte danach auch sein Ross und ließ sich anschließend im Kapelleninneren nieder. Eine halbe Stunde später kam die Wildthurner Burgmagd auf der Waldlichtung an, schaute wie gehetzt über die Schulter und huschte in die Kapelle. Nachdem sie sich vor dem Marienaltar bekreuzigt hatte, folgte sie der Aufforderung Rapotos, sich neben ihn zu setzen, und dann sprachen der Gutsherr und die einfache Frau von der Wildthurner Burg lange miteinander.

Gegen Mittag verschwand die Magd wieder im Nebel, der auch an diesem Tag über dem Vilstal brütete. Rapoto Waller hingegen blieb noch eine ganze Weile in der Marienkapelle. Er war innerlich aufgewühlt und bemühte sich, zur Ruhe zu kommen; endlich verließ er den Sakralbau, schwang sich in den Sattel und ritt in scharfem Trab zu seinem Gutshof zurück.

Dort verbrachte er die nächste Woche in ständiger seelischer Anspannung; wenn er sich im Freien aufhielt, blickte er immer wieder in die Richtung, wo die Raubritterfestung lag. Ansonsten saß er oft in seiner Rüstkammer; starrte auf den Brustharnisch, der dort an der Wand hing, oder nahm sein Schwert zur Hand, das er seit Jahren nicht mehr getragen hatte. So verstrichen sieben Tage; am achten Vormittag dann kam erneut der zehnjährige Bauernbub auf den Hof des Gutes gerannt und rief Rapoto, der gerade zum Pferdestall gehen wollte, zu: „Ihr seid der Herr hier, oder?"

Rapoto Waller bejahte; daraufhin beschied ihn der Halbwüchsige: „Ich soll Euch von der Wildthurner Schwester Eurer Magd ausrichten, dass die Zeit da ist."

Ein paar Herzschläge lang starrte der Gutsherr wie erschrocken auf den Buben; sodann strich er ihm übers Haar und sagte: „Geh in die Küche, lass dir dort was Leckeres geben. Und für den Rest des Tages bleibst du hier in Reichersdorf. Die Küchenmagd soll sich um dich kümmern."

„Warum darf ich nicht wieder heim?", fragte der Halbwüchsige verwundert.

„Weil es nicht gut für dich wäre", entgegnete Rapoto, wandte sich abrupt ab und eilte zum Herrenhaus.

***

Bald nach Tagesanbruch hatten Ruppert Waller und seine Spießgesellen die Burg Wildthurn verlassen und waren nach Südosten geritten. Jetzt, kurz vor der Mittagszeit, lauerte die Raubbande am Rand des Kollbachtales in einem Waldstück nahe des großen Einödhofes Sattlern bei Mariakirchen.

Die Männer waren abgesessen; die Rösser suchten nach welken Grasbüscheln oder fraßen Zweige von den Sträuchern, an denen sie festgebunden waren. Ruppert spähte aus der Deckung eines knorrigen Eichenstammes zu dem einschichtigen Hof hinüber und spielte dabei mit seinem Vierkantdolch; plötzlich stieß er die Waffe zurück in die Scheide und rief mit gedämpfter Stimme: „Es ist soweit!"

Sofort machten sich die Waffenknechte zum Abreiten fertig; auch der Raubritter stieg in den Sattel, und während dies geschah, begaben sich der Bauer sowie die Knechte und Mägde des Einödhofes, von den Stallungen oder der Scheune her kommend, zum Wohnhaus, um dort das Mittagessen einzunehmen. Kaum hatte der letzte Hofbewohner die Haustür hinter sich geschlossen, galoppierte die Raubbande los und jagte auf die einsame Hofstelle zu. Als die Berittenen bei der Einöde anlangten, umstellten acht Mann das Wohngebäude; Ruppert Waller selbst stürmte mit vier Spießgesellen ins Haus, rannte an der Spitze des Trupps in den Küchenraum und brüllte die Hofleute, die erschrocken aufgesprungen waren und sich nun in Panik zusammendrängten, an: „Ich bin der Waller von Wildthurn, von dem ihr gewiss schon gehört habt! Und wenn ihr versucht, mir Widerstand zu leisten oder zu fliehen, fahrt ihr augenblicklich zur Hölle!"

„Was … was wollt Ihr von uns?!“, stotterte, totenbleich im Gesicht, der schon ältere Einödbauer.

„Nach deiner hässlichen Alten steht mir der Sinn nicht“, verhöhnte ihn der Raubritter. „Aber auf dein Gold und Silber bin ich scharf. Ein Vöglein hat’s mir gezwitschert, dass du kürzlich eine Mastrinderherde von wenigstens sechzig Stück an die reichen Marktbürger von Eggenfelden verkauft hast. Und ich bin jetzt da, um mir meinen Anteil an deinem Profit abzuholen!“

Mit schriller Stimme begann die Bäuerin zu beten; im nächsten Moment schleuderte Ruppert seinen Dolch auf sie, und die vierkantige Klinge durchbohrte den Hals der Frau. Röchelnd stürzte die tödlich Verletzte nieder; wiederum einen Augenblick später war einer der Wildthurner Waffenknechte beim Ehemann der Sterbenden, ohrfeigte ihn derb und schrie dabei: „Wo ist das Geld?! Rede! Oder es ergeht dir wie deiner Zuchtel!“

Der zutiefst verstörte Bauer wollte etwas sagen, brachte jedoch zunächst keinen Ton heraus; erst als Ruppert Waller mit gezogenem Schwert herankam und ihm die Waffe an die Kehle setzte, keuchte er: „Droben … in der schönen Stube …“

Der Raubritter feixte. Dann befahl er zweien seiner Spießgesellen, die Hofleute im Küchenraum zu bewachen; zusammen mit den anderen beiden Waffenknechten stieg er ins Obergeschoß des Hauses hinauf. Nach kurzer Suche fanden die drei Männer das genannte Zimmer: eine gediegen ausgestattete Wohnstube, die nur bei besonderen Gelegenheiten benutzt wurde.

In einer Ecke des Raumes stand eine eisenbeschlagene Truhe, die mit einem schweren Anhängeschloss versperrt war. Auf einen Wink Rupperts hin schlug einer seiner Spießgesellen mit der Streitaxt zu; der Metallbügel des Schlosses zerbrach, und im Truheninneren entdeckten die Räuber verschiedene Ledersäckchen, die mit Gold- und Silbermünzen gefüllt waren. Außerdem enthielt die Lade einigen Frauenschmuck, ein kostbares Kruzifix sowie die Sonntagsgewänder des betuchten Bauernpaares. Grinsend verwahrte der

Raubritter die Geldsäckchen und den Schmuck in seiner Gürteltasche und steckte sich das etwa zwei Spannen lange Prunkkreuz hinter den Waffengurt; danach wies er seine Kumpane an: „Packt die Kleider und alles Wertvolle, das sich sonst noch hier findet, zusammen. Wenn ihr fertig seid, durchsucht ihr auch die Zimmer nebenan, und dann kommt ihr mit der Beute auf den Hof."

Die Waffenknechte machten sich ans Werk; Ruppert Waller begab sich wieder in den Küchenraum, wo die Bauersfrau inzwischen tot auf den Bodendielen lag. Ihr Ehemann kniete weinend bei ihr; der Raubritter schoss einen verächtlichen Blick auf ihn, mit dem nächsten Lidschlag erteilte er seinen in der Küche befindlichen Spießgesellen den Befehl: „Treibt das ganze Gesocks zum Misthaufen hinaus und bewacht es dort. Und euren Kameraden draußen sagt ihr, dass ein paar von ihnen ein Pferdegespann fertigmachen und die anderen Rösser zu einer Koppel zusammenhalftern sollen. Den Rest der Männer brauche ich hier, damit sie mir bei der weiteren Durchsuchung des Hauses helfen können."

Am frühen Nachmittag war das Bauernanwesen vom Dachboden bis zum Keller ausgeplündert; das in Kisten und Säcken verpackte Beutegut war auf den Pferdewagen geladen worden. Zufrieden betrachtete Ruppert Waller das Fuhrwerk; danach wandte er sich den Hofleuten zu, die auf der schlammigen Erde beim Dunghaufen kauerten. Mit sadistischer Miene musterte er die beraubten und zutiefst gedemütigten Menschen; dann sagte er knurrig zu ihnen: „Solch nichtswürdiges Mistfresserpack, wie ihr es seid, pflege ich ohne viel Federlesens über die Klinge springen zu lassen ..."

Eine Weile weidete er sich an der Todesangst der Gefangenen; schließlich fuhr er feixend fort: „Aber weil ich heute meinen barmherzigen Tag habe, werdet ihr die Bisse unserer Schwerter nicht zu spüren kriegen. Ganz ungeschoren sollt ihr freilich auch nicht davonkommen. Das schon deshalb, weil sich etliche von euch vor Angst vollgeschissen haben und jetzt wie die Eichelbären gegen mich und meine Gefährten anstinken. Wegen dieses Frevels verordne ich euch ein

Bad, allerdings nicht in einem Zuber ... sondern in eurer Odelgrube."

Begeistert johlten die Spießgesellen auf. Im nächsten Moment hoben ein paar von ihnen die Abdeckbretter von der Jauchegrube neben dem Dunghaufen, und dann wurden die Hofbewohner, Männer, Frauen und selbst Kinder, in die tiefe, hüfthoch mit Gülle gefüllte Grube geworfen.

Hohnlachend beobachteten Ruppert Waller und seine Kumpane die Qualen ihrer Opfer: deren verzweifelte, jedoch erfolglose Bemühungen, wieder nach oben zu klettern. Zuletzt, als bereits mehrere Hofleute im giftigen Brodem der Jauchegrube ohnmächtig geworden und in der ekelhaften Brühe ertrunken waren, gab der Raubritter den Befehl zum Abmarsch. Wenig später verließen die Reiter, den hoch mit Beutegut beladenen Pferdewagen und die Koppel der Bauernrösser zwischen sich, die Hofstelle von Sattlern, wo sie so bestialisch gewütet hatten.

In der Abenddämmerung langten die dreizehn Gesetzlosen auf der Wildthurner Festung an. Wieder brütete Nebel über dem Vilstal, auch im Burghof war die Sicht schlecht; den-

noch konnten der Raubritter und seine Spießgesellen flackernden Fackelschein hinter der hochgelegenen Zugangspforte zum Wohnturm ausmachen.

„Der Krüppelkonrad ist auf seinem Posten", äußerte Ruppert Waller; sodann rief er den beiden Waffenknechten, die auf dem Bock des Pferdefuhrwerks saßen, zu: „Fahrt den Wagen in die Remise und lasst ihn vorerst unabgeladen dort stehen, damit wir schnell ins Warme kommen."

„Die Kohlebecken im Turmgemach werden uns guttun", pflichtete ihm einer seiner Kumpane bei.

„Dasselbe gilt für das Sauf- und Fressgelage, das wir uns zur Feier des Tages gönnen wollen", grinste Ruppert und schwang sich aus dem Sattel, um sein Ross zum Stall zu führen.

Nachdem die Pferde versorgt waren, begaben sich die Männer zum Turmfuß. „Herunter mit dem Tau, Konrad!", schrie der Raubritter zum Einstiegsportal empor; gleich darauf schwebte das dicke Seil mit dem Trittbrett und den Halteschlaufen herab.

Im selben Moment stutzte der Burgherr, überlegte kurz und sagte: „Ich werde doch noch einen Blick auf unser Beute-

An den großen Bergfried von Wildthurn wurde im 16. Jahrhundert ein Schloss angegliedert, das im 19. Jahrhundert noch einmal erweitert wurde. Vilstal- und Bockerl-Radweg führen direkt am Schloss vorbei.

gut in der Wagenremise werfen. Nachher, wenn ihr anderen oben im Turm seid, komme ich nach."

Damit schritt er zum Brunnen in der Hofmitte, an dessen steinerner Einfassung zwei brennende Pechfackeln steckten. Er nahm einen der Feuerbrände an sich und ging weiter zur Remise. Drinnen ergötzte er sich an dem Raubgut, betrachtete die verschiedenen Stücke und schätzte ihren Wert ab. So verstrich ungefähr eine halbe Stunde; endlich murmelte Ruppert Waller zufrieden: „Der Ritt nach Sattlern hat sich wahrlich gelohnt!"

Mit diesem Gedanken begab er sich zurück ins Freie; als er zum Burgturm kam, wurde soeben der letzte Waffenknecht in die Höhe gewunden. Ruppert schaute ihm nach; er sah den Mann in der Portalluke verschwinden und hatte dabei das Gefühl, als ob dies unter irgendwelchen Schwierigkeiten vonstatten ginge. Eine kleine Weile später wurde das Tau wieder herabgelassen; der Raubritter stieg auf das Brett, kündigte durch einen Ruf an, dass er bereit sei, und wurde hochgehievt.

Als sich der Burgherr mit dem Oberkörper vor der Einstiegsöffnung befand, suchte er mit der Rechten nach der Eisenkrampe an der Portallaibung und zog sich in die Luke. Drinnen kroch er ein Stück weiter; nachdem er den engen Portalschlund hinter sich gebracht hatte, wollte er sich aufrichten – doch im selben Moment erhielt er einen heftigen Schlag auf den Hinterkopf und brach besinnungslos nieder.

Es dauerte einige Zeit, ehe er wieder zu sich kam; als sein Bewusstsein zurückkehrte, stellte er fest, dass er gefesselt an der Mauer der Turmkammer hockte. Unmittelbar darauf stieß er einen entsetzten Schrei aus; mit hervorquellenden Augäpfeln starrte er auf das grauenhafte Bild, das sich ihm im lodernden Fackellicht an der gegenüberliegenden Kammermauer darbot. Dort lagen, einer über den anderen geworfen, die blutüberströmten Körper seiner zwölf Spießgesellen; ihre Schädel mit den verzerrten Gesichtszügen waren abgetrennt und neben dem Leichenhaufen aufgestapelt worden.

In Panik bäumte sich Ruppert gegen seine Fesseln auf; plötzlich trat ein geharnischter Mann vor ihn hin und sagte: „Deine Mordgesellen haben ihre Strafe erhalten, und nun …"

„Du?!", brüllte der Wildthurner Burgherr. „Du hast das verfluchte Blutbad angerichtet! Hast mich um alle meine Waffenknechte gebracht!"

„Ja, ich habe sie der Reihe nach geköpft, als sie durch die Luke kamen", erwiderte Rapoto Waller.

„Und ich war Eurem Neffen behilflich." Konrad löste sich aus dem Schatten beim Flaschenzug, hinkte herbei und stellte sich neben den Reichersdorfer Gutsherrn. „Außerdem habe ich zusammen mit den meisten Burgmägden, die Euch wegen Eurer Bluttaten schon lange verachteten, dafür gesorgt, dass zwei unzuverlässige Weiber, die Euch womöglich bei Eurer Rückkehr gewarnt hätten, in einen Keller gesperrt wurden."

„Verdammter verräterischer Sauhund!", schäumte Ruppert. „Sobald ich wieder frei bin, werde ich dich zu Tode schinden! Bei lebendigem Leib werde ich dir die Haut abziehen, dir die Gedärme herausreißen, und dir danach …"

„Du hast mich in meinem Leben schon genug gequält, Waller!", unterbrach ihn der hünenhafte Knecht. „Dir verdanke ich mein krankes Bein, weil du Scheusal mich mit deinem Ross überritten hast, als ich noch halbwüchsig war. Und es fiel dir nicht im Traum ein, das wieder an mir gutzumachen! Vielmehr hast du mich wegen meines Gebrechens zeitlebens im Schatten stehen lassen! Hast mich zudem ständig als einen Krüppel verspottet und mich immer wieder gerüffelt, obwohl ich dir so gut diente, wie ich konnte. Aber nun, wo die Festung in der Gewalt deines Neffen ist, hast du keine Macht mehr über mich!"

„Hundsfott!", schrie der Raubritter. „In der Hölle sollst du braten! Die Teufel und Dämonen sollen dir dein Fleisch von den Knochen brennen!"

Verächtlich spuckte Konrad aus; Rapoto Waller trat einen Schritt näher an seinen Verwandten heran und sagte mit dumpfer Stimme: „Statt zu fluchen, solltest du besser dein letztes Gebet sprechen, Ruppert!“

Fassungslos stierte der Raubritter seinen Neffen an. „Du willst mich … Nein, das darfst du nicht …“

„Um der von dir so abgrundtief besudelten Ehre unseres Geschlechts willen muss ich es tun.“ Rapoto zog sein Schwert. „Also, bete jetzt …“

„Nein!“ Wie wahnsinnig zerrte Ruppert Waller an seinen Fesseln; plötzlich gaben sie nach, der Wildthurner Raubritter kam frei und machte Anstalten, Rapoto anzuspringen. Doch im selben Moment traf ihn die schwere Klinge des Reichersdorfer Gutsherrn und trennte ihm den Kopf mit solcher Gewalt vom Rumpf, dass der Schädel gegen die Mauer prallte, zurückrollte und nahe des Leichenhaufens an der anderen Seite der Turmkammer liegenblieb.

***

Nachdem er seinen Onkel und dessen zwölf Spießgesellen gerichtet hatte, schwor sich Rapoto Waller, für den Rest seines Lebens nie mehr eine Waffe in die Hand zu nehmen und die Menschlichkeit auf seinem Hofgut zu wahren. Aber auch in Wildthurn, wo die dreizehn Enthaupteten in einem Massengrab außerhalb der Burgmauer beigesetzt worden waren, sorgte er dafür, dass sich die Dinge wieder zum Guten wendeten.

Denn schon wenige Monate nachdem er die Mord- und Raubbande mit Konrads Hilfe zur Strecke gebracht hatte, reiste er nach Böhmen. Dort machte er Rupperts einstige Gemahlin und deren Kinder ausfindig, die Jahre zuvor aus Abscheu vor den Gräueltaten des Raubritters ins Nachbarland geflohen waren. Rapoto fand die Frau und deren beide Töchter bei entfernten böhmischen Verwandten der bayerisch-wallerschen Familie in der Nähe von Budweis und brachte sie heim ins Vilstal. Und von da an herrschte die Witwe auf der Wildthurner Festung und war ihren Untertanen eine gerechte und milde Herrin.

Der Spuk von Wolfsegg

Oberpfalz, Landkreis Regensburg
20. und 15. Jahrhundert

Es war ein lauer Frühsommerabend: der 27. Juni des Jahres 1973. Im Rittersaal der Burg Wolfsegg, eine halbe Autostunde nordwestlich von Regensburg, saßen der damalige oberpfälzische Bezirksheimatpfleger Georg Rauchenberger, sein Freund Franz Hummel sowie einige andere Leute beim Wein.

Rauchenberger, ein hagerer Mann mit wilder grauer Haarmähne, hatte die Burg, die sich inmitten des kleinen, gleichnamigen Dorfes erhob, 1933 gekauft. Der im späten 13. Jahrhundert erbaute Adelssitz war in seiner langen Geschichte nie durch Kriegshandlungen zerstört worden; zuletzt jedoch war die Burg vom Verfall bedroht gewesen, und deshalb hatte der spätere Bezirksheimatpfleger sie erworben. Während der folgenden Jahrzehnte hatte Georg Rauchenberger große persönliche Opfer gebracht, um die kleine Festungsanlage zu erhalten. 1970 hatte er zudem mittels einer Kuratoriumsgründung Gleichgesinnte um sich geschart, und nun, an diesem Juniabend, tauschten sich die Kuratoriumsmitglieder über verschiedene Restaurierungsmaßnahmen in der Burg aus.

Eifrig wurde diskutiert – plötzlich schien der Bezirksheimatpfleger zu erstarren. Im nächsten Moment sprang er auf und verließ den Raum. Verwundert schauten ihm die anderen nach; wenig später vernahmen sie von unten, aus dem Burghof, seinen aufgeregten Ruf: „Kommt runter! Kommt runter!“

Die Kuratoriumsmitglieder begaben sich ebenfalls in den engen Festungshof; als sie bei Rauchenberger waren, stieß dieser hervor: „Jetzt glaube ich es auch, dass es die Weiße Frau gibt!“

„Was hast du denn gesehen?!“, fragte Franz Hummel.

Daraufhin erwiderte Georg Rauchenberger: „Wie eine

phosphoreszierende Kugel hat es ausgeschaut. Und die ist dann wie ein Nebel verwichen."

„Wo ist das passiert?", wollte ein anderer Kurator wissen.

Der Bezirksheimatpfleger deutete auf eine Stelle zwischen dem außen am Palas angebauten Treppenturm der Burg und der Schildmauer. „Da drüben war es!"

***

Die gespenstische Erscheinung, die Georg Rauchenberger in der Wolfsegger Burg hatte, war nicht die einzige ihrer Art. Auch der Elektriker Franz Hummel, der im Sommer 1973 zum Zeugen des Ereignisses wurde, erlebte in dem alten Gemäuer Unheimliches, wie er der Sagenforscherin Emmi Böck berichtete. Wenn er in der Burg allein mit Restaurierungsarbeiten beschäftigt gewesen sei, habe er öfter das Gefühl gehabt, als komme noch eine zweite Person in das Gebäude. Er habe dann nachgesehen – doch nie sei er auf jemand anderen gestoßen.

Ebenso hatte ein Ehepaar namens Pielmeier, das Mitte des zwanzigsten Jahrhunderts auf der Burg Wolfsegg wohnte und dort Hausmeisteraufgaben erfüllte, unheimliche Erlebnisse mit geisterhaften nebelartigen Erscheinungen. Eines dieser paranormalen Phänomene, das sich nachts im Festungshof zutrug, schilderte Hedwig Pielmeier so: „Plötzlich tauchte im Geäst des Nussbaumes schemenhaft eine weiße Gestalt auf. In der Aufregung holte ich meinen Mann aus dem Bett. Auch er konnte das alles wahrnehmen. Immer wieder zeigte sich das Licht im Burghof und verschwand dann hinter der Mauer."

Auch Maria Bach, die mit ihrer Familie in der zweiten Hälfte des zwanzigsten Jahrhunderts in einem Haus ganz in der Nähe der Festungsanlage lebte und als Burgführerin tätig war, erzählte oft von gespenstischen Vorkommnissen. So schaute sie zu nächtlicher Stunde einmal von ihrem Wohnhaus zur Burg hinauf und sah ein helles Licht, das dann wieder verlosch. Sie weckte ihren Mann, und beide gingen in die Festung. Dort aber fanden sie alle Räume verschlossen und

Mächtig überragt die Burg Wolfsegg den gleichnamigen Ort. Heute ist darin ein Museum untergebracht, in dem es neben historischen Waffen auch Dauerausstellungen über das Leben auf einer Burg, den Minnesang und die Stellung der Frau im Mittelalter zu sehen gibt.

finster vor. In einer anderen Nacht waren die unerklärlichen Lichterscheinungen auf der Burg so intensiv, dass Maria Bach und ihr Gemahl an einen Brand glaubten und die Feuerwehr alarmierten. Auch die Wehrmänner und zahlreiche Dorfbewohner erblickten die grelle Lichterscheinung – doch zuletzt verschwand der Spuk auf rätselhafte Weise wieder.

Angesichts der vielen schauerlichen Ereignisse wurde der New Yorker Parapsychologe Hans Holzer auf Wolfsegg aufmerksam. Im Jahr 1968 kam er zusammen mit einer medial veranlagten Wienerin namens Edith Riedl auf die Burg. Im sogenannten Gobelinzimmer, einem kammerartigen Raum des Palas, fiel das Medium in Trance und sagte: „Das ist ein böser Ort! Hier ist ein Mord geschehen! – Ich sehe Männer in mittelalterlicher Kleidung. Am Fenster sitzt eine junge Frau. Sie hat Angst vor den Männern, die auf sie zugehen. Einer ist ihr Ehemann, die beiden anderen sind seine Helfer. Sie werfen die Frau zu Boden, einer ersticht sie mit dem Messer!"

Im Burghof erschaute Edith Riedl noch mehr. Sie gewahrte einen Bereich in der Nähe des Treppenturmes mit bedrohlicher Ausstrahlung und sprach außerdem von einem unterirdischen Gang, der in alter Zeit ungefähr von dem Strahlungsbereich aus unter der Schildmauer hindurch in die außerhalb der Festung stehende Burgkapelle geführt habe. Und das Gangareal, das sie recht präzise bezeichnete, lag genau in dem Hofabschnitt, wo Georg Rauchenberger die phosphoreszierende Kugelerscheinung gesehen hatte.

Von einem Verbindungsgang zwischen Festungshof und Kapelle war jedoch aus den historischen Quellen und auch sonst nichts bekannt. Viel später aber, als im Burghof Ausgrabungen durchgeführt wurden, stieß man auf den verschütteten Gang. Seine Lage entsprach der Beschreibung, die Edith Riedl gegeben hatte; zudem fanden die Archäologen in dem seit Jahrhunderten verschollenen Stollen eine bedeutende Menge Verwesungserde – wahrscheinlich die letzten Überreste eines Menschen – einer Adelsfrau, die vermutlich im fünfzehnten Jahrhundert ermordet worden war …

***

Der Februarmorgen des Jahres 1469 war frostig. Eiszapfen hingen von den Dachtraufen der Burg Wolfsegg; auf den Feldern und Wiesen rings um das Festungsdorf lag eine dünne, firnige Schneedecke; die Wälder, welche die Ackerbreiten und Weideflächen umsäumten, wirkten wie erstarrt. Trotzdem trieb es den Burgherrn Ulrich von Laaber zur Pferdestallung. Der gut vierzigjährige dunkelhaarige Edelfreie mit dem kantigen Gesicht und den stechenden grüngrauen Augen brannte darauf, zur Jagd auszureiten. Es drängte ihn förmlich danach, einen Armbrustbolzen auf ein Stück Wild abzuschießen; er wollte ein Tier verrecken sehen – weil er wusste, dass dieser Anblick den zornigen Blutdurst, der in ihm wühlte, befriedigen würde.

Im Stall herrschte der Freiherr einen dort ausmistenden Rossknecht an: „Sattle mir meinen Rappen! Und spute dich, sonst setzt's was!"

Während der Knecht sich beeilte, den Befehl auszuführen, überprüfte Ulrich von Laaber die Armbrust, die er aus dem Palas mitgebracht hatte. Nachdem er sich vergewissert hatte, dass die Waffe in Ordnung war, dachte er: Den verfluchten Wittelsbachern müsste man die Bolzen dutzendweise in die Wänste jagen! Den verdammten Halsabschneidern, die meinem Vater Wolfsegg entrissen haben, so dass ich die Festung jetzt nur noch als Lehen der geschissenen Sippschaft besitze.

Seit er sein Erbe angetreten hatte, litt der Edelfreie unter dem Verlust der Eigentumsrechte an der Burg und den umliegenden Ländereien. Anno 1435 waren seine Eltern in schwere pekuniäre Schwierigkeiten geraten und hatten die Herrschaft Wolfsegg an das wittelsbachische Herzogshaus von Bayern-Landshut verkaufen müssen. Zwar hatte ihnen Herzog Heinrich der Reiche danach Wolfsegg als Lehensgut wieder überlassen, doch von da an hatten die Freiherren von Laaber hohe Abgaben an das Herzogshaus leisten müssen, und darin lag Ulrichs Hass auf die Wittelsbacher begründet.

„Der Teufel soll sie holen!", knurrte er; wenig später hörte er den Stallknecht sagen: „Das Ross ist bereit, Herr."

„Endlich!", schnappte der Edelfreie; der Knecht fragte mit

belegter Stimme: „Wollt Ihr allein ausreiten? Oder soll ich Leute zu Eurer Bedeckung holen?“

Mit ungnädiger Miene schüttelte Ulrich den Kopf. „Ich brauche keinen! Kann mich selbst schützen! Und sollte mir ein Wegelagerer in die Quere kommen, wär's mir gerade recht!“

Damit schwang er sich in den Sattel. Gleich darauf trabte er, sich unter dem Sturz der Stalltür niederduckend, auf den Festungshof hinaus, passierte das Mauertor und das Burgdorf und galoppierte in voller Karriere nach Nordwesten davon.

Stundenlang durchstreifte er die Auwälder an der Naab nördlich von Heitzenhofen; am Spätvormittag scheuchte er einen kapitalen Keiler von seinem Lager in einem Ginstergestrüpp auf und schoss einen Bolzen auf das Wildschwein ab. Doch er verwundete den Keiler nur; wutschäumend griff das Tier an und versuchte seine Hauer ins Fleisch des Rappen zu schlagen.

Ulrich musste fliehen; der angeschweißte Keiler verfolgte Ross und Reiter, bis er vor Erschöpfung langsamer wurde und zuletzt stehen blieb. In sicherer Entfernung zügelte der Freiherr sein Pferd, spannte die Armbrust wieder, legte einen neuen Bolzen auf und pirschte sich zu Fuß an das Wildschwein heran, das sich unterdessen in einem Morastloch niedergelassen hatte. Abermals schoss er und verletzte den Keiler diesmal durch einen Treffer in den Nacken schwer. Das Tier war teilweise gelähmt; es vermochte dem Jäger, als dieser herankam, kaum noch Widerstand entgegenzusetzen – und daher gelang es Ulrich, den Keiler mit dem Hirschfänger ganz abzutun.

Unter grimmigem Lachen begann der Freiherr das Wildschwein auszuweiden. Nachdem die blutige Arbeit geschafft war, band er seine Jagdbeute hinter dem Sattel des Rappen fest, schwang sich wieder aufs Pferd und trat befriedigt den Rückweg nach Wolfsegg an.

Als er auf der Festung anlangte, liefen die Burgleute zusammen. Ulrich schickte einen Knecht zum Koch; als dieser herbeikam, rief ihm der Freiherr zu: „Den Wildschweinbraten will ich so bald wie möglich auf der Tafel haben! Und wenn mein Weib und ich uns das Festmahl schmecken lassen, wird's uns doppelt freuen. Weil wir uns sagen können, dass der Hammerherr von Heitzenhofen, auf dessen Ländereien ich den Keiler zur Strecke brachte, keinen Fetzen von dem Fleisch kriegt."

Der Küchenmeister feixte; einige der anderen Burgleute grinsten ebenfalls – wenig später indessen, nachdem Ulrich seiner Gemahlin Klara vor dem offenen Feuer im Kaminraum des Palas erzählt hatte, aus wessen Forsten der erlegte Keiler stammte, erlitt sein schadenfroher Übermut einen Dämpfer. Die kaum dreißigjährige und sehr attraktive Burgherrin nämlich, die aus dem gräflichen Geschlecht derer von Helfenstein stammte, warf ihrem Gatten vor: „Einem Edelmann steht es schlecht an, wenn er in den Wäldern eines Standesgenossen wildert!"

„Der Moller soll von gleichem Stand wie wir sein?!", schnappte Ulrich. „Nie im Leben!"

Klara von Laaber strich sich eine Locke ihres üppigen rotblonden Haars aus der Stirn. „Du weißt ebenso gut wie ich, dass Georg Moller von seiner Mutter her hochedles Blut in den Adern hat. Wittelsbacherblut, wenn auch nur aus einer Seitenlinie des Landshuter Herzogsgeschlechts. Und außerdem ist der reiche Hammerherr ein sehr anständiger Mensch, der uns nie etwas Böses ..."

„Sei still!", unterbrach Ulrich seine Gemahlin. „Ich weiß schon, dass der Kerl einen Stein bei dir im Brett hat. Warst schließlich früher, bevor ich dich zum Altar führte, recht speziell mit ihm. Und womöglich habt ihr sogar ..."

„Es gibt überhaupt keinen Grund, mir irgendetwas zu unterstellen!", fiel nunmehr Klara ihrem Gatten ins Wort. Ihre blauen Augen verschatteten sich. „Als ob ich dir jemals einen Anlass zur Eifersucht gegeben hätte ..."

„Verzeih", murmelte der Burgherr, der nun spürte, dass er zu weit gegangen war.

„Ja, jetzt tut es dir wieder einmal leid!", versetzte Klara schroff. Sie schwieg einen Moment; sodann fügte sie versöhnlich hinzu: „Wenn ich auf dem Hammergut war, dann stets mit meinem Vater, der mit dem Moller öfter geschäftlich zu tun hatte. Aber das ist dir ja sowieso bekannt. Dennoch unterstellst du mir solche Dinge – und das nur, weil du den Hammerherrn nicht ausstehen kannst."

„Das ist wahrlich kein Wunder." Ulrich horchte kurz zum Fenster hin, weil vom Burghof herauf Lärm ertönte, und fuhr fort: „Er gehört zur wittelsbachischen Sippschaft, ganz wie du sagtest. Und die hat uns um unser Eigentumsrecht an der Wolfsegger Herrschaft gebracht, wodurch wir zu bloßen Lehensträgern geworden sind und dadurch beim Adel des Landes an Ansehen verloren haben, obwohl das Haus von Laaber doch zu den vornehmsten Geschlechtern Bayerns gezählt werden muss."

Klara seufzte. Sie war versucht, ihren Gatten darauf aufmerksam zu machen, dass ein anderer Zweig seiner Familie nach wie vor mit uneingeschränkten Herrschaftsrechten auf der Festung Laaber saß; der nur wenige Meilen entfernten Stammburg des alten Adelsgeschlechts. Aber sie besann sich und sagte nur: „Ich verstehe dich ja. Kann nachvollziehen, wie sehr dich der Verlust wurmt. Doch wir dürfen nicht unzufrieden sein. Schließlich haben wir es trotz allem gut auf Wolfsegg. Es fehlt uns an nichts, wir sind gesund, und auf Kindersegen können wir auch noch hoffen ..." Sie blickte Ulrich mit verführerischem Gesichtsausdruck an. „Oder bist du da anderer Meinung?"

Der Burgherr schmunzelte. „Keineswegs. Zu alt dafür sind wir wirklich nicht ..."

Damit rückte er auf der Kaminbank nahe an seine schöne Gemahlin heran und zog sie an sich. Gleich darauf verlor sich das Paar in zunächst noch zärtlichen, bald aber wilden Liebkosungen; nach einer Weile sprang Ulrich auf und verriegelte die Kemenatentür – und dann kulminierte die Leidenschaft des Wolfsegger Burgherrn und seiner Gattin auf dem großen Bärenfell, das vor dem offenen Kamin lag.

***

Im weiteren Verlauf des Spätwinters genossen der Freiherr und seine Gemahlin das Liebesspiel noch oft; Ulrich schien seinen Groll auf den Hammerherrn in dieser Zeit weitgehend zu vergessen. Klara wiederum hatte in diesen Wochen das Empfinden, als würde ihr Eheleben, in dem es seit dem Herbst des vergangenen Jahres etliche Tiefpunkte gegeben hatte, wieder in erfreulichere Bahnen einmünden. Dann aber, Ende März, musste sich das Paar für einen längeren Zeitraum trennen.

Ulrichs Neffe Hadamar, der auf der Festung Laaber herrschte, hatte seinen Verwandten gebeten, ihn auf einer Reise an den Oberrhein zu begleiten. Dort gab es unter verschiedenen Adligen Streit wegen eines Erbfalles; auch Hadamars Ehefrau, die aus der Rheingegend stammte, war erbberechtigt. Daher wollte der Burgherr von Laaber in seiner Eigenschaft als Mundwalt seiner Gattin deren Interessen vor Ort vertreten und sich dabei von seinem Onkel beraten lassen. Ulrich hatte sich einverstanden erklärt, mit Hadamar in den Südwesten des Reiches zu reiten, und nun, in der letzten Märzwoche, brach die Kavalkade, die aus den beiden Edelleuten sowie sechs kampferprobten Waffenknechten bestand, von Wolfsegg auf.

Es war ein kühler Morgen, an dem leichter Nieselregen fiel. Von einem Fenster im obersten Stockwerk des Palas aus schaute Klara dem Reitertrupp nach, bis er außer Sicht kam. Im selben Moment, da die Kavalkade hinter einem bewaldeten Hügelzug verschwand, begann die Burgherrin zu frösteln. Mit hastiger Bewegung zog sie ihren wollenen Umhang enger um die Schultern; zugleich dachte sie beklommen: Nun werde ich womöglich monatelang allein sein. Und muss mich in dieser Zeit um alles hier auf der Festung und außerhalb kümmern.

Während der nächsten Wochen tat sie ihr Bestes, um ihre vielfältigen Pflichten zu erfüllen. Wie früher schon wies sie den Burgmägden ihre täglichen Aufgaben zu; darüber hinaus hielt sie die Knechte in Zucht und hatte, da es auf der Festung keinen Vogt gab, ein Auge auf die Bauern, die als Hörige der Wolfsegger Herrschaft die Hofstellen im Umland der Burg bewirtschafteten. Zudem musste sie etliche Streitigkeiten schlichten, die unter den Handwerkerfamilien des Burgdorfes oder den Fronbauern ausgebrochen waren; einmal auch sah sie sich gezwungen, einen der auf der Festung zurückgebliebenen Waffenknechte auspeitschen zu lassen, weil der rüde Kerl in den Weinkeller eingebrochen war und sich danach sinnlos betrunken und eine Magd auf übelste Weise belästigt hatte.

Nach diesem abscheulichen Vorfall, der sich Ende April ereignet hatte, sehnte sich Klara mehr denn je nach der Rückkehr ihres Gemahls. Aber Ulrich kam nicht heim; als sich der launische Monat in den Mai gedreht hatte, gelangte lediglich eine Nachricht von ihm nach Wolfsegg. Ein Kaufmann, der vom Oberrhein nach Regensburg unterwegs war, brachte den Brief auf die Festung; nachdem Klara das Siegel erbrochen hatte, las sie unter anderem: „Die Auseinandersetzungen wegen der Erbschaft ziehen sich hin. Es wird wohl Sommer werden, bevor Hadamar und ich nach Hause reiten können."

Die blauen Augen der Burgherrin füllten sich mit Tränen; bitter enttäuscht dachte sie: Er lässt mich im Stich! Dabei müsste er doch wissen, was hier alles auf mir lastet! Und müsste sich denken können, dass die Einsamkeit und das öde Leben ohne einen Mann allmählich unerträglich für mich werden!

An diesem Abend weinte sich Klara in den Schlaf; am nächsten Morgen entschloss sie sich in einem spontanen Aufbegehren, der zwängenden Enge der Burg wenigstens für einen Tag zu entfliehen. Sie ließ sich ihren Tölter satteln, eine hübsche Fuchsstute; dann ritt sie in den sonnenwarmen Maitag hinein. Sie hatte sich kein Ziel vorgenommen, wollte einfach ihre Freiheit genießen; daher ließ sie die Stute fast nach deren Belieben über Feldwege und Wiesen und durch Waldstücke traben. Zwischendurch erlaubte sie dem Tier, im gemächlichen Schritt dahinzutrotten; die Zügel locker haltend, gab sich Klara dabei ihren Gedanken hin, und so, im munteren oder langsamen Ritt, verstrichen etwa zwei Stunden.

In der Vormittagsmitte sodann gelangte die Burgherrin in einen Auwald, durchquerte ihn und stieß jenseits des Gehölzes auf einen Fluss. Es war die Naab; um sich zu orientieren, brachte Klara das Pferd zum Stehen, schaute sich um – und erspähte in der Ferne ein Anwesen, das ihr nicht unbekannt war.

„Das Hammergut von Heitzenhofen", murmelte sie. „Der Edelsitz Georg Mollers ..." Gleich darauf erinnerte sie sich an ihre früheren Besuche auf dem Gut; damals, als sie noch unverheiratet gewesen war und ihren Vater zu seinem Geschäftsfreund begleitet hatte. Mit dem nächsten Lidschlag glaubte sie den Hammerherrn vor sich zu sehen: einen großen, blonden Mann mit blaugrauen Augen, dessen ganzes Wesen schon in jungen Jahren Willensstärke und Tatkraft ausgestrahlt hatte. Er ist nur fünf oder sechs Jahre älter als ich, muss jetzt ein Mittdreißiger sein, überlegte sie – und dann verspürte sie plötzlich den Wunsch, ihm einen Besuch abzustatten.

Doch noch zögerte sie; die feindselige Abneigung, die ihr Gatte gegenüber dem Hammerherrn hegte, bewog sie dazu. Ein paar Herzschläge später aber stieß sie trotzig hervor: „Ich habe nichts Böses im Sinn, und Ulrich ist weit weg!" – im nächsten Moment trieb sie die Stute an und folgte einem Treidelpfad am Flussufer, der zum Hammergut führte.

Als Klara auf den Hofplatz vor dem dreistöckigen Herrenhaus ritt, hörte sie in einem niedrigeren Gebäude zu ihrer Linken, das unmittelbar an der Naab stand, mehrere schwere Schwanzhämmer pochen. Sie sah auch die doppelt mannshohen Wasserräder, welche die gewaltigen Hämmer antrieben, und entsann sich, dass ihr Georg Moller vor vielen Jahren, als sie noch halbwüchsig gewesen war, einmal erklärt hatte, wie das Hammerwerk arbeitete.

Erneut verlor sich die Wolfsegger Burgherrin in ihren Erinnerungen; dann auf einmal hörte sie einen überraschten Ruf: „Ist's möglich?! Die schöne Klara von Helfenstein!"

Der Hammerherr war aus dem Wohnhaus ins Freie getreten; nun eilte er auf Klara zu, half ihr vom Pferd und fuhr fort: „Ich freue mich von Herzen, Euch nach so langer Zeit wieder einmal zu sehen. Das ist wirklich eine schöne Geste von Euch, bei mir vorbeizuschauen, obwohl ..."

Georg Moller unterbrach sich; er wollte seine Besucherin nicht in Verlegenheit bringen – aber Klara vollendete seinen

Satz: „Obwohl mein Gemahl nicht gut auf Euch zu sprechen ist. Das meintet Ihr doch, oder?"

„Ja", bestätigte der Hammerherr. „Leider ist da dieses unselige Zerwürfnis zwischen uns. Dabei trage ich keinerlei Schuld an dem, was sich vor einer Generation zwischen dem alten Wolfsegger und dem Landshuter Herzogshaus zutrug."

„Das weiß ich doch." Die Burgherrin zupfte ihren Reitrock zurecht; dann fügte sie hinzu: „Ulrich weilt schon seit Wochen in der Fremde, am Rhein. Zusammen mit Hadamar von Laaber. Es geht um eine Erbschaftssache …"

„Also seid Ihr eine bedauernswerte Strohwitwe", versetzte Georg Moller. „Ganz ähnlich wie ich."

„Ihr seht aber nicht wie eine Witfrau aus", scherzte Klara.

Der Hammerherr musste lachen. „Hoffentlich nicht … Ich meinte natürlich, dass meine Gemahlin ebenfalls für längere Zeit abwesend ist." Mollers Miene wurde wieder ernst. „Ihr Vater hatte kürzlich einen argen Reitunfall, hat sich das Bein sowie mehrere Rippen gebrochen. Deshalb ist meine Frau auf seine Festung im Gebirge gereist, um sich in den Monaten bis zu seiner Genesung um ihn zu kümmern."

„Das ist schlimm, dass Eure Familie von diesem Unglück heimgesucht wurde", sagte die Burgherrin. „Und für Euch ist es sicher auch nicht einfach, so allein zu sein."

Georg Moller zuckte die Achseln. „Es geht schon … Manchmal kommt es mir sogar so vor, als würde mir der Abstand vom Eheleben ganz gut tun. Und was die Versorgung unserer beiden Kinder angeht, so ist ihre Zofe für sie da."

„Ihr habt zwei Buben, nicht?", erkundigte sich Klara.

„Richtig", bestätigte der Hammerherr. „Und wie steht's damit bei Euch? Vorletztes Jahr hörte ich, dass Ihr guter Hoffnung wärt."

Die Burgherrin senkte die Lider. „Ja, damals war ich schwanger. Aber … aber ich verlor das Ungeborene …"

Mitleidig legte Moller den Arm um Klaras Schultern. „Das tut mir in der Seele leid. Doch Ihr dürft die Hoffnung nicht aufgeben. Ihr seid noch jung, seid gesund, und bestimmt werdet Ihr das Mutterglück noch erleben."

Die Anteilnahme des großen, blonden Mannes tat der Wolfsegger Burgherrin im Innersten gut. Für einen Augenblick lehnte sie sich wie schutzsuchend an ihn und spürte gleich darauf, wie er sie fester an sich zog. Im nächsten Moment aber gab er sie wieder frei, atmete tief durch und sagte: „Wir müssen doch nicht hier draußen auf dem Hof stehen. Kommt bitte mit ins Haus, damit ich Euch ein Glas Wein und vielleicht auch einen Imbiss anbieten kann."

Gerne stimmte Klara zu; Georg Moller rief einen Knecht herbei, der sich um ihre Stute kümmern sollte; dann bot er seiner Besucherin den Arm und führte sie zur Freitreppe vor dem Portal des Herrenhauses.

Im Verlauf der folgenden Stunden tauschten sich der Heitzenhofener Hammerherr und die Wolfsegger Edelfrau angeregt miteinander aus. Sie sprachen zunächst über persönliche Dinge, wobei Klara allmählich herausfand, dass die Ehe Georg Mollers ähnlich wie ihre eigene nicht unbedingt die glücklichste war. Später dann erbat die Burgherrin den Rat ihres Gastgebers in verschiedenen Angelegenheiten, welche die Verwaltung der Herrschaft Wolfsegg betrafen. Moller gab ihr manch wertvollen Hinweis, und so wurde es später Nachmittag, ehe Klara beinahe bedauernd äußerte: „Jetzt muss ich aber wirklich den Heimweg antreten."

Der Hammerherr begleitete sie auf den Hof hinaus, wartete, bis ihr Pferd herbeigebracht worden war, und half ihr galant in den Sattel. Als sie bequem saß, suchte sie noch einmal seinen Blick, lächelte ihm zu und hörte ihn sagen: „Ich würde mich sehr freuen, wenn Ihr mich bald wieder besuchen würdet. Ihr seid mir immer willkommen, das sollt Ihr wissen."

Als Klara diese Worte vernahm, wurde ihr brennend warm ums Herz. Die jähe Aufwallung erschreckte sie ein wenig; mit dem nächsten Lidschlag aber nickte sie Georg Moller wie bestätigend zu, dann trieb sie die Stute an und trabte rasch davon.

***

Vier Tage nach dem Besuch der Burgherrin auf dem Hammergut sorgte der Wolfsegger Waffenknecht, der Ende April schon einmal bestraft worden war, für einen weiteren Skandal. Abermals betrank er sich schwer; diesmal mit Fusel, den er einem jüdischen Kleinhändler abgekauft hatte, der mit seiner Kraxe über die Dörfer zu ziehen pflegte. Im Schnapsrausch ging er auf den halbwüchsigen Sohn einer Burgmagd los: einen dreizehnjährigen Burschen, der mit einem Klumpfuß geschlagen war und zudem an einer geistigen Behinderung litt. Als die Mutter des völlig grundlos Angegriffenen einschreiten wollte, verprügelte der Besoffene sie so brutal, dass es zum Himmel schrie – und daraufhin blieb Klara nichts anderes übrig, als den Trinker und Schläger noch einmal auspeitschen zu lassen und ihm danach den Dienst auf der Festung aufzukündigen.

Der geschasste Waffenknecht verließ Wolfsegg und fand Unterkunft bei einem alleinstehenden, ebenfalls zwielichtigen Verwandten, der in der Nähe des Burgdorfes in einer schäbigen Kate hauste und sich mit Tagelöhnerarbeiten durchbrachte. Klara wiederum war wegen des abstoßenden Verbrechens, das sie hatte ahnden müssen, zutiefst erschüttert. Zudem empfand sie jetzt beinahe schon Wut auf ihren Gatten, weil der sie mit all den Unannehmlichkeiten und ewigen Schwierigkeiten auf der Festung alleingelassen hatte. Und dann, zwei Tage nach dem Verschwinden des brutalen Waffenknechts, zog es die Burgherrin mit Macht nach Heitzenhofen.

In der Vormittagsmitte traf sie auf dem Hammergut ein; Georg Moller erblickte sie vom Schmiedegebäude aus, als sie auf den Hof ritt. Er winkte ihr freudig zu, lief ihr entgegen, hob sie vom Pferd, spürte ihre Verspannung, schaute ihr forschend in die Augen und sagte mit anteilnehmendem Unterton: „Es geht Euch, fürchte ich, nicht gut. Ich kann es Euch ansehen ...“

Mit gepressten Lippen nickte Klara; gleich darauf spürte sie den Arm des Hammerherrn um ihre Schultern und ließ sich von ihm ins Wohnhaus führen. Drinnen, in der gemütlichen Sitzecke der Kaminstube, erzählte sie dem Gutsbesitzer von dem schrecklichen Vorfall auf der Wolfsegger Burg und schloss: „Manchmal habe ich Angst, dass mir alles über den Kopf wächst. Ich komme mir dann so verlassen vor ... So schnöde im Stich gelassen von meinem Gemahl ... Und ich weiß nicht, wie lange ich die Last noch zu tragen vermag."

Moller tastete nach ihrer Hand, barg sie in der seinen. „Ich verstehe Euch gut. Und es tut mir in der Seele weh, Euch so leiden zu sehen. Wenn ich Euch doch nur helfen könnte ..."

In einer spontanen Regung war Klara versucht, sich an der breiten Brust des Blondhaarigen zu bergen; im nächsten Moment fuhr Georg Moller fort: „Aber wisst Ihr was? Für heute vergesst Ihr einfach alle Eure Sorgen! Lasst uns einen Spazierritt unterm sonnigen Maienhimmel machen. Die Naab entlang, zu einem fast magisch schönen Platz, den ich Euch zeigen möchte."

Klara atmete tief durch. „Ja, das würde ich gerne tun."

„Dann los." Georg Moller zog sie von der Sitzbank hoch, schenkte ihr ein warmes Lächeln und fügte scherzend hinzu: „Ihr werdet allerdings Nachsicht mit meinen Künsten hoch zu Ross haben müssen. Denn mit einer so guten Reiterin, wie Ihr es seid, werde ich auf dem Pferderücken vermutlich kaum mithalten können."

Die Burgherrin schmunzelte. Wenig später trabten sie und der Gutsbesitzer Seite an Seite davon; Moller saß im Sattel eines Rotbraunen, der fast dieselbe Fellfarbe wie Klaras Fuchsstute hatte. Nachdem die Reiter das Hammergut hinter sich gelassen und ein gutes Stück auf dem Treidelweg am Flussufer zurückgelegt hatten, ließ Georg Moller sein Pferd in Schritt fallen; als auch die Burgherrin ihre Stute gezügelt hatte, sagte der Hammerherr: „Ein Stück weiter vorne gibt es eine Furt, wo wir die Naab überqueren können. Danach geht es auf der anderen Uferseite noch etwa eineinhalb Meilen weiter, und wenn wir die hinter uns gebracht haben, werdet Ihr staunen."

„Ich bin schon gespannt auf Euren magischen Ort", antwortete Klara. Ein schelmisches Lächeln spielte über ihre Lippen. „Besonders, weil man an solchen Plätzen manchmal sogar Feen oder Elfen bewundern kann, wie ich hörte."

Moller zwinkerte ihr zu. „Durchaus möglich ... Allerdings, wenn ich Euch so betrachte, dann habe ich das Gefühl, sowieso schon eine bezaubernde Fee mit wunderschönem rotblonden Haar an meiner Seite zu sehen."

Die Burgherrin errötete; wie von ungefähr trottete ihre Fuchsstute mit einem Mal näher an der Flanke von Georg Mollers Rotbraunem dahin – und dann, nachdem der Hammerherr und seine Begleiterin eine Weile in versonnenem Schweigen weitergeritten waren, kam die Flussfurt in Sicht.

Jenseits der Flachwasserstelle passierten die Pferde einen weiten Wiesengrund; dahinter ging es auf einem dämmerigen Pfad, auf dem da und dort Sonnenflecken spielten, durch einen ausgedehnten Forst, und als sich der Wald wieder lichtete, wurde der Blick auf einen Hügelzug frei, an dessen Abhängen vereinzelte Kalksteinfelsen zutage traten. Ungefähr in der Mitte wurde die langgestreckte Anhöhe von einer Kluft durchschnitten; als die Rösser dort anlangten, sah Klara einen Bach, der aus der Klamm herausfloss, und der Hammerherr erklärte: „Diesem kleinen Wasserlauf werden wir nun nach oben folgen. Aber der Anstieg ist leider nicht ganz einfach, weshalb wir unsere Tiere führen müssen."

„Da Ihr mir ja so halb und halb versprochen habt, dass ich einer Fee begegnen werde, nehme ich es gerne auf mich, zu Fuß zu gehen", scherzte die Wolfsegger Burgherrin. Damit glitt sie aus dem Sattel; ihr Gefährte tat dasselbe, und dann schritt er, den Rotbraunen am Zügel haltend, in die Bachkluft hinein. Klara folgte ihm mit ihrer Stute; etwa dreihundert Meter ging es, an dem teils ruhig rieselnden, teils über Steine rauschenden Gewässer entlang, nach oben. Schließlich nahm die Steigung ein Ende; ein Stück weiter verbreiterte sich die enge, jetzt flache Bachklamm, wurde zu einem kleinen, von Felsen umgebenen Plateau – und als die Wolfsegger Burgherrin noch ein wenig weiter gegangen war, rief sie entzückt aus: „Ihr habt wahrlich nicht zu viel versprochen, Georg!"

Er lächelte und ließ ihr Zeit, den bukolischen Anblick zu genießen: die hellen, teilweise wie Turmerker geformten Kalksteinwände des beinahe runden Felskessels; den sanften Wasserfall, der im Hintergrund über die Steinschroffen herabkam und unten in einen Felsteich mündete; den mit sattem Moos bedeckten Erdboden rings um den Steinweiher; schließlich die drei Birken mit ihren weiß schimmernden Stämmen und dem hellgrünen Laub, welche das Teichwasser überschatteten.

Lange stand Klara wie verzaubert da; erst nach einer ganzen Weile sagte sie leise: „Es ist so schön ..., dass ich fast keine Worte finde. Hier sein zu dürfen, ist ein großes Geschenk für mich. Habt Dank, Georg, habt vielen, vielen Dank!"

Statt einer Antwort drückte er zärtlich ihre Hand; danach, während sie erneut wie gebannt die Schönheit der Natur in sich aufnahm, kümmerte er sich um die Pferde. Er tränkte die Tiere und band sie dann an einer der Birken an; nachdem er die Rösser versorgt hatte, kam er zu Klara zurück, deutete auf eine natürliche Steinbank am Weiherrand und schlug vor: „Dort drüben könnten wir uns hinsetzen und vom Weg ausruhen."

Als sie sich auf dem moosbewachsenen Kalkstein niedergelassen hatten, seufzte Klara wohlig und entspannt auf; im nächsten Moment äußerte ihr Gefährte: „Nun habt Ihr tatsächlich die Möglichkeit, eine Fee zu erblicken."

„Wie das denn?", fragte Klara verwundert.

„Beugt Euch doch einmal vor und schaut ins Wasser", forderte Georg Moller sie auf. „Wenn man dies tut, so behaupten es wenigstens die alten Leute, kann man mit einigem Glück ein Feenwesen gewahren."

Die Wolfsegger Burgherrin warf ihm einen reichlich zweifelnden Blick zu – dann jedoch tat sie, was Moller verlangt hatte. Sie spähte in den Teich; nach einer Weile aber schüttelte sie den Kopf, richtete den Blick wieder auf ihren Begleiter und sagte: „Leider habe ich nichts gesehen, nur mich selbst."

„Eben ...", versetzte Georg Moller mit warmherzigem Lächeln.

Klara begriff, errötete wie schon einmal an diesem Tag;

gleich darauf fuhr der Hammerherr fort: „Ihr habt ein feenschönes Antlitz erblickt. Ein Antlitz, das jeden Mann verzaubern kann ...“

Für einen Augenblick blieb es still zwischen den beiden; einzig das Rauschen des Wasserfalls und das Zwitschern eines Vogels waren zu hören – plötzlich lag Klara in Georgs Armen. Sie spürte seinen Atem, roch den Duft seiner Haut; einen Lidschlag später fanden sich ihre Lippen. Zunächst waren ihre Küsse noch zärtlich, rasch aber wurden sie leidenschaftlich; schließlich vergaß das Paar alles um sich herum. Auf der moosbedeckten Steinbank gaben sich die Burgherrin und der Gutsbesitzer ihrem Liebesrausch hin. Es dauerte lange, sehr lange, bis sie ihre immer wieder aufschäumende Lust befriedigt hatten; zuletzt, als sie erschöpft waren, stand die Sonne bereits schräg am westlichen Firmament.

Trotzdem konnten sich Klara und Georg noch immer nicht voneinander lösen. Im beglückenden Gefühl tiefen Vertrautseins tauschten sie sich aus, streichelten sich; genossen das Empfinden, beim anderen geborgen zu sein. Erst als sich der Nachmittag neigte, flüsterte die Rotblonde: „Wir müssen aufbrechen ...“

„Am liebsten würde ich auf ewig mit dir hierbleiben“, erwiderte der Hammerherr; dann jedoch suchte er auf dem Boden neben der Felsbank nach Klaras Untergewand und reichte es ihr.

Wenig später verließ das Paar den weltabgeschiedenen Platz. Als sie ihre Stute durch die Bachkluft führte, verspürte die Wolfsegger Burgherrin so etwas wie wehen Abschiedsschmerz. Ihrem Gefährten schien es ähnlich zu ergehen, denn er schritt gesenkten Hauptes dahin und blieb stumm. Erst am Ausgang der Klamm sagte Georg mit belegter Stimme: „Es ist hart, dass wir uns schon wieder trennen müssen ...“

Klara schmiegte sich noch einmal an ihn. „Ich kann es ebenfalls kaum ertragen. Würde so gerne auch die Nacht mit dir verbringen. Aber ... wir sind beide nicht frei. Das zwingt uns zur Vorsicht. Doch wir werden uns so bald wie möglich wiedersehen. Das wollen wir uns versprechen!“

Er gab ihr die Antwort, indem er sie zärtlich küsste; danach fragte er: „Kennst du die Turmruine, die eine halbe Reitstunde nördlich von Wolfsegg auf einer Motte im Forst steht?“

Die Burgherrin überlegte kurz und entgegnete: „Sie liegt rechter Hand des Fahrweges nach Kallmünz, nicht?“

„Richtig“, bestätigte Georg Moller. „Dort könnten wir uns morgen heimlich treffen. Vielleicht um die Mittagszeit?“

„Ich werde die Stunden bis dahin zählen“, kam es von Klara; dann bestiegen sie ihre Pferde und ritten, sich eng nebeneinander haltend, langsam davon.

***

Während der folgenden Wochen schafften es die Burgherrin und der Gutsbesitzer immer wieder, sich ihrer brennenden Leidenschaft hinzugeben. Wenn sie zusammen waren, wenn sie sich liebten, konnten sie vergessen, was ihnen das alltägliche Leben verdüsterte. Georg fand in Klaras Gegenwart all das, was er in seiner Ehe schon seit langem vermisst hatte; die Rotblonde wiederum brauchte sich nicht mehr verlassen und vernachlässigt zu fühlen; zudem schenkte ihr der Geliebte den inneren Halt und die seelische Stärke, die sie nötig hatte, um sich als Frau in der Wolfsegger Herrschaft zu behaupten.

Daher brannten sie beide darauf, so viel Zeit wie irgend möglich miteinander zu verbringen. Zumeist trafen sie sich im Turm auf der Motte, die von dichtem Wald umgeben war und wo der Hammerherr mit Hilfe von Strohbündeln und Decken schon bald für ein bequemes Liebeslager gesorgt hatte. Manchmal kamen sie auch wieder am verwunschenen Teich zusammen, und einmal überraschte Klara, die in ihrer Sehnsucht nach Georg etwas leichtsinnig geworden war, ihren Liebhaber durch einen spontanen Besuch auf dem Hammergut.

So verstrichen der Mai und die erste Juniwoche – dann aber nahm die verbotene Beziehung ein jähes Ende, denn Ulrich und Hadamar von Laaber kehrten vom Rhein zurück. Am frühen Abend langte die Kavalkade auf der Wolfsegger Festung an; als Klara durchs Kemenatenfenster ihren Gemahl, dessen Neffen und die Waffenknechte ihrer Bedeckung erblickte, rieselte ihr ein eisiger Schauer das Rückgrat entlang. Sie empfand Furcht vor ihrem Gatten, der ihr in seinem Kettenhemd und mit dem Schwert am Sattel fast wie ein Racheengel erschien; im nächsten Moment wurde ihr zudem schmerzhaft klar, dass sie den Geliebten jetzt nicht mehr treffen konnte.

Diese Vorstellung ließ ihr Herz jagen und trieb ihr Tränen in die Augen. Doch sie durfte sich ihrem Schmerz nicht hingeben; sie musste in den Burghof hinunter, um Ulrich und Hadamar zu begrüßen. Mit zitternden Knien stieg sie die Treppen hinab, ging zu den Reitern, die unterdessen abgesessen waren, ergriff die Hand ihres Gemahls, drückte sie krampfhaft und brachte heraus: „Schön ... dass du gesund heimgekehrt bist. Du und dein Neffe."

Ulrich zog sie an sich, küsste sie derb, gab sie wieder frei und äußerte: „Deine Lippen sind ja eiskalt. Scheint so, als würdest du dich nicht sonderlich über meine Rückkehr freuen."

„Es ist ... nur die Überraschung", murmelte Klara. „Ich hatte überhaupt nicht damit gerechnet, dass du ... Und nun bin ich ganz verwirrt."

„Das gibt sich, wenn wir erst bei Braten und Wein zusammensitzen, um unser Wiedersehen zu feiern." Der Burgherr streckte sich, dehnte den Rücken. „Das Kreuz tut mir weh. War noch einmal ein harter Ritt heute. Von Beilngries her zu uns herüber. Aber jetzt ist's geschafft. Und der Teufel soll mich holen, wenn ich mir heute Nacht, nach all der Arschwetzerei im Sattel, nicht einen kräftigen Rausch gönne."

Klara erwiderte nichts; sie wandte sich ab, um Hadamar den Willkommensgruß zu entbieten. Wenig später musste sie an der rasch gedeckten Tafel im Rittersaal zwischen ihrem Gatten und dessen Neffen Platz nehmen. Die Männer, die ihre Rüstungen abgelegt und sich bequemer gekleidet hatten, begannen zu trinken und prahlten damit, wie erfolgreich sie sich letztlich in der vertrackten Erbschaftsangelegenheit durchgesetzt hatten; mehr als einmal verkündete Hadamar stolz: „Ich und mein Weib sind nun Ganerben einer Burg bei Basel, und du, Ulrich, wirst als mein gewiefter Berater auch nicht leer ausgehen, weil du dir ein Dutzend Dukaten bei mir abholen kannst, sobald ich wieder auf meiner Festung über der Laaber bin."

Nachdem die Männer etwa zwei Stunden gebechert und schwadroniert hatten, wurde das Mahl aufgetragen: ein eilig im Küchengewölbe zubereiteter Schweinebraten sowie Brotknödel in Dunkelbiersoße. Gierig machten sich Ulrich und Hadamar über das Essen her; Klara hingegen nahm nur wenige Bissen zu sich, und als ihr Gemahl sie deswegen tadelte, beschied sie ihn: „Ich fühle mich nicht recht wohl. Habe mir womöglich gestern, als es ein Restemahl gab, den Magen verdorben."

Von ihren Ängsten wegen ihrer verbotenen Liebschaft gequält, stand die Burgherrin die folgenden Stunden durch. Gegen Mitternacht waren Ulrich und sein Neffe völlig betrunken; zuletzt fiel Hadamar lallend und halb besinnungslos vom Stuhl und musste von zwei Mägden weggeschleppt werden. Feixend, den Schädel hochrot vom Alkohol, schaute Ulrich zu; als die beiden Frauen und der Hilflose draußen waren, brüstete er sich mit schwerer Zunge: „Ich bin der Bessere ... Hab den Hadamar unter den Tisch gesoffen ... Und jetzt, Klara ... will ich dir beweisen, dass ich trotzdem noch ... meinen Mann im Lanzenstechen stehen kann ..."

Damit erhob er sich, packte seine Gemahlin am Oberarm, rülpste und verlangte: „Verriegle die Tür ..."

„Warum denn?! Was soll das?!", versuchte sich Klara gegen sein Ansinnen zu wehren.

„Was das soll?!", schnaubte der Burgherr. „Rammeln möchte ich dich ... Gleich hier auf der Tafel ... Weil mir der Weg ins Bett ... zu mühsam ist."

„Nein!", stieß Klara hervor.

„Doch!", schnauzte Ulrich und griff nach einem langen Fleischmesser, das auf der Tischplatte lag. „Entweder du bist mir zu Willen ... oder ..."

Die Rotblonde machte sich von ihrem Peiniger frei, hastete zum Portal des Rittersaals, riss die schwere Tür auf und floh auf den Flur hinaus.

Der Burgherr fluchte und wollte seine Gattin verfolgen. Aber nach ein paar taumeligen Schritten stürzte er nieder, rappelte sich mühsam wieder zu sitzender Stellung hoch und knurrte: „Scheiß drauf … Fick ich dich eben morgen …"

Dann wankte er zur Tafel zurück, fiel in seinen Scherenstuhl und tastete mehrmals vergeblich nach einer Weinflasche, ehe es ihm gelang, die Bouteille an den Mund zu führen. Unmäßig trank er; kurz danach landete er erneut auf dem Fußboden und schlief dort unter röchelnden Atemzügen ein – dass ihn seine Gemahlin nach einer Weile ins Schlafgemach tragen ließ, bekam er nicht mit.

Klara verbrachte den Rest der Nacht in einer versperrten Kammer. Sie blieb wach, wurde immer wieder von Weinkrämpfen gepeinigt und schrie innerlich nach Georg, der ihr so viel Liebesglück geschenkt hatte und den sie sich nun inständig als Beschützer gewünscht hätte. Doch sie konnte nicht zu ihm und er nicht zu ihr. Sie war verheiratet, sie musste auf der Wolfsegger Burg bleiben; auf der düsteren Festung, wo sich der Hammerherr aufgrund des Hasses, den Ulrich von Laaber gegen ihn hegte, noch nicht einmal blicken lassen durfte.

Im Morgengrauen schlief die Rotblonde, erschöpft vom Weinen und ihren quälenden, rädernden Gedanken, endlich ein. Sie wurde aber von grässlichen Alpträumen heimgesucht und schreckte schon bald wieder auf. Müde, wie zerschlagen, begab sie sich in die Burgküche. Sie hoffte, beim Koch und den Küchenmägden sicher vor ihrem Ehemann zu sein. Doch am Spätvormittag suchte er sie, fand sie im Küchengewölbe, zerrte sie rüde aus dem Raum, zwang sie, ihm ins Schlafgemach zu folgen – und vergewaltigte sie dort, als sie ihm den Beischlaf verweigern wollte, mit viehischer Brutalität.

***

Von da an hatte Klara das Empfinden, als sei für sie alles auf der Wolfsegger Burg peinigend und feindlich geworden. Sie vermochte ihrem Gatten, obwohl er sich später, ihre Verstörung spürend, halbherzig bei ihr entschuldigt hatte, nicht zu verzeihen. Sie ging ihm aus dem Weg, wann immer sie konnte; in den Nächten lag sie verspannt neben ihm und zuckte zurück, wenn er sie berühren wollte. Falls er dennoch auf seinem ehelichen Recht bestand, nahm sie das Unvermeidliche mit zusammengebissenen Zähnen und unter körperlichen Schmerzen hin. So entfremdete sie sich ihm immer noch weiter; den ganzen Juni hindurch wuchs die Kluft zwischen dem Adelspaar – ab dem Monatsende dann brauchte Klara zumindest keinen erzwungenen Beischlaf mehr zu fürchten, denn Ulrich hatte sich bald nach dem Sonnwendtag ein Kebsweib angelacht.

Es handelte sich um eine vollbusige, kaum zwanzigjährige Fronbauerntochter von einem Einödhof, der einige Meilen östlich der Festung auf einem Rodungsplatz im Forst stand. Während eines Jagdausfluges, als er auf dem Hof gerastet hatte, war der Burgherr der Drallbusigen erstmals begegnet und hatte seiner Gier auf sie noch in derselben Stunde freien Lauf gelassen. Ohne auf die schüchternen Proteste der leibeigenen Eltern zu achten, hatte er deren Tochter in die Schlafkammer des Bauernhauses gezerrt und sie dort genommen. Danach hatte er sich rasch und ein wenig beschämt wirkend davongemacht; wenige Tage später aber war ein berittener Dienstmann Ulrichs mit einem zweiten, ledigen Pferd auf die Hofstelle gekommen und hatte der Bauerntochter im Namen seines Herrn befohlen, ihm nach Wolfsegg zu folgen. Seitdem diente die Vollbusige als Magd auf der Festung, und der Burgherr sättigte sich an ihrem Körper, wann immer ihn die Lust dazu überkam.

Auf die Gefühle seiner Gattin nahm Ulrich, wenn ihn die Begierde nach der Drallbusigen überfiel, keinerlei Rücksicht. Doch er konnte Klara dadurch nicht mehr wirklich verletzen; sie hatte innerlich längst mit ihm abgeschlossen und sehnte sich stattdessen nach ihrem verlorenen Geliebten. Tagtäglich dachte sie an ihn; erinnerte sich an die erfüllten und oft seligen Stunden, die sie mit ihm verbracht hatte – und ahnte dabei nicht, dass sich wegen ihrer heimlichen Liebesbeziehung zu Georg Moller etwas Grauenhaftes anbahnte.

Schuld daran war der trunksüchtige und gewalttätige Waffenknecht, welchem die Burgherrin im Frühjahr nach zweimaliger Bestrafung mit der Peitsche den Dienst auf der Festung aufgekündigt hatte. Der Davongejagte hatte damals Unterkunft bei einem entfernten Verwandten gefunden, der unweit von Wolfsegg in einer Kate hauste; er hatte sich seither ebenso wie sein Quartiergeber mit Tagelöhnerarbeiten und manchmal auch mit Wilddiebstahl durchgebracht – und hatte die ganze Zeit darüber nachgegrübelt, wie er sich an Klara rächen könnte.

Nun, da Ulrich von Laaber wieder auf der Festung weilte, sah der Tunichtgut seine Chance gekommen. Bis in den Juli hinein überlegte er hin und her, wie er am besten vorgehen sollte; da sein Gehirn aber häufig vom Alkohol vernebelt war, fiel es ihm nicht leicht, zu einem Entschluss zu gelangen. Schließlich, als er seinen Plan gefasst hatte, beobachtete er von einer etwas abseits von Wolfsegg stehenden Feldscheune aus mehrere Tage hintereinander die Burg. Endlich sah er, wie der Edelfreie durchs Tor ritt, die außerhalb der Schildmauer stehende Kapelle passierte und seinen Rappen zwischen die Häuser des Burgdorfes lenkte, von wo aus der Festungsweg ins Tal führte.

Daraufhin verließ der geschasste Waffenknecht die Scheune, hinter deren halboffenem Tor er gelauert hatte, und lief zu einer Stelle, wo Ulrich von Laaber vorbeikommen musste. Als sich der Reiter näherte, erkannte der Tunichtgut, dass er eine Armbrust am Sattel hängen hatte; also zur Jagd wollte. Wenig später hatte der Edelfreie die Wegstelle erreicht, wo der Waffenknecht wartete, der ihm jetzt drängend zuwinkte und ihn dadurch bewog, das Ross anzuhalten.

Scharf musterte Ulrich den abgerissenen Kerl; dann fragte er barsch: „Was unterstehst du dich, du Lump, mir in den Weg zu treten?!“

„Ich möchte Euch meine Ehrerbietung erweisen, Herr“, erwiderte der andere.

Der Burgherr spuckte aus. „Darauf pfeife ich! Ich habe nichts mehr mit dir zu schaffen! Du wurdest von der Festung gejagt! Ich hab's nach meiner Rückkehr erfahren. Und du hattest die Strafe verdient, bei Gott!"

„Das ist wohl wahr", gab der Waffenknecht zu. „Und ich bereue bitter, was ich getan habe. Aber nun könnte ich es wieder gutmachen. Könnte Euch einen großen Dienst erweisen ..."

„Ausgerechnet du?!", schnappte Ulrich. „Bist du etwa schon wieder besoffen, weil du dir solch einen Unsinn einbildest?!"

„Es ist wahr, Herr!", beteuerte der Abgerissene. „Ich weiß etwas, das außerordentlich wichtig für Euch ist!"

Unschlüssig schwieg der Burgherr; schließlich knurrte er: „Also gut, rede. Doch wenn sich herausstellt, dass du mich angeschissen hast, lasse ich dich ein drittes Mal auspeitschen! Und zwar so schwer, dass dir danach die Haut in Fetzen vom Fleisch hängt! – Und jetzt mach das Maul auf!"

Der Waffenknecht trat einen Schritt näher an den Rappen heran. „Es geht um jemanden aus Eurer Familie ... Aber ich fürchte, Ihr könntet sehr zornig werden, wenn ich Euch sage, was ich herausgefunden habe. Deshalb müsst Ihr mir versprechen, es mich nicht büßen zu ..."

„Am Ende verlangst du gar noch eine Belohnung von mir, du unverschämter Kerl!", fiel ihm Ulrich unwirsch ins Wort.

„Es hat mich furchtbar getroffen ... dass mir der Dienst aufgekündigt wurde ... und ich jetzt bei meinem armen Verwandten in der Kate hausen muss", murmelte der Abgerissene. „Dabei stünde es in Eurer Macht ..."

„Du Drecksack willst mir vorschreiben, was ich zu tun habe?!" Die Hand des Burgherrn zuckte zum Hirschfänger. „Rede endlich! Oder ..."

Erschrocken wich der Waffenknecht zurück. „Ich sagte ja schon: Es geht um Eure Familie. Genauer ... um Euer Weib."

„Was ist mit meiner Gattin?!", stieß Ulrich hervor.

„Sie hat Euch hintergangen, Herr", kam es von dem Abgerissenen; gleich darauf berichtete er mit gehetzter Stimme: „Es war im Mai. Ich arbeitete im Forst zwischen hier und

Heitzenhofen, sammelte Brennholz. Auf einmal erblickte ich Euer Weib auf der Fuchsstute. Eure Gattin befand sich auf dem Weg, der zum Hammergut des Georg Moller …"

„Sie ist zum Moller geritten?!" Speichel sprühte von den Lippen des Burgherrn. „Zu meinem Feind?!"

„Ja", bestätigte der Waffenknecht. „Sie besuchte ihn in seinem Haus. Ich sah es, weil ich ihr heimlich folgte. Und später an diesem Tag verließen sie zusammen das Gut. Sie waren beide hoch zu Ross und verschwanden jenseits der Naab im Wald. Aber das ist noch lange nicht alles …"

„Was noch?!" Ulrich zerknirschte die Frage zwischen den Zähnen.

„Weil ich weiß, wie sehr Ihr den Moller hasst, beobachtete ich Euer Weib weiter", erklärte der Abgerissene. „Und so fand ich heraus, dass sich das saubere Pärchen ein Liebesnest geschaffen hatte. In dem halbverfallenen Turm, der nördlich von hier nahe des Fahrweges nach Kallmünz steht. In dem alten Gemäuer entdeckte ich ein Lustlager. Und einmal konnte ich die beiden auch belauschen, als sie es gerade miteinander trieben und sich dabei …"

„Hör auf!", brüllte der Burgherr. „Das hast du dir bloß eingebildet, du versoffener Lump! Das lügst du! Klara und der verfluchte Wittelsbacher! Nein, das kann nicht sein! Das darf nicht sein!"

„Ich habe die Wahrheit gesagt!", beteuerte der Waffenknecht. „Das schwöre ich bei allen Heiligen! Und Ihr braucht nur zu dem Ruinenturm zu reiten, Herr, um Euch zu überzeugen!"

Ulrich kämpfte mit sich; dann befahl er dem Abgerissenen: „Lauf zu der Hofstelle dort drüben und lass dir einen Gaul geben, damit du mich zur Motte begleiten kannst. Doch wenn sich dort herausstellt, dass du meine Gattin verleumdet hast, mache ich dich an Ort und Stelle einen Kopf kürzer!"

Der Waffenknecht rannte los; wenig später kehrte er auf dem Rücken einer ungesattelten Mähre zurück und folgte dem rasch davonreitenden Burgherrn nach Norden.

Bald erreichten die Männer den künstlich aufgeschütteten

Hügel mit den steilen Flanken, auf dessen Kuppe sich der Turm erhob. Ulrich sprang aus dem Sattel, schlang die Zügel seines Rappen um einen Baumast, hastete zur Ruine empor und erblickte im Inneren des uralten Bauwerks die Strohbündel und Wolldecken, von denen sein Begleiter gesprochen hatte.

Wie erstarrt stand der Burgherr da. Der Waffenknecht, der jetzt ebenfalls hereinkam, hörte den schweren, fast keuchenden Atem Ulrichs; im nächsten Moment kniete der Wolfsegger nieder und begann, zwischen den Decken und im Stroh zu wühlen.

„Was tut Ihr da, Herr?“, fragte der Abgerissene verdutzt.

Er bekam keine Antwort; wie besessen durchwühlte der Burgherr weiterhin das Liebeslager – plötzlich stieß er einen dumpfen Schrei aus, griff in eine Strohgarbe und zog ein dunkelblaues, besticktes Haarband hervor.

Mit hervorquellenden Augäpfeln fixierte er das Schmuckband; dann stöhnte er: „Das ist der Beweis!“ Er hielt das Band seinem Begleiter hin und fuhr außer sich vor Zorn fort: „Von mir hat die Hure das Haarband bekommen! Zu ihrem Namenstag im vorigen Jahr. Und verloren hat sie es, als der Moller, der gottverfluchte Hundsfott, sie fickte!“

Ulrich schleuderte das Band zu Boden, trampelte darauf herum und fluchte dabei wüst. Auf einmal besann er sich; stand unvermittelt ganz ruhig da, wobei sein Gesicht wie versteinert wirkte – und befahl dem Waffenknecht mit seltsam tonloser Stimme: „Du sprichst, wenn dir dein Leben lieb ist, mit niemandem über unseren Ritt hierher. Schweigst wie ein Grab. Hältst dich aber in der Kate, wo du untergekrochen bist, Tag und Nacht zu meiner Verfügung.“

„Was habt Ihr vor, Herr?“, wollte der Abgerissene wissen.

Der Burgherr verzog die Lippen zu einem bösartigen Feixen. Mit dem nächsten Lidschlag wandte er sich abrupt ab, verließ das Turmgewölbe, stieg die Motte hinab, schwang sich in den Sattel seines Rappen und galoppierte in voller Karriere davon. Der Waffenknecht wiederum schaute dem Edelfreien nach, bis er verschwunden war; dann plötzlich war es ihm, als hätte ihn etwas Eiskaltes, etwas Todeskaltes berührt.

***

Vier Tage später, in der Abenddämmerung, hockte der Abgerissene auf seiner Pritsche in der Tagelöhnerkate. Einige Zeit zuvor hatte er zu trinken begonnen, war jedoch noch bei einigermaßen klarem Verstand. Nun führte er einmal mehr die tönerne Fuselflasche an den Mund und dachte dabei: Passt mir schon, dass ich heute allein bin. So muss ich den Schnaps nicht mit dem anderen teilen. Genüsslich schmeckte er dem Fusel nach, spürte die brennende Wärme im Magen und rülpste – im nächsten Moment hörte er draußen Hufschlag.

Hastig verbarg er die Bouteille im Pritschenstroh und ging zur Tür; als er sie öffnete, erblickte er Ulrich von Laaber. Soeben brachte der Burgherr sein schwarzes Ross zum Stehen; hinter ihm zügelte ein zweiter Reiter, der ein lediges Pferd mit sich führte, sein Tier: ein grobschlächtiger Kerl, welcher dem Wolfsegger Abdecker manchmal als Gehilfe diente.

Beklommen starrte der geschasste Waffenknecht auf die beiden Berittenen. Eben als er eine Frage stellen wollte, trieb Ulrich seinen Rappen ein Stück vor und beschied ihn: „Der Gaul, den der Schinderknecht bei sich hat, ist für dich."

„Wieso ... soll ich ...", stotterte der Angetrunkene; der Burgherr schnitt ihm das Wort ab: „Das erfährst du noch früh genug! Jetzt mach! In den Sattel!"

Der Waffenknecht schloss die Katentür, bestieg das ledige Ross, zog es herum und folgte den beiden anderen Männern, die bereits wieder losgetrabt waren. Wenig später begriff er, dass der Ritt zur Wolfsegger Festung ging; als die kleine Kavalkade den Fuß des Burghügels erreichte, hielt Ulrich von Laaber seinen Rappen an, winkte den Angetrunkenen an seine Seite und sagte halblaut zu ihm: „Der Knecht des Abdeckers kennt seine Pflicht bereits. Und auch du sollst nun erfahren, was ich als dein Herr von dir fordere ..."

Damit beugte sich Ulrich zu dem Waffenknecht hinüber und raunte ihm einige weitere Sätze zu. Mit jedem Wort, das der Angetrunkene vernahm, wurde sein Gesicht bleicher;

zuletzt presste er heraus: „Bei der Barmherzigkeit Christi … Das … das dürft Ihr nicht von mir verlangen …“

„Der andere zeigte sich willfähriger als du!“, zischelte der Burgherr. „Ein Dutzend Silbermünzen, und der Handel war abgeschlossen. Doch du sperrst dich, obzwar ich dir gerade das gleiche großzügige Angebot machte – und obwohl du doch gerne wieder in meinen Dienst treten würdest …“

Unschlüssig senkte der Waffenknecht den Kopf und überlegte angestrengt; schließlich murmelte er: „Ich bin einverstanden … wenn Ihr mich danach wieder bei Euch aufnehmt.“

„Gut!“, nickte Ulrich und ritt weiter: in die Gasse hinein, die zwischen den Wolfsegger Handwerkerhäusern zur Festung emporführte.

Die beiden Knechte blieben dicht hinter ihm; wenig später passierten die drei Männer das Burgtor, und als sie im engen Festungshof waren, rief Ulrich von Laaber dem Wächter im Torbau zu: „Sperr ab und lass heute keinen mehr herein!“

Während der Wärter die Torflügel schloss und die Sperrbalken vorlegte, saßen die Berittenen ab und begaben sich in den Palas. Als sie am Küchengewölbe vorbeikamen, sahen sie durch die halboffene Tür das gesamte Gesinde der Burg beim Abendessen sitzen. Ulrich feixte bösartig, dann führte er seine Begleiter ins herrschaftliche Stockwerk des Palasgebäudes hinauf. Im Flur dort flüsterte er kurz mit den beiden Knechten; danach öffnete er das Portal zum Kamingemach, spähte in den Raum und murmelte: „Leer …“

Nachdem er das Wort geraunt hatte, deutete er auf eine eichene Kammertür weiter hinten im Gang. Die drei Männer schlichen dorthin; leise vergewisserte sich der Burgherr noch einmal: „Ihr wisst, wie ihr vorgehen müsst?!“ Seine Begleiter nickten; im nächsten Moment riss Ulrich die Eichentür auf und grinste teuflisch, als er drinnen seine Gemahlin erblickte.

Klara saß auf einer Polsterbank im Fenstererker. Eben noch hatte sie sehnsüchtig ins Freie, in die einfallende Nacht hinausgeblickt; hatte sich an die Liebesstunden mit Georg Moller erinnert – jetzt sprang sie erschrocken auf; starrte, jäh erblassend, auf ihren Gatten und die beiden wüst aussehenden Knechte.

Zwei, drei Atemzüge lang weidete sich der Burgherr an ihrer Verwirrung, ihrer aufflackernden Furcht; dann herrschte er die beiden Männer, die hart hinter ihm standen, an: „Packt sie!“

Der Waffenknecht und der Abdeckergehilfe beeilten sich, den Befehl zu befolgen; als Klara sich zu wehren versuchte, schlug der Schindergehilfe brutal zu. Die Unterlippe der rotblonden Frau platzte auf und begann heftig zu bluten; gleich darauf hielten die beiden Knechte ihr Opfer links und rechts an den Armen fest – und dann trat Ulrich von Laaber nahe, beinahe auf Tuchfühlung, an seine Gemahlin heran.

„Dreckshure!“, fauchte er ihr ins Gesicht. „Du Saumetze hast dich vom Moller ficken lassen! Vom verfluchten wittelsbachischen Schwein! Von einem aus der stinkenden Wittelsbacherbrut, die meinem Vater das Herrschaftsrecht über Wolfsegg geraubt hat! Unser Geschlecht hast du verraten, als du es mit dem Moller getrieben hast! Als du dich von dem räudigen Hund hast bespringen lassen! Und jetzt“, er spuckte sie an, „jetzt kriegst du den Lohn für deine Hurerei, du Drecksau!“

Außer sich vor Hass hatte Ulrich die Sätze herausgebrüllt; nun, da Klara sich verteidigen wollte, schlug er sie. Seine Fäuste trafen die Blutende am Kopf, am Hals, an den Brüsten – dann plötzlich ließ der Burgherr von seiner Gattin ab und schrie seinen Kumpanen zu: „Schlachtet sie!“

Der Waffenknecht umschlang Klaras Nacken, zerrte die wimmernde Frau zu Boden und hielt sie fest. Der Schindergehilfe, der nun einen Dolch in der Faust hielt, kniete sich über Klaras sich windenden Leib und stach mit der scharfen Klinge zu: wieder und wieder, bis die Rotblonde sich nicht mehr regte.

Als Klara tot war, versetzte Ulrich ihr einen Fußtritt; danach befahl er den Knechten: „Bringt sie in den Festungshof hinab!“

Der Mörder und sein Helfer schleppten die blutüberströmte Leiche auf den Flur hinaus, zerrten sie die Treppen hinunter und trugen sie in den Burghof. Dort deutete Ulrich von Laaber auf eine Stelle zwischen Palas und Schildmauer, wo im Halbdunkel der anbrechenden Nacht ein gemauerter Stolleneinstieg zu erkennen war, und knurrte: „Da drüben, in dem unterirdischen Gang, der zur Kapelle draußen führt, verscharrt ihr sie!"

In der Mündung des schmalen Stollens lagen Fackeln sowie eine Hacke und eine Schaufel, welche der Burgherr schon früher am Tag dorthin gebracht hatte. Der Abdeckergehilfe entzündete einen der Feuerbrände; in seinem flackernden, rötlichen Lichtschein hoben die beiden Knechte einige steinerne Bodenplatten von der Gangsohle ab und brachen danach den festgebackenen Erdboden darunter auf. Nachdem die längliche Grube tief genug war, warfen sie den Leichnam hinein, schaufelten Erdbrocken über ihn und verschlossen das flache Grab zuletzt wieder mit den Steinplatten.

Anschließend rief Ulrich von Laaber die verstörten Burgleute, die sich während des Begräbnisses am gegenüberliegenden Rand des Festungshofes zusammengedrängt hatten, zu sich heran. Als die Dienstleute vor ihm standen, fuhr er auf eine bitterlich weinende Küchenmagd los: „Hör auf zu flennen! Es ist nicht nötig, dass du um das Weib trauerst, das gerade verscharrt wurde. Denn die Frau, die mir einst vor dem Altar die Treue schwor, war eine nichtswürdige Metze! Nicht besser als eine läufige Hündin, die sich von jedem dahergelaufenen Köter bespringen lässt ..."

Der Burgherr unterbrach sich, weil die Magd einen Weinkrampf erlitt und ihren Seelenschmerz nun förmlich herausschrie. Auf einen Wink Ulrichs hin zerrte der Schinderknecht sie weg; als sie verschwunden war, sprach der Burgherr weiter: „Ich habe die Hure von meiner Seite verstoßen, weil sie mir die Treue brach und mich mit einem Mann betrog, der mein Todfeind ist. Dafür habe ich sie bestrafen lassen, und das war mein gutes Recht! Auch war es mein Recht, dass ich sie wegen ihrer Todsünde in ungeweihter Erde begraben ließ.

Dort soll sie jetzt liegen, bis der höchste Richter sie am Jüngsten Tag zu ewiger Höllenqual verdonnert. Und bis dahin soll jeder, der künftig durch den Kapellengang zum Gottesdienst geht, ihre schandbare Grabstätte mit Füßen treten!"

Nachdem er die letzten Worte fast schreiend hervorgestoßen hatte, scheuchte Ulrich die Dienstleute weg; ebenso seine beiden Mordhelfer. Als der Festungshof leer war, spuckte er verächtlich in Richtung der Gangmündung; dann ging er ins Palasgebäude und stieg die Treppen zum Herrschaftsgeschoß hinauf, um sich dort bis zur Besinnungslosigkeit zu besaufen.

***

Der bestialische Mord an Klara von Helfenstein war im Hochsommer geschehen; bis weit in den Herbst hinein war der Wolfsegger Burgherr fast ständig betrunken. Auch am Spätnachmittag des letzten Oktobertages saß er im Kaminraum im Oberstock des Palas und sprach dem Branntwein zu – plötzlich stürzte der Waffenknecht herein, den Klara geschasst und den Ulrich nach der Bluttat wieder in seinen Dienst genommen hatte, und rief: „Die Festung wird angegriffen!"

Der Burgherr sprang auf. „Von wem?! Wer bedroht uns?!"

„Das weiß ich nicht", versetzte der andere. „Aber es ist eine starke Reiterschar, die sich nähert! Um die zehn Mann! Alle schwer gerüstet und mit geschlossenen Helmvisieren!"

„Keine Banner? Keine Schildzeichen?", stieß Ulrich hervor.

Der Waffenknecht schüttelte den Kopf und drängte: „Panzert Euch! Beeilt Euch!"

Daraufhin rannte der Burgherr hinaus auf den Flur und zur Armierungskammer; dort war ihm der andere behilflich, seine Kampfrüstung anzulegen. Als die Harnischschnallen geschlossen waren, griff Ulrich nach seinem Langschwert, nahm den Wappenschild an sich, hastete in den Burghof hinunter und erklomm den Wehrgang beim Festungstor.

Von der Mauerkrone aus sah er, dass der fremde Reitertrupp mittlerweile den Platz vor dem Torbau erreicht hatte. Nahe des geschlossenen Burgtores stampften die eng beieinander stehenden Rösser, eines wieherte schrill. Die meisten Gepanzerten saßen mit blanken Klingen in den Sätteln; etliche hatten gespannte Armbrüste auf die Schießscharten des Torgebäudes oder die Zinnenlücken der Schildmauer gerichtet.

Auf dem Wehrgang wiederum hatten sich die Waffenknechte sowie die übrigen kampffähigen Männer und Burschen der Burg versammelt; jetzt gesellte sich auch der Gehilfe des Abdeckers zu ihnen, der Klara erstochen hatte und einige Stunden zuvor zufällig auf die Festung gekommen war. Ulrich nahm wahr, dass der Schinderknecht eine Hellebarde trug; im nächsten Moment schrie der Burgherr zu den Berittenen hinab: „Was wollt ihr?! Wer seid ihr?!"

Einer der Reiter trieb sein rotbraunes Pferd ein paar Schritte vor. „Lass das Tor öffnen, Wolfsegger! Dann will ich dir Auskunft von Mann zu Mann geben!"

„Den Teufel werde ich tun!", brüllte Ulrich. „Ein nichtswürdiger Hund bist du! Warum verbirgst du dein Gesicht vor mir?!"

„Du wirst es schon noch zu sehen kriegen", scholl es zurück. „Also, was ist?! Gibst du den Weg in die Festung frei?!"

„Nie im Leben!", schäumte der Burgherr. „Aber den Lohn für deine Frechheit sollst du bekommen!"

Damit entriss er einem Waffenknecht, der neben ihm stand, dessen Speer und schleuderte ihn auf den Gepanzerten im Sattel des rotbraunen Rosses.

Der Angegriffene hob die Schildwehr hoch; die Wurfwaffe prallte ab und landete auf dem Erdboden. Ulrich von Laaber zerknirschte einen Fluch zwischen den Zähnen, schaute sich hektisch nach einer weiteren Fernwaffe um; zugleich rief der Reiter: „Schlecht geworfen, Wolfsegger! Du bist mir nicht gewachsen!"

„Drecksack!", schrie Ulrich. „Wenn du glaubst, du wärst stärker als ich, dann versuch doch den Sturm auf meine Burg!"

„Den sollst du sofort erleben!", lautete die Antwort. Im nächsten Moment hieb der Gepanzerte auf dem rotbraunen Pferd seine Schwertklinge dreimal dröhnend gegen den Schild. Auf dieses Signal hin bildeten die Berittenen seines

Gefolges einen Angriffskeil – aber sie attackierten nicht; vielmehr entstand plötzlich im Inneren der Festung, am Torbau, ein wilder Tumult.

Die Burgmägde, die sich bislang im Schutz des Palasportals zusammengedrängt hatten, waren unvermittelt quer über den Festungshof gerannt und hatten den Torwächter niedergeschlagen. Jetzt, während zwei von ihnen den betäubten Wärter beiseite zerrten, entfernten die anderen Frauen die Sperrbalken von den Torflügeln und stießen die schweren Halbportale auf.

Kaum war das Burgtor offen, galoppierten die Panzerreiter in den Festungshof; ihr Anführer ließ sein Ross steigen und rief den wie gelähmt dastehenden Verteidigern auf dem Wehrgang zu: „Fürchtet nichts, ihr Waffenknechte, Männer und Burschen! Wir wollen euch nicht ans Leder! Einzig diejenigen, die sich des Meuchelmordes an Klara von Helfenstein schuldig gemacht haben, sollen bestraft werden!"

Langsam senkten die meisten der auf der Mauerkrone stehenden Burgleute ihre Waffen; einen Augenblick später erscholl vom Torgebäude her eine weibliche Stimme: „Es ist nur gerecht, dass der Tod unserer geliebten Herrin gerächt wird! Deshalb haben wir Frauen die Panzerreiter eingelassen, nachdem ihr Befehlshaber eine von uns ins Vertrauen gezogen hatte."

Daraufhin zogen sich fast alle Bewaffneten von Ulrich zurück und scharten sich in einer Ecke des Wehrganges zusammen; nur die beiden Mordhelfer standen jetzt noch beim Burgherrn. Mit wachsbleichem Gesicht, die eine Hand in die Schulter des grobschlächtigen Schinderknechts gekrallt, starrte Ulrich von Laaber in den Festungshof hinab; dann brüllte er in Richtung des Gepanzerten auf dem rotbraunen Pferd: „Wer, zur Hölle, bist du?!"

Der Berittene öffnete sein Helmvisier.

„Du?!", schrie der Burgherr. „Du, der gottverdammte Wittelsbacher!"

„Der Mann, dem Klara, die du ermorden ließest, ihre Liebe schenkte!", kam es von Georg Moller. „Und nun,

Wolfsegger, stell dich mir zum Zweikampf, damit ich dich für deine abscheuliche Bluttat zur Rechenschaft ziehen kann!“

Für einen Moment sah es so aus, als wollte Ulrich von Laaber die Herausforderung zum Kampf auf Leben und Tod annehmen; als wollte er die Mauerkrone wutentbrannt verlassen – dann aber herrschte er seine Mordgehilfen an: „Verteidigt mich! Schlachtet das wittelsbachische Schwein ab!“

Als die beiden Männer zögerten, trieb der Burgherr sie zur Holztreppe des Wehrganges, drängte sie die obersten Stufen hinunter, packte einen Speer, der an der Mauer lehnte, zückte die Waffe und drohte: „Wenn ihr nicht pariert, bringe ich euch um!“

Notgedrungen hasteten die beiden Kerle auf den Hofplatz hinab und griffen den Hammerherrn an. Mit seiner Hellebarde versuchte der Schinderknecht, Moller aus dem Sattel zu stechen; der Gutsbesitzer jedoch schleuderte gedankenschnell einen Dolch, welcher die Kehle des Mannes, der Klara von Helfenstein erstochen hatte, durchbohrte. Röchelnd und Blut spuckend brach der Grobschlächtige in die Knie; gleichzeitig drang Georg Moller auf den Waffenknecht ein, der Klara beim Burgherrn denunziert hatte. Es kam zu einem harten, schnellen Schwertkampf; nach wenigen Augenblicken spaltete Moller dem anderen den Schädel – dann sprang er aus dem Sattel und rief zur Mauerkrone hinauf: „Trittst du mir jetzt endlich selbst gegenüber, Wolfsegger?!“

Ulrich von Laaber schleuderte seinen Speer; wieder lenkte Georg Moller die Fernwaffe mit dem Schild ab – dann rannte er zur Treppe des Wehrganges, erklomm sie und attackierte den Burgherrn, der sich nun mit seinem Langschwert verteidigte. Kurze Zeit tobte der Schwertkampf unentschieden hin und her; bald aber geriet Ulrich in die Defensive, kam mehrmals ins Straucheln und suchte zuletzt sein Heil in der Flucht. Er hetzte die Holztreppe in den Festungshof hinunter; Moller setzte ihm nach und stellte ihn auf halbem Weg zwischen dem Torbau und dem Palas erneut zum Duell.

Wieder klirrten die schweren Klingen gegeneinander; ab und zu, wenn die Gepanzerten besonders heftige Hiebe austauschten, sprühten Funken aus dem Stahl. Dann plötzlich gelang es dem Burgherrn, der jetzt wie ein Rasender focht, die Deckung seines Feindes zu unterlaufen und ihm die Schwertspitze gegen den Unterleib zu rammen. Georg Moller taumelte zurück und rang nach Luft; für einen Moment sah es so aus, als hätte er seine Kampfkraft verloren. Aber seine Rüstung hatte ihn geschützt; die Klinge war nicht durch die Eisenmaschen des knielangen Kettenhemdes gedrungen, weshalb der Hammerherr es letztlich schaffte, einigen weiteren wilden Attacken Ulrichs standzuhalten.

Eine Weile später schien der Wolfsegger zu ermatten; seine Schwertschläge wurden schwächer, seine Bewegungen unkoordinierter. Georg Moller nahm seinen Vorteil wahr; er trieb Ulrich von Laaber mehr und mehr in Richtung der Palasmauer – und ein paar Meter vor dem mächtigen Gebäude gelang es ihm, dem Burgherrn die Schildwehr zu zerhauen.

Ulrich sah sich gezwungen, die beinahe von oben bis unten aufklaffende Schutzwaffe fallen zu lassen. Mit dem nächsten Lidschlag begriff er, dass er seinem Feind, der seinen Schild noch besaß, jetzt hoffnungslos unterlegen war – und deshalb floh er ein zweites Mal vor dem Hammerherrn.

Er rannte zu einem Nebengebäude des Palas, an dessen Parterrefront sich der rundbogige Zugang zu einem Kellergewölbe öffnete. Während er dorthin hastete, schoss es ihm durch den Kopf: Vom Keller komme ich tiefer. In die Höhle, wohin mir der Hundsfott nicht folgen kann. Weil er den Abstieg nicht kennt ...

Ulrich von Laaber erreichte die Kellerpforte, stieß sie auf, schlüpfte hindurch und wollte das niedrige Portal wieder hinter sich schließen. Doch Georg Moller war ihm auf den Fersen geblieben; er prellte seinem Feind die Brettertür aus der Hand, drang ebenfalls in den Keller ein und jagte den Burgherrn weiter vor sich her: bis zu einer zweiten, eisenbeschlagenen Pforte, die sich in der gegenüberliegenden Kellermauer befand. Dort drehte sich Ulrich unvermittelt um, nahm den Kampf noch einmal auf und verschaffte sich durch ein paar blindwütige Schwerthiebe etwas Luft. Dann riss er gedankenschnell die Eisentür auf, verschwand dahinter und hetzte ein Dutzend Steinstaffeln hinab.

Da es auf der Granittreppe dämmerig war, hatte der Hammerherr Mühe, seinem Feind zu folgen. Trotzdem gelang es ihm, am Fuß der Treppe abermals an ihn heranzukommen. Neuerlich entbrannte der Schwertkampf; während er seinen Gegner bedrängte, erahnte Moller ein Stück weiter hinten eine gähnende Kluft. Es musste der tiefe Höhlenschlund unter der Festung sein, von dem ihm Klara einmal erzählt hatte – und im selben Moment, da er an seine verlorene Geliebte dachte, wurde Georgs Hass auf ihren Mörder übermächtig.

Rasend vor Zorn schlug und stach der Hammerherr zu. Ulrich von Laaber vermochte dem furiosen Ansturm nicht standzuhalten; Mollers Klinge traf ihn an der Schulter, an der Hüfte – und gleich darauf am Kopf. Unter dem sausenden Hieb platzte der Helm auf; der scharfe Stahl drang in Ulrichs Schädel ein; mit einem gellenden Schrei taumelte der Burgherr zu Boden. Einige röchelnde Atemzüge lang blieb er zuckend liegen; dann kam er noch einmal auf die Knie hoch und kroch, in halber Agonie schon, weg: vier, fünf Meter – bis er plötzlich den Halt unter den zitternden Händen verlor, vornüber kippte und in den Abgrund der Höhle stürzte.

Georg Moller hörte, wie der gepanzerte Körper mehrmals gegen Stein prallte; zuletzt vernahm er einen klirrenden Laut, als ob Metall zwischen zwängende Felsen geschleudert würde; danach blieb es in der Tiefe still.

Nachdem er noch eine Weile gehorcht hatte, flüsterte der Hammerherr: „Nun bist du gerächt, Klara! Und auch deine Seele wird morgen ihren Frieden finden.“

***

Die Nacht über blieben Georg Moller und seine Kriegsleute, die er für den Angriff auf die Festung gedungen hatte, in der Burg. Am nächsten Tag ließ der Hammerherr den Priester von Kallmünz holen, der auch für die kleine

Wolfsegger Gemeinde zuständig war, und der Kleriker sprach die Totengebete an der Stelle im Kapellengang, wo der Leichnam der Ermordeten verscharrt worden war. Anschließend sorgte Moller dafür, dass der Gang zugeschüttet wurde und man seine Eingänge vermauerte, damit niemand mehr die Totenruhe Klaras stören konnte.

Erst als dies getan war, verließen der Hammerherr und seine Gefolgsleute die Festung – und auf dem Heimritt nach Heitzenhofen durfte sich Georg Moller sagen, dass sein Rachezug gegen Ulrich von Laaber höchstwahrscheinlich keine Anklage nach sich ziehen würde. Denn im Notfall konnte er auf den Schutz seiner wittelsbachischen Verwandtschaft zählen, die ebenso wie seine noch immer im Gebirge weilende Gattin nichts von seiner tragischen Liebe zu Klara von Helfenstein wusste und ihn deshalb bestimmt decken würde; zudem durfte er mit dem Verständnis aller gerecht empfindenden Menschen für seine Tat rechnen.

Mit dieser Sicht auf die Dinge täuschte sich der Hammerherr nicht. Er blieb unbehelligt, und was die Wolfsegger Herrschaft anging, so wurde diese einige Zeit später stillschweigend von Ulrichs Neffen Hadamar übernommen.

Hinsichtlich der Seelenruhe Klaras allerdings hatte sich Georg Moller geirrt. Obwohl der Kallmünzer Priester an der ungewöhnlichen Grabstätte der Ermordeten gebetet und den Platz gesegnet hatte, fanden der Geist der Edelfrau und wohl auch der ihres bestialischen Gemahls keinen Frieden. Bald nachdem der Hammerherr hochbetagt in Heitzenhofen verstorben war, zeigten sich erstmals gespenstische Lichterscheinungen im Burghof von Wolfsegg; darüber hinaus schienen polternde Geräusche aus dem Abgrund der Höhle zu dringen.

Dies blieb während der folgenden Jahrzehnte und Jahrhunderte so; immer wieder spukte es nächtens auf der Festung – und bis in die Gegenwart herauf sind die paranormalen Phänomene hinter den uralten Mauern der Burg bezeugt.

Der Untergang der Burg Hirschstein

Niederbayern, Landkreis Passau
21. und 14. Jahrhundert

Der Hügel im Wald nahe des Weilers Irsham bei Fürstenzell wirkte unscheinbar. Doch der erfahrene Sondengänger Michael Z., der seit Jahren im Auftrag der Passauer Kreisarchäologie tätig war und bereits viele Funde mit seinem Metalldetektor gemacht hatte, spürte: Irgendetwas war unnatürlich an der mäßigen Erhebung im Forst. Außerdem gab es örtliche Überlieferungen, wonach Irsham einst eine Burg besessen hätte, und angesichts dessen entschloss sich Michael Z. im Herbst des Jahres 2002, den Hügel näher zu untersuchen.

Seine Sonde mit dem kreisrunden Bodenstück in Händen, schritt er zunächst die Hänge der Anhöhe ab – und entdeckte rasch Relikte aus dem Spätmittelalter: schmiedeeiserne Armbrustbolzen, die sich offenbar vor langer Zeit in die Hügelflanke gegraben hatten und dort vergessen worden waren. Damit hatte der Mitarbeiter der Kreisarchäologie bereits einen sehr deutlichen Hinweis auf die Existenz einer mittelalterlichen Wehranlage gefunden – und als er danach auf dem Hügelplateau suchte, reagierte sein Detektor an einer bestimmten Stelle des Waldbodens besonders intensiv.

Michael Z. begann zu graben. Er stieß auf Bruchsteine, die so etwas wie ein Mauereck bildeten, und zwischen diesen Steinquadern holte er unter einer Schuttschicht eine ganze Reihe von größeren und kleineren Metallstücken aus der Erde. Diese zumeist flachen Eisenteile gaben ihm zunächst ein ziemliches Rätsel auf, weil er sie nicht einordnen konnte. Zuhause aber wälzte er dann seine Fachbücher, und nach tagelanger Recherche wurde ihm klar: Er hatte zahlreiche Bestandteile eines Plattenrocks, einer speziellen Ritterrüstung, aus dem vierzehnten Jahrhundert geborgen.

Dieser Fund war so spektakulär, dass Michael Z. sofort den

Passauer Kreisarchäologen informierte und ihm dringend riet, eine umfassende Grabung auf dem Irshamer Burgplatz durchzuführen. Der Wissenschaftler indessen zeigte zunächst wenig Interesse; erst nachdem der Sondengänger ihn lange und intensiv bekniet hatte, erklärte er sich dazu bereit, das Festungsareal gründlich untersuchen zu lassen.

Die Ausgrabung war ein voller Erfolg. Es kamen nicht nur die Grundmauern einer hochmittelalterlichen Kleinburg ans Licht, sondern auch eine geheimnisvolle Kaverne, die unter dem einstigen Festungshof in den anstehenden Fels gehauen worden war. Sie bestand aus einem senkrechten Schacht, der auf seiner Sohle zu drei Steinkammern erweitert worden war; die Anordnung dieser Kammern erinnerte an ein Kleeblatt.

Welchen Zweck diese ungewöhnliche Anlage einstmals gehabt hatte, konnte anfangs nicht geklärt werden. Schließlich jedoch brachte sie Michael Z. mit jungsteinzeitlichen Relikten in Verbindung, die er schon früher in nächster Nähe des Burgplatzes entdeckt hatte. Aufgrund dieser Funde aus grauer Vorzeit vermutete er, die Felskaverne könnte sehr viel älter als die mittelalterliche Festung sein und aus dem Neolithikum stammen. Im Hochmittelalter sei die Kaverne dann überbaut und vielleicht als Zisterne verwendet worden; die jungsteinzeitlichen Menschen hingegen hätten sie womöglich für sakrale Zwecke genutzt.

Weniger rätselhaft waren die archäologischen Erkenntnisse, die sich auf das Spätmittelalter bezogen. Es gab nämlich eindeutige Hinweise darauf, dass die Kleinburg in der zweiten Hälfte des vierzehnten Jahrhunderts zerstört worden war. Schon die von Michael Z. in der Erde der Hügelflanken gefundenen Armbrustbolzen hatten darauf hingedeutet; nun, im Zuge der umfangreichen Ausgrabung, wurden auch starke Brandspuren und weitere Indizien für eine schwere bewaffnete Auseinandersetzung auf dem Festungsgelände entdeckt.

Einen ganz besonderen Fund machte der Sondengänger während der Grabungskampagne wiederum am Hang der Anhöhe hart außerhalb des eigentlichen Burgplatzes. Als er nochmals dort suchte, stieß er auf einen eisernen Reitersporn, wie ihn die mittelalterlichen Edelleute getragen hatten, um ihre Rösser damit anzutreiben. Der Sporn war offenbar durch heftige Gewalteinwirkung verbogen und verdreht; ganz so, als wäre er bei einem Sturz seines Besitzers vom Pferd demoliert worden.

All die genannten Entdeckungen bewogen Michael Z., sich nunmehr auf die Suche nach historischen Quellen über die Kleinburg von Irsham zu machen. Einmal mehr begann er intensiv zu forschen, wobei ihm die Relikte aus dem Spätmittelalter den nötigen zeitlichen Fixpunkt gaben. So fand er schließlich heraus, dass die Burg den Namen Hirschstein getragen hatte und zum Zeitpunkt ihrer Zerstörung im Eigentum eines Ritters mit Namen Zacharias Haderer gewesen war.

Dieser Adlige entstammte dem Geschlecht derer zu Haderstein bei Hader, das im heutigen Landkreis Passau ansässig war. Die Hadersteiner, Hadrer, Hadräer oder Haderer, wie sie in alten Urkunden genannt wurden, besaßen etliche Burgen; darunter auch die kleine Festungsanlage Hirschstein. Anno 1367 erwarb der Ritter Zacharias Haderer die Burg bei Irsham von seinem Onkel Walchun Haderer, doch schon kurz darauf, noch im selben Jahr, verlor er sie wieder. Die Festung Hirschstein wurde von einer Passauer Streitmacht attackiert und bis auf die Grundmauern niedergebrannt – und Auslöser für diese Katastrophe waren gewisse wilde Taten des gefürchteten Haudegens Zacharias Haderer …

***

Der Aprilnachmittag war angenehm warm; auf den Plätzen und in den Gassen der Stadt Passau genossen die Bürger den Sonnenschein und die milde Luft, und die Wirte etlicher Gaststätten hatten bereits Tische und Bänke ins Freie hinausgestellt. Auch mehrere Gäste einer Taverne am Donauufer saßen draußen unter dem fast wolkenlosen Frühlingshimmel. Vier Schiffsknechte, die am Vortag auf einer Frachtplätte in der Dreiflüssestadt angekommen waren, vergnügten sich beim Würfelspiel; ein etwa fünfzigjähriger

Handwerksmeister hielt eine junge Hübschlerin frei, und etwas abseits von den anderen pokulierten unter einem Kastanienbaum zwei Edelleute.

Es handelte sich um den schon grauhaarigen Freiherrn Walchun Haderer zu Haderstein und dessen Neffen Zacharias, einen drahtigen Mittdreißiger mit schulterlangen dunkelbraunen Haaren und ein wenig stechend wirkenden blassblauen Augen. Soeben hatte Zacharias einen Schluck aus seinem Bierhumpen genommen; nun sagte er zu seinem Onkel: „An die zwei Monate ist's jetzt her, dass du mir die Hirschsteiner Burg verkauft hast. Und bereuen musste ich den Handel nicht, obwohl du mir alles andere als einen Freundschaftspreis machtest. Das feste Haus ist mir in der Zwischenzeit lieb und wert geworden. Es lebt sich angenehm dort, und außerdem, was mich am meisten freut, lässt sich's in den Forsten um Irsham bestens jagen."

„Wenn du mit dem Hirschstein zufrieden bist, freut's mich", antwortete Walchun schmunzelnd. „Und vielleicht findest du auf der Burg ja sogar zur Ruhe. Suchst dir eine Frau, zeugst Kinder mit ihr und gönnst dir ein friedliches, behagliches Dasein, so wie ich es auf Haderstein führe."

Der Jüngere machte eine wegwerfende Geste. „Bloß nicht! Ich brauche den Kampf und die Gefahr. Das faule Herumhocken liegt mir nicht, auch wenn ich's mir im Moment auf meiner Festung gutgehen lasse. Aber ich bin und bleibe ein Condottiere, wie es die Italiener nennen; ein Söldnerführer, der dazu geboren ist, sein Glück auf den Schlachtfeldern zu machen."

„So hast du das Gold und Silber zusammengebracht, mit dem du mir den Hirschstein bezahltest", murmelte Walchun.

„Richtig", nickte Zacharias. „In mehr als einem Dutzend Fehden habe ich den bayerischen Herzögen und dem Landesherrn von Österreich gedient. Habe den hohen Herren so manche Kastanie aus dem Feuer geholt. Und dasselbe gilt für den hiesigen Fürstbischof, der meine Waffendienste bei mehr als einer Gelegenheit auch nicht verachtete."

„Manche werfen dir allerdings vor, dass du dein Fähnlein stets nach dem Wind richtest“, kam es von dem Älteren.

„Wer mich am großzügigsten fürs Kopfhinhalten entlohnt, der kann über mein Schwert und meine Waffenknechte verfügen“, versetzte der Dunkelhaarige. „So ist's eben in meinem Gewerbe. Man muss schauen, wo man bleibt, darf keine falschen Rücksichten nehmen!“ Erneut führte er den Humpen zum Mund, trank ausgiebig und fügte einlenkend hinzu: „Doch im Augenblick ist's mir gar nicht nach Feldgeschrei und Metzeln. Viel mehr steht mir der Sinn nach dem Waidwerk in den Wäldern, die sich um meine Burg erstrecken.“

Ein wenig zweifelnd musterte Walchun seinen Neffen; dann griff er ebenfalls nach seinem Bierkrug, schlürfte einen Schluck und sagte: „Man hört aber hier in der Stadt munkeln, dass es eine Auseinandersetzung zwischen den Bürgern und dem Bischof droben auf dem Festungsberg geben könnte. Und wenn dies geschähe, würdest du wohl …“

„Ja, die Leute wetzen ihre Mäuler“, unterbrach Zacharias seinen Verwandten. „Ich hab's auch schon mitgekriegt.“ Er schaute zur trutzigen Bischofsresidenz hinauf, die sich auf der jenseitigen Donauhöhe erhob, ließ den Blick über die darunterliegende Unterburg schweifen, die auf einem Felsgrat im Einmündungsbereich der Ilz in die Donau stand, und fuhr fort: „Der Fürstbischof, unser früherer Standesgenosse Albert von Winkel, ist der Oberherr der Passauer Stadt. Das nutzt er weidlich aus, lässt seine Schäflein kräftig und manchmal sogar arg über die Maßen Steuern zahlen. Dies wiederum passt den Passauern verständlicherweise überhaupt nicht. Daher wollen sie freie Reichsstädter werden und nur noch unserem Kaiser Karl IV. untertan sein, was dem Bischof natürlich übel aufstößt.“

Walchun spähte ebenso wie zuvor sein Neffe zu den gewaltigen fürstbischöflichen Festungsanlagen hinüber. „Wenn der Kaiser den aufmüpfigen Bürgern nachgäbe, würde er sich Albert von Winkel zum grimmigen Feind machen. Und einen Streit mit ihm wird er sich wohl kaum leisten wollen."

Zacharias Haderer nickte. „So sehe ich das auch. Der Monarch wird sich nicht leichtfertig mit dem reichen und mächtigen Herrn des Passauer Stiftlandes anlegen. Deshalb wird die Bürgerschaft auf friedlichem Wege gar nichts erreichen können. Anders freilich sähe es unter Umständen aus, wenn die Stadtbürger mit Gewalt gegen den Bischof vorgingen."

Erschrocken zuckte Walchun von Haderstein zurück. „Hältst du das etwa für möglich?!"

„Ausschließen würde ich es nicht", erwiderte Zacharias. „Falls die Passauer ein Bürgerheer aufstellen und die Zwingburgen des Albert von Winkel stürmen und besetzen könnten, wäre er entscheidend geschwächt. Und nach einer solchen Niederlage des Kirchenfürsten könnte Kaiser Karl freier handeln. Er könnte die Einwohner von Passau reichsstädtisch machen, könnte ihnen steuerliche und sonstige Privilegien verleihen und hätte auf diese Weise äußerst treue Anhänger gewonnen, die seine Hausmacht deutlich verstärken würden."

Mit fahriger Bewegung verscheuchte Walchun eine Biene von seinem Humpen und murmelte: „Wollen wir hoffen, dass es nicht zum Krieg kommt …" Er trank den Krug leer und wechselte das Thema: „Aber nun genug von diesen unerfreulichen Dingen. Eigentlich haben wir uns ja hier in der Stadt getroffen, um uns wegen des trefflichen böhmischen Zuchthengstes zu einigen, den ich kürzlich gekauft habe. – Also, ich biete dir folgendes an: Mein Hengst deckt die drei Stuten, die du auf deinem Irshamer Meierhof stehen hast. Und du lieferst mir dafür nach der nächsten Ernte drei Zentner Korn nach Haderstein."

„Zwei Zentnersäcke, oder es wird nichts aus dem Handel", hielt Zacharias dagegen.

Sein Onkel brummte etwas Unverständliches, kämpfte mit sich und nickte schließlich. „Na gut, weil du es bist. Doch zur Besiegelung des Geschäfts spendierst du mir jetzt einen Braten und noch ein paar Humpen Bier."

Während der nächsten Stunden sodann schmausten und pokulierten die beiden Edelleute ausgiebig; als sich allmählich die Abenddämmerung ankündigte, schlug der Hadersteiner seinem Neffen vor: „Lass uns zum krönenden Abschluss des Tages in eine Badstube gehen. Die Passauer Reiberinnen haben's meisterlich drauf, wie du als Junggeselle ja zweifellos weißt. Und dort drüben, in der Gasse hinterm Zunfthaus der Gerber, gibt's eine ganz besonders Geile mit Eutern, von denen man sonst nur träumen kann."

Zacharias schmunzelte. „Ich gönne dir die Zuchtel von Herzen. Aber begleiten kann ich dich leider nicht, weil ich heute noch zum Plattner am Domberg muss. Letzte Woche habe ich ihm einen meiner Harnische zum Ausbessern gebracht. Inzwischen wird die Rüstung fertig sein, und wenn ich sie jetzt nicht abhole, muss ich später nochmals nach Passau kommen."

„Auch recht, dann gehe ich eben allein zu der Großtittigen." Walchun zwinkerte seinem Verwandten zu und stand vom Tisch auf. „Du bezahlst, ich danke dir aufrichtig dafür und wünsche dir einen guten Heimritt nach Hirschstein."

„Dir ebenfalls einen angenehmen Ritt", entgegnete der Dunkelhaarige grinsend; dann, während sein Onkel eilig in Richtung der Badstube verschwand, rief er den Tavernenwirt herbei, um die Zeche zu begleichen.

Danach begab er sich zu seinem Pferd, das im Innenhof der Gaststätte stand, schwang sich in den Sattel und machte sich auf den Weg zum Domhügel. Gerade noch rechtzeitig vor Feierabend kam er vor dem Haus des Plattnermeisters an; drinnen in der Werkstatt zeigte ihm der Handwerker den Harnisch, den er in Arbeit gehabt hatte, und sagte nicht ohne Stolz: „Euer Plattenrock ist wieder wie neu. Ich habe alle schadhaften Teile ersetzt und den Harnisch zudem aufpoliert, wie Ihr seht."

Prüfend betrachtete Zacharias Haderer die schimmernde Rüstung. Sein Blick glitt über die stählernen, jeweils aus einem Stück gefertigten Brust- und Rückenschalen des Harnischs; dann über die kleineren rechteckigen Metallplatten darunter, die beweglich miteinander verbunden waren und eine Art von hüftlangem Schuppenrock bildeten. Innen waren die verschiedenen Metallteile der Rüstung mit starkem Leder hinterfüttert; auf der Brustschale schließlich waren in Schlüsselbeinhöhe vier schön verzierte Stahlrosetten angebracht, von denen feingliedrige, knapp einen Meter lange Ketten herabhingen.

Zacharias untersuchte die Kettenenden mit ihren besonderen Vorrichtungen, an denen die ritterlichen Kampfwaffen Lanze, Schwert, Streitaxt und Dolch befestigt werden und daher im Schlachtgetümmel nicht verlorengehen konnten; nachdem er sich vergewissert hatte, dass alles in Ordnung war, lobte er den Handwerksmeister: „Du hast nicht zuviel versprochen, hast wirklich gut gearbeitet."

„Es war mir eine Ehre und Freude", antwortete der Plattner.

„Davon allein kannst du aber nicht leben", schmunzelte Zacharias Haderer. Er griff in die Tasche und zog seinen Münzbeutel heraus. „Zehn Regensburger Pfennige hatten wir als Lohn abgemacht, nicht?"

„So ist es", bestätigte der Handwerker.

Zacharias zählte dem Plattner die Münzen in die Hand; sodann trug der Handwerker den Harnisch auf die Gasse hinaus, wo das Ross des Hirschsteiner Burgherrn stand. Die beiden Männer banden die Rüstung hinter der Sattellehne auf der Kruppe des Pferdes fest; als alles gut verschnürt war, saß Zacharias Haderer auf, nickte dem Plattner noch einmal zu und trabte in der nun allmählich einfallenden Dunkelheit davon.

Ungefähr zwei Stunden später, der nächtliche Ritt war trotz des Mondlichts schwierig gewesen, langte Zacharias in Irsham an. Auf einem holprigen, teilweise schlammigen Trampelpfad lenkte er sein Tier durch das bereits schlafende Dorf mit den hölzernen, strohgedeckten Häusern, passierte am Fuß des Festungshügels einen Hohlweg, dessen rechte Flanke felsig war, und trieb sein Pferd über einen steinigen Steig die Hügelflanke hinauf. Als er vor dem Burgtor in der nicht sonderlich hohen Ringmauer ankam, rief ein Wächter, der auf dem Wehrgang seitlich des Torbaues stand: „Wer da?! Seid Ihr es, Herr?"

„Ja, ich bin's", bestätigte Zacharias Haderer. „Bin von der Passauer Stadt zurück. Und jetzt spute dich! Lass mich ein!"

Wenig später öffnete sich knarrend der einzige Torflügel; der Burgherr lenkte sein Ross in den engen Festungshof, wo einige Fackeln brannten, und schwang sich aus dem Sattel. Während der Wachtposten das Tor wieder schloss, kam von der kleinen Stallung, die sich in der Nähe der Zugangsbastion befand, ein Pferdeknecht herbei. Zacharias übergab ihm die Zügel seines Tieres und befahl ihm: „Wenn du das Ross versorgt hast, bringst du mir die Rüstung, die hinter dem Sattel festgezurrt ist, in meine Gemächer. Aber geh vorsichtig mit dem Plattenrock um, damit du ihn nicht schmutzig machst!"

Wortlos nickte der müde wirkende Knecht und führte das Pferd weg. Der Burgherr schaute ihm nach, bis er im Stallgebäude verschwunden war; dann schritt der Ritter an der überdachten Zisterne vorbei zum lediglich dreistöckigen Wohnturm der Festung und stieg, nachdem er drinnen am Treppenfuß eine lodernde Pechkerze aus einer Wandhalterung genommen hatte, ins oberste Stockwerk hinauf.

In einem Erkerraum dort entzündete er die Kerzen eines Tischleuchters, steckte die Fackel in einen Eisenring beim Fenstererker, ließ sich in einem Scherenstuhl nieder und bemühte sich, die Reitstiefel von den Beinen zu bekommen. Als es ihm nicht gleich gelang, rief er nach einer Dienstmagd; kurz darauf kam eine junge, rothaarige Frau mit leidlich hübschem Gesicht und vollen Brüsten in das Gemach und stellte sich, nachdem ihr Herr auf seine Stiefel gedeutet hatte, rücklings und mit etwas geöffneten Schenkeln vor ihn hin. Zacharias schob ihr den einen Lederstiefel von hinten zwischen die Beine; sie packte vorne zu und zog, bis sein Fuß frei war. Gleich darauf war der Ritter auch den zweiten Stiefel los; die Magd drehte sich um und fragte: „Kann ich sonst noch etwas für Euch tun?"

„Bring mir einen Krug Rotwein", verlangte Zacharias Haderer. „Danach kannst du zu Bett gehen …" Er besann sich; die Reiberin, von der sein Onkel in Passau gesprochen hatte, war ihm wieder in den Sinn gekommen. „Oder nein – du bleibst hier. Leistest mir Gesellschaft beim Trinken. Und später, wenn wir genug gebechert haben, darfst du mit in meine Bettstatt."

Die Vollbusige errötete, kicherte und lief wieder nach unten, um den Wein zu holen. Kaum war sie zurück, kam auch der Pferdeknecht mit dem Harnisch die Treppe herauf. Zacharias wies ihn an, die Rüstung in einen Nebenraum zu tragen, wo sich auch andere ritterliche Ausrüstungsstücke befanden: diverse Hieb- und Stichwaffen, Schilde sowie ein weiterer, schwererer Reiterharnisch, zu dem ein geschlossener Topfhelm gehörte.

Nachdem der Knecht den Plattenrock über einen Holzständer gehängt und die herrschaftlichen Gemächer wieder verlassen hatte, widmete sich der Burgherr dem Rotspon und der Magd. Geraume Zeit tranken und schäkerten die beiden; gegen Mitternacht dann verschwand das Paar im Schlafgemach des Ritters, und etwa eine halbe Stunde später schlummerte Zacharias befriedigt in den Armen der jungen Frau ein.

Im Morgengrauen erwachte der Ritter jäh; zuvor hatte er von den bedrohlichen Zuständen in der Passauer Stadt geträumt, hatte sich selbst gepanzert und hoch zu Ross zwischen bischöflichen und bürgerlichen Heerhaufen gesehen, die von zwei Seiten heranrückten. Jetzt, da er aus dem Schlaf hochgeschreckt war, starrte Zacharias verwirrt ins Halbdunkel des Gemachs; als er die Wärme der nackten Magd spürte und ihren ruhigen Atem hörte, begriff er, dass er nicht in der Dreiflüssestadt, sondern auf Hirschstein war – und im nächsten Moment erinnerte er sich an das Gespräch, das er am Vortag mit seinem Onkel Walchun geführt hatte.

Sein Verwandter hatte einen möglichen Machtkampf in Passau angesprochen: einen bewaffneten Zwist, bei dem die Stadtbürger gegen die fürstbischöflichen Söldner stehen würden. Walchun hatte ihn, Zacharias, auch davor gewarnt, sich in eine solche Auseinandersetzung einzumischen; er wiederum hatte seinem besorgten Onkel versichert, dass ihm der Sinn derzeit nicht nach Krieg und Blutvergießen stünde – doch nun begann der Hirschsteiner Burgherr zu überlegen, ob er im Fall des Falles tatsächlich neutral bleiben sollte. Hellwach jetzt, wog er das Für und Wider ab; er versuchte einzuschätzen, was für ihn an Geldgewinn und Kriegsbeute herausspringen könnte, wenn er eine Kämpferschar unter seiner Fahne sammeln und in den Streit eingreifen würde; ebenso zerbrach er sich den Kopf über die Frage, welche Partei er, so er sich zu einem Waffengang entschloss, unterstützen sollte.

Zuletzt, draußen vor dem Rundbogenfenster des Schlafgemachs war der Himmel mittlerweile graublau geworden, wurde Zacharias aus seinen Gedanken gerissen. Die Rothaarige schlug die Augen auf, drängte sich näher an ihn und tastete verlangend nach seinen Lenden. Sofort erwachte auch die Lust des Ritters von neuem – doch ehe er sich abermals im Rausch des Liebesspiels verlor, ging es ihm noch einmal durch den Sinn: Was wäre die beste Entscheidung, falls mich der Bischof oder die Passauer Bürger um Waffenhilfe ersuchen würden?

***

Weil die Junitage schon beinahe so heiß wie im Hochsommer waren, hatte Zacharias Haderer den leichteren Plattenrock statt seiner schweren Rüstung angelegt. An den Ketten, die von der Brustplatte des Harnischs herabhingen, waren Langschwert, Streitaxt und Dolch befestigt; die Stoßlanze, deren Schaft ebenfalls mit der stählernen Brustschale verbunden war, trug der Hirschsteiner Ritter aufrecht im Lanzenschuh, der tief am Sattelzeug an der Flanke seines mächtigen Streithengstes angeschnallt war. Der Kopf des Burgherrn wurde von einem visierlosen Eisenhut geschützt; seinen Schild hatte der Ritter auf dem Rücken hängen, und dasselbe galt für die zwanzig etwas leichter bewaffneten Reiter in Kettenhemden oder dicken Lederkollern, die ihrem Befehlshaber auf dem Weg in die Dreiflüssestadt folgten.

Sechs dieser Männer waren kampferprobte Dienstleute von der Burg Hirschstein; die übrigen vierzehn Berittenen, allesamt verwegen aussehende Kerle, hatte Zacharias Haderer während der vergangenen beiden Wochen gegen Handgeld als Söldner angeworben. Jetzt blickte der dunkelhaarige Condottiere über die Schulter auf das in Doppelreihe dahintrabende Aufgebot zurück; zufrieden musterte er seine kleine, aber durchaus eindrucksvoll wirkende Streitmacht, dann ließ er seinen Hengst in Schritt fallen. Sofort zügelten auch die Burgmänner und Soldknechte ihre Pferde; eines der Rösser begann zu kapriolen und musste von seinem Reiter, einem Ungarn, den es an die österreichisch-bayerische Grenze verschlagen hatte, mit harter Hand zur Raison gebracht werden. Als die Tiere sich danach wieder ordentlich in Reih und Glied formiert hatten, rief Zacharias einem der Hirschsteiner zu: „Komm nach vorne, Gerald!“

Der Angesprochene, ein etwa fünfundzwanzigjähriger Edelknecht mit blondem Haar und einer zackigen Narbe auf der linken Wange, trieb sein Pferd an. Als er sich neben dem Burgherrn befand, fragte er: „Gibt's etwas zu besprechen?“

Zacharias schüttelte den Kopf. „Nein. Es ist mir bloß zu langweilig geworden, allein vor euch anderen herzureiten. Und deshalb dachte ich, du könntest mir Gesellschaft leisten.“

„Da ich nicht nur dein Burgvogt, sondern auch dein Freund bin und wir schon so manchen Rausch und zudem das eine oder andere Weib miteinander geteilt haben, ist es mir eine Freude, dir den Gefallen zu tun“, scherzte Gerald. Sodann griff er in seine Satteltasche, brachte eine lederbezogene Flasche zum Vorschein und reichte sie dem Ritter. „Gönn dir einen Schluck. Es ist bester Obstbrand aus dem Rottal.“

Der Burgherr trank, der Edelknecht tat es ihm gleich; nachdem Gerald die Schnapsflasche wieder verwahrt hatte, sagte Zacharias Haderer: „Zwei Meilen noch bis Passau. Um die Mittagsstunde, so wie ich es mit den Städtern vereinbart habe, werden wir vor ihrem Rathaus anlangen. Und dann werden wir sehen, ob sie tatsächlich bereit sind, Nägel mit Köpfen zu machen.“

„Wollen wir hoffen, dass die Courage sie nicht wieder verlassen hat“, versetzte Gerald. „Aber auf jeden Fall haben sie ja schon kräftig was springen lassen für unsere Mühe.“

Zacharias feixte. „Das ist wahr! Das Handgeld, das ich den Soldknechten ausbezahlte, habe ich doppelt zurückbekommen. Und darüber hinaus gab's eine erkleckliche Anzahlung für mich und auch für dich als meinen Unterbefehlshaber im Feld.“

„Ein schönes Stück Geld“, bestätigte der Edelknecht. „Und wenn es jetzt mit der Kampagne klappt, wird für uns alle noch ein dicker Batzen draufkommen.“

„Bald werden wir wissen, wie's steht“, äußerte der Burgherr; dann forderte er Gerald auf: „Reich mir nochmals die Flasche mit deinem süffigen Obstler rüber.“

Als die Kavalkade durch die westliche Torbastion in die Dreiflüssestadt einritt, war die Schnapsflasche zur Hälfte leer. In aufgekratzter Stimmung lenkten der Ritter und der Edelknecht ihre Rösser durch die engen Passauer Gassen zum Rathausplatz am Donaugestade. Kaum hatten sich Zacharias, Gerald und die übrigen Bewaffneten aus den Sätteln geschwungen, läuteten die Domglocken zu Mittag. Zufrieden sagte der Ritter zu seinem Vertrauten: „Pünktlicher hätten wir es nicht schaffen können. Daran werden die Zunftmeister und die anderen, die hier in der Stadt den Ton angeben, erkennen, dass auf uns Verlass ist.“ Er übergab Gerald die Zügel seines Streithengstes, reichte ihm die Stoßlanze und fuhr fort: „Ich gehe jetzt zu ihnen in den Ratssaal hinauf, und du sorgst dafür, dass sich unsere Leute um die Pferde kümmern und danach etwas zwischen die Zähne kriegen.“

„Wird gemacht“, nickte der Edelknecht; gleich darauf verschwand Zacharias Haderer im Rathaus. Während der folgenden Stunde biwakierte der Trupp der Burgmänner und Söldner, von zahlreichen Gaffern bestaunt, am Donauufer; schließlich kam der Ritter zurück und rief seinen Gefolgsleuten zu: „Die Würfel sind gefallen! Heute noch werden die Stadtbürger ihrem Feind die Fehde ansagen, und morgen geht der Tanz los!“

Die Bewaffneten gaben ihrer Freude durch wildes Geschrei Ausdruck; Zacharias nahm Gerald beiseite und beschied ihn: „Die Stadtherren haben mich, wie ich es zuvor schon mit den wichtigsten Zunftmeistern vereinbart hatte, zum Feldhauptmann des Passauer Bürgeraufgebots bestimmt. An die dreihundert Mann werden unter meinem Kommando in den Kampf ziehen. Hinzu kommt unsere kriegserprobte Streitschar als Kerntruppe des städtischen Heeres. Und mit diesem starken Aufgebot werden wir den Bischöflichen gewaltig einheizen können!"

Der Edelknecht blickte zu den Festungsanlagen jenseits der Donau hinüber; dann fragte er: „Wer wird dem Albert von Winkel den Fehdebrief überbringen?"

„Der Zunftherr der Passauer Schiffsmeister wurde damit beauftragt", erwiderte Zacharias Haderer. „Sobald die Fehdeansage aufs Pergament gebracht ist, will er zur Bischofsburg hinaufreiten, und wir beide werden ihn aufs Oberhaus begleiten."

„Gut", grinste Gerald. „So können wir den Feind gleich mal aus der Nähe beschnuppern."

Zacharias nickte und schaute ebenfalls zu der Festung empor – ungefähr eine halbe Stunde später sodann kam der Zunftmeister der Donau- und Innschiffer aus dem Rathaus und bestieg ein Pferd, das kurz zuvor zum Portal des Gebäudes gebracht worden war. Auch der Hirschsteiner Ritter und der Edelknecht schwangen sich wieder in die Sättel und gesellten sich zu dem Zunftherrn. Der zeigte den beiden einen Lederköcher, in welchem der zusammengerollte Fehdebrief steckte, und sagte: „Wir können aufbrechen!"

Gleich darauf trabten die drei Reiter das Donaugestade entlang stromaufwärts, bis sie oberhalb der bischöflichen Festungsanlagen einen Fährplatz erreichten. Der Ferge brachte sie über den Fluss; drüben erklommen die Rösser einen stark gewundenen Steig, der zur Uferhöhe der Donau hinaufführte und einige Pfeilschüsse vor dem Westtor der Hochburg in einen Karrenweg einmündete. Auf diesem Fahrweg gelangten die Berittenen vor die verschlossene Torbastion des Oberhauses; als sie dort ihre Pferde zügelten, scholl es ihnen aus dem Mund eines Bewaffneten, der auf der Turmplattform zwischen zwei Zinnen stand, entgegen: „Was wollt ihr hier?! Verschwindet wieder! Auf Befehl des Fürstbischofs wird derzeit niemand in die Festung gelassen!“

„Wir legen auch keinen Wert darauf, die Burg zu betreten!“, entgegnete der Zunftmeister. Er zog den Köcher mit dem Fehdebrief aus dem Gürtel und warf ihn vor die Eselspforte des Festungstors. „Wir, die Gesandten der Passauer Bürgerschaft, wollen euch Bischöflichen, wie es der Brauch unter anständigen Leuten ist, lediglich offen und ehrlich den Krieg erklären!“

Für eine Weile blieb der Torwächter stumm; er schien zur Seite zu horchen – plötzlich trat Albert von Winkel, mit einer purpurroten Robe bekleidet, hinter einer der Mauerzinnen hervor, stellte sich neben den Wächter und rief: „Seid ihr wahnsinnig geworden?! Ihr Passauer Krämer und Handwerker, die ihr meine Untertanen seid und mir gehorchen müsst! Seid ihr vom Satan besessen, dass ihr es wagt, mir den Kampf anzusagen?! Kriecht zu Kreuze und bittet mich um Verzeihung, solange ihr noch die Möglichkeit dazu habt!“

Unwillkürlich hatte sich der Zunftherr bei diesen Worten geduckt; Zacharias Haderer hingegen richtete sich jetzt hoch im Sattel auf und gab dem Fürstbischof derb heraus: „Es wird sich zeigen, wer den Schwanz einziehen muss, nachdem die Waffen gesprochen haben! Und nun, Albert von Winkel, gebt einem Eurer Knechte den Befehl, das Fehdeschreiben aufzuklauben, das Euch die Bürger Passaus vor die Füße geworfen haben!“

Der Bischof beschattete die Augen mit der Hand, um besser sehen zu können. „Seid Ihr nicht der Haderer … der von Hirschstein?!“

„So ist’s“, bestätigte Zacharias. „Und die Passauer haben mich zu ihrem Feldhauptmann im Krieg gegen Euch erwählt.“

„Das wird dich noch teuer zu stehen kommen, du undankbarer Teufel!“, brach es aus dem Kirchenfürsten heraus. „Kaum zwei Jahre ist es her, dass du unter meiner Fahne gegen meinen Erzfeind, den Herzog von Österreich, gefochten hast. Mehr als großzügig habe ich dich damals für deine Dienste bezahlt! Und zum Dank dafür fällst du mir jetzt in den Rücken!"

„Es war, um der Wahrheit die Ehre zu geben, keine besonders hohe Summe, die ich zu jener Zeit aus Eurer geweihten Hand erhielt", versetzte der Ritter. „Nicht zu vergleichen mit dem, was mir die Bürger von Passau boten. Und deshalb stehe ich nun auch auf ihrer Seite!"

„Pack dich fort, du Verräter!", schrie der Bischof. „Geh mir aus den Augen! Ich mag dich nicht mehr sehen!"

Feixend zog Zacharias sein Ross herum und trabte davon; Gerald und der Zunftmeister taten es ihm nach. Dann, als die drei Reiter bereits ein gutes Stück vom Torbau entfernt waren, wurde die Eselspforte geöffnet, und ein Waffenknecht nahm den Fehdebrief an sich, um ihn Albert von Winkel zu bringen.

***

Zeitig am darauffolgenden Morgen formierte sich die Passauer Streitmacht auf dem Rathausplatz zum Abmarsch. Die Fußscharen der einfachen Bürger waren mit Spießen, Hellebarden, Stachelkeulen, Äxten, kräftigen Messern und vereinzelt auch mit Kurzschwertern, Armbrüsten oder Jagdbögen ausgerüstet; die Häupter der Bürgerschaft waren hoch zu Ross und trugen Brustharnische oder Kettenhemden sowie Helme und führten ritterliche Waffen. So auch der Stadtrichter Andreas Haller, der genau wie Zacharias Haderer im schimmernden Plattenrock auf den Platz geritten war und sich soeben mit den von ihm befehligten Männern zur Schar der Hirschsteiner gesellt hatte. Jetzt musterte Zacharias den Kampftrupp des hochgewachsenen, vollbärtigen Richters; dann sagte er anerkennend zu Haller: „Eure Leute machen einen sehr guten Eindruck. Die scheinen sich mit dem Kriegshandwerk auszukennen."

„Das will ich meinen", erwiderte der Stadtrichter. „Es handelt sich ja schließlich bei ungefähr der Hälfte um die städtischen Reisigen, die allesamt Kampferfahrung besitzen. Und verstärkt habe ich meinen Trupp durch ehemalige Söldner, die sich in Passau niedergelassen haben, sowie durch meine Gerichtsbüttel, die ebenfalls kräftig dreinschlagen können, wenn's drauf ankommt."

„Ausgezeichnet", lobte der Ritter den Gerichtsherrn; im nächsten Moment wurde er auf einen Nachen aufmerksam, der von der Bischofsfestung her über die Donau kam, und stieß hervor: „Was bedeutet das denn?! Schickt uns der Albert von Winkel etwa einen Boten?"

Dem war in der Tat so. Nachdem das von zwei Knechten geruderte Boot angelandet war, stieg ein Priester im vollen Ornat heraus, erklomm einen Frachtkarren, der am Ufer stand, und rief den bewaffneten Passauern, die nun alle auf ihn aufmerksam geworden waren, zu: „Euer Herr, der Fürstbischof, hat mich zu euch gesandt. Ich soll euch von ihm ausrichten, dass er euch zur Strafe für eure gotteslästerliche Rebellion mit dem Kirchenbann belegt! Ab sofort seid ihr von allen Segnungen unserer Heiligen Mutter Kirche ausgeschlossen! Und nur wenn ihr tiefe Reue zeigt, die Waffen niederlegt und euren obersten Seelenhirten kniefällig um Verzeihung bittet, kann der Bann, der euch in ewige Höllenpein zu stürzen vermag, wieder von euch genommen werden!"

Als das letzte Wort verklungen war, herrschte auf dem Rathausplatz zunächst tiefes Schweigen; sodann begannen die Stadtbürger erregt untereinander zu flüstern, und viele machten plötzlich einen verschüchterten oder sogar verängstigten Eindruck. Ehe der Kampfeswille unter den Städtern jedoch völlig zum Erlöschen kommen konnte, trieb Zacharias Haderer seinen Streithengst bis hart an den Bischofsboten heran, ließ das Ross steigen und fragte den Priester danach mit weithin schallender Stimme: „Würdet Ihr mir die Bannbulle denn freundlicherweise vorzeigen?"

Verblüfft schüttelte der Kleriker den Kopf. „Der Bischof hat mir aufgetragen, euch den Bannspruch mündlich zu verkünden."

„Wenn es so steht, ist der Spruch ungültig!", versetzte der Hirschsteiner Ritter in schneidendem Tonfall. „Denn ein

Kirchenbann muss immer schwarz auf weiß niedergeschrieben und zum Beweis seiner Gültigkeit ordentlich gesiegelt sein! So verlangt es das Kirchenrecht!"

Bevor der Priester etwas zu entgegnen vermochte, rief der Stadtrichter: „Unser Feldhauptmann sagt die Wahrheit! Der Bann entspricht nicht den päpstlichen Regularien, er besitzt daher auch keine Kraft! Und damit ist der Spruch so ungefährlich wie der Wind, der über die Passauer Flüsse weht."

Ein erleichtertes Aufstöhnen lief durch die Menge der Bewaffneten. Gleich darauf begannen die Männer zu lachen und den Kleriker zu verspotten; wenig später, als etliche Bürger Anstalten machten, auf den Priester loszugehen, rettete sich dieser in den Nachen und herrschte die Ruderknechte an: „Weg! Zurück zur Festung!"

Kaum hatte das Boot die Strommitte erreicht, ließ Zacharias Haderer seinen Hengst abermals steigen und gab den Befehl zum Abmarsch der städtischen Streitmacht. In guter Ordnung zogen die Kampfscharen donauaufwärts davon; im Verlauf der folgenden zwei Stunden dann setzten die Streithaufen teils auf der Fähre, teils in herbeigeholten Fischerzillen über den Fluss.

Am nördlichen Donauufer formierten sich die Bewaffneten erneut zur Kolonne und marschierten zur bischöflichen Hochburg hinauf. Ein Stück vor der westlichen Torbastion, außer Reichweite der gegnerischen Armbrustschützen, machte das Gros des Heeresverbandes Halt; sechs Zimmerleute jedoch gingen mit ihren Äxten in einen nahen Wald, wo sie eine starke Esche fällten, ihre Krone entfernten und den dicken Stamm bis auf kräftige Stümpfe entasteten.

Am späten Vormittag war der provisorische Rammbock fertiggestellt, und nun kam es zum ersten Angriff auf das Festungstor. Während die nähergerückten Passauer Armbrust- und Bogenschützen die Verteidiger des Torturmes mit Bolzen und Pfeilen beschossen und sie so in Deckung zwangen, rannte ein Dutzend Männer mit dem vorne zugespitzten Eschenstamm gegen die Torflügel an.

Die Kämpfer versuchten das eisenbeschlagene Tor aufzubrechen; dumpf dröhnten die Rammbockstöße – doch dann wurden von oben Steintrümmer, mit erhitztem Pech gefüllte Tonkrüge und lodernde Fackeln auf die Angreifer geschleudert. Die Felsbrocken setzten mehrere Männer außer Gefecht; die Krüge zerbarsten zwischen ihnen, und im nächsten Moment fauchten über dem auslaufenden Pech Flammensäulen hoch.

Die Gewänder verschiedener Passauer fingen Feuer; vor Angst und Pein schreiend wälzten sich die Männer auf der Erde. Ihre unverletzten Kameraden bemühten sich hektisch, die Flammen zu ersticken; nach weiteren Würfen von der Turmkrone herab begann auch der Rammbock zu brennen, und damit war die Attacke auf die Torbastion endgültig gescheitert.

„Verfluchte Scheiße!“, rief Zacharias Haderer, der ein paar Schritte vor der Hauptmacht des Heeresverbandes auf seinem Ross saß, dem Stadtrichter zu. „Ohne schweres Sturmgerät kommen wir nicht in die Burg. Wir bräuchten einen mit Planken und Lederplanen abgedeckten Rammbockwagen, um die Torflügel zu zerschmettern. Und einen solchen haben wir, hol's der Teufel, nicht zur Verfügung.“

„Bis morgen könnten die Passauer Handwerker wahrscheinlich einen bauen“, schlug Gerald vor.

„Ja, das wäre möglich“, erwiderte der Ritter. „Allerdings müsste das mächtige Gerät dann zunächst über die Donau geschifft werden. Und danach müsste man es auf einem großen Umweg hier herauf bringen, denn über den steilen Steig, den wir genommen haben, ginge es …“

„All dies würde viel zu lange dauern!“, unterbrach ihn der Richter. Er überlegte. „Aber unter Umständen könnten wir die Feinde auf ganz andere Art packen.“

„Wie denn?“, fragte Zacharias.

„Durch eine Kriegslist“, antwortete Andreas Haller – sodann erläuterte er dem Hirschsteiner Burgherrn und dem Edelknecht, was er damit meinte.

Nachdem Zacharias Haderer den Plan des Stadtrichters akzeptiert hatte, nahmen die Passauer Armbrust- und Bogenschützen das Westtor der Festung und die angrenzenden Mauerzüge erneut unter Beschuss. Die übrigen Bewaffneten verharrten außerhalb der Gefahrenzone; dann und wann jedoch verschwanden einzelne Männer oder kleine Gruppen unauffällig in dem Wald, der sich nördlich des Fahrweges zur Burg ausdehnte. Dies ging geraume Zeit so; zuletzt schlich auch Andreas Haller zu Fuß in den Forst, und nachdem ungefähr eine Viertelstunde verstrichen war, rief der Hirschsteiner Ritter den ihm verbliebenen, etwa zweihundertfünfzig Kämpfern zu: „Führt jetzt die Befehle aus, die ich euch gegeben habe!“

Daraufhin rückten die Passauer auf breiter Front gegen die Torbastion und die Mauerabschnitte daneben vor. Die Männer bewegten sich jedoch nur langsam und blieben manchmal sogar wie unschlüssig wieder stehen; einzig die Schützen schienen mehr Kampfeseifer zu besitzen, denn sie verteilten sich nun so unter ihren Mitstreitern, dass sie zuletzt von verschiedensten Positionen aus freies Schussfeld auf die Wehranlagen der Bischofsfestung hatten.

Angesichts des massierten Vordringens ihrer Feinde sahen sich die Verteidiger gezwungen, alle Mauerkronen im westlichen Bereich der Hochburg zu besetzen; auch diejenigen, die zuvor nicht bedroht gewesen waren. Damit sie das aber schaffen konnten, mussten Söldnerscharen aus der Niederburg abgezogen werden. In ganzen Rudeln kamen die bischöflichen Soldknechte von dort unten herauf; bald drängten sie sich förmlich auf den Westmauern – und genau das war das Zeichen für Zacharias Haderer, seinen zweihundertfünfzig Kämpfern einen weiteren Befehl zu erteilen.

Nachdem die Order aus dem Mund des Ritters erschollen war, rannten die Bogen- und Armbrustschützen ein Stück vor und schnellten ihre Pfeile und Bolzen auf die Verteidiger der Festung ab; zugleich stimmten alle anderen Angreifer ein ohrenbetäubendes Gebrüll an, das bis in die Stadt hinunter zu hören war. Die Bischöflichen reagierten verstört auf den jäh auftosenden Lärm; sie leisteten nur kopflosen, unkoordinierten Widerstand, und daher gelang es insbesondere den

Passauer Bogenschützen, die nun in schneller Folge Pfeilsalven abschossen, ihren Gegnern empfindliche Verluste beizubringen.

Erst als auf den Wehrgängen mehr als ein Dutzend Tote und Schwerverwundete lagen, ermannten sich die Verteidiger der Burg; sie machten nun besseren Gebrauch von ihren Fernwaffen – und sofort wichen die städtischen Kämpfer zurück. Doch dies war lediglich eine Finte, die es neuerlich einem beträchtlichen Teil der Passauer ermöglichte, im Forst zu verschwinden. Auch die Hirschsteiner Streitschar verdrückte sich, die Rösser an Ort und Stelle lassend, in den Wald; kurz zuvor war ein Bote des Stadtrichters zu Zacharias Haderer gerannt gekommen und hatte ihm eine Meldung zugerufen.

Jetzt hasteten alle diese Männer im Sichtschutz der Bäume nördlich um die Hochburg herum und stiegen dann, als sich der Boden senkte und steinig wurde, zur Flanke der Niederburg hinunter. Dort, am Fuß der Schildmauer, erblickten sie acht, neun Leichen; es handelte sich zumeist um Bischöfliche, die offenbar von der Mauerkrone herabgestürzt waren. Eine Felsschroffe, die fast bis zu einem Zinnensockel der Wehrmauer emporwuchs, war über und über mit Blut besudelt. Droben stand mit blankem Schwert der Richter Andreas Haller; nun rief er Zacharias zu: „Es ist uns geglückt! Euer Scheinangriff auf das Oberhaus hat die Feinde abgelenkt und den Festungsteil hier unten vom Gros der Verteidiger entblößt, so dass wir das Niederhaus stürmen konnten!“

„Gut gemacht!“, erwiderte der Hirschsteiner Ritter lachend. „Und jetzt wollen wir unsere Gegner von zwei Seiten in die Zange nehmen!“

Wenig später befand sich Zacharias Haderer zusammen mit den zusätzlichen Kämpfern, die er herangeführt hatte, in der Niederburg. Etliche seiner Männer waren kurzerhand über die Mauer geklettert; er selbst und die meisten anderen waren durch das Haupttor, dessen Barrikaden rasch von innen weggeräumt worden waren, in den Burghof gelangt. Auch dort lagen Tote; Bischöfliche und Städtische durcheinander. Nun sorgte der Stadtrichter dafür, dass die Leichen in einen Kellerraum getragen wurden; als dies getan war, formierten sich die Passauer, um von unten her zum Oberhaus vorzudringen.

Sie versuchten den Angriff auf direktem Weg über den abgeholzten und teilweise felsigen Steilhang, der sich zwischen dem Niederhaus und der Hochburg erstreckte. Anfangs kamen sie gut voran; dann jedoch wurden sie bemerkt, und gleich darauf fegten ihnen Armbrustbolzen entgegen. Einige Männer starben oder stürzten verletzt zu Boden; die übrigen rannten, wobei sie weitere Verluste erlitten, bis zu dem tief eingeschnittenen Halsgraben vor, welcher das Oberhaus nach Osten hin schützte.

Am Grabenrand gingen die Passauer notdürftig in Erdrunsen oder hinter Steinschroffen in Deckung; diejenigen unter ihnen, die Fernwaffen besaßen, bemühten sich, die Schützen auf der Ostmauer der Hochburg in Schach zu halten. Einige Zeit flogen die Geschoße hin und her; insbesondere unter den Angreifern gab es weitere Opfer – schließlich rief Zacharias Haderer: „Es bringt uns nichts, wenn wir uns hier noch länger festnageln lassen! Wir müssen stürmen und dabei wie die Teufel brüllen, damit uns die Kameraden vor dem Westtor hören! Dann werden sie ebenfalls attackieren, und so können wir den Feinden im doppelten Ansturm hoffentlich das Kreuz brechen!"

Daraufhin kletterten die vom Hirschsteiner und vom Stadtrichter befehligten Kämpfer laut schreiend zur Grabensohle hinab und schickten sich an, den gegenüberliegenden Felshang unter der Festungsmauer zu erklimmen. Kaum waren sie dort, vernahmen sie das Antwortgebrüll der Städter, die vor der westlichen Torbastion standen. Die Männer des zweiten Passauer Kampfverbandes hatten begriffen, was an der Ostflanke des Oberhauses vorging; sie handelten ganz so, wie Zacharias Haderer es vorhergesagt hatte, so dass sich die Bischöflichen jetzt von beiden Seiten her bedroht sahen.

Aber die Verteidiger des Oberhauses befanden sich in einer ungleich günstigeren Position als die Angreifer, weshalb sie sich behaupten konnten. Ein, zwei Dutzend Städter fielen; noch viel mehr wurden verwundet – und zuletzt wurden sowohl die Passauer vor dem Westtor als auch diejenigen, die vom Niederhaus heraufgekommen waren, zum eiligen, beinahe kopflosen Rückzug gezwungen.

Immerhin gelang es dem Hirschsteiner Ritter, der dabei von Gerald und Haller unterstützt wurde, die verstörten Geschlagenen von der Flucht in die Stadt abzuhalten. Indem die Genannten die entmutigten Männer zur Plünderung der Niederburg anstachelten, schafften sie es, dass sich die Passauer hinter den Mauern des eroberten Festungsteils versammelten. Auch die Pferde wurden in den Burghof gebracht, und nachdem die Tore sicherheitshalber wieder geschlossen worden waren, begannen die Männer mit dem Ausrauben des Niederhauses.

Als die Nacht hereinbrach, waren sämtliche Räume des Wohnturmes und der Wirtschaftsgebäude verwüstet. Ebenso waren die Kellergewölbe leergeplündert, und weil die Passauer dort zahlreiche Weinfässer gefunden hatten, gaben sich die meisten von ihnen nun einem Saufgelage hin, das bis lange nach Mitternacht andauerte. Erst dann kehrte Ruhe hinter den Burgmauern ein, nur das Schnarchen der Betrunkenen war noch zu hören; dazu manchmal das qualvolle Stöhnen von Verwundeten, die man in der Burgkapelle untergebracht hatte.

Am nächsten Morgen beratschlagten Zacharias Haderer und der Stadtrichter, die sich während des Gelages eher zurückgehalten hatten, was weiter geschehen sollte. Zacharias, dessen Plattenrock an der rechten Brustseite durch einen Bolzentreffer arg eingebeult war, äußerte: „Wir können dem Albert von Winkel nicht ans Leder. Das Oberhaus ist zu stark befestigt, und ein erneuter Sturmangriff unserer geschwächten Streitmacht würde gewiss noch schlimmer fehlschlagen als der gestrige."

Mit verkniffenen Lippen nickte Andreas Haller. „Das fürchte ich auch. Aber zumindest ist die Niederburg in unserer Hand."

„Bloß hilft uns das wenig", murmelte der Hirschsteiner

Ritter. „Ich meine … auf Dauer können wir nicht hinter den hiesigen Mauern sitzen bleiben. Weil es uns im Kampf gegen den Bischof nichts bringen, sondern uns sogar lähmen würde."

Der Richter überlegte; dann sagte er: „Wir brauchen einen ganz neuen Schlachtplan, müssen unseren Feind irgendwie auf andere Art treffen …"

„Auf andere Art …", wiederholte Zacharias; im nächsten Moment leuchteten seine Augen auf. „Natürlich! Das ist es! Die Hochburg können wir dem Bischof nicht entreißen. Doch wir können sein reiches Herrschaftsgebiet heimsuchen. Seine riesigen Ländereien, die sich entlang der Donau und tief hinein ins Waldgebirge erstrecken."

„Auf diese Weise wird es uns möglich sein, ihm schwer zu schaden und ihn dadurch letztlich zu Verhandlungen zu zwingen." Anerkennend schlug Andreas Haller dem Hirschsteiner auf die Schulter. „Das ist die Lösung! Und am besten brechen wir unverzüglich auf!"

„Gemach", bremste Zacharias Haderer den Überschwang des Stadtrichters. „Zunächst einmal müssen unsere Leute wieder klare Köpfe bekommen. Außerdem sollten wir nicht alle Männer auf den Feldzug mitnehmen, weil die Alten, Frauen und Kinder in der Stadt sonst schutzlos wären. Und aus diesem Grund rate ich, dass wir uns mit etwa hundert Bewaffneten begnügen."

„Die werden ausreichen, um das Bistum zu verheeren", nickte Andreas Haller. „Und nun lass uns überlegen, mein Freund, wie wir dem Albert von Winkel am besten einheizen können."

***

Gegen Mittag räumten die Passauer das Niederhaus. Ein Teil zog mit den Verwundeten ins Stadtgebiet jenseits der Donau ab; die übrigen Männer folgten dem Hirschsteiner Ritter und dem Richter das Ilztal hinauf, um zunächst die bischöflichen Latifundien nördlich der Dreiflüssestadt zu plündern und zu brandschatzen.

Wochenlang wüteten die Kampfscharen im Waldgebirge entlang der böhmischen Grenze. Sie raubten Dörfer, Weiler und Einödhöfe aus und setzten den Hörigen des Bischofs den Roten Hahn aufs Dach; sie jagten ihre Rösser über die Roggen- und Haferfelder, um die aufwachsende Saat zu vernichten; sie zerstörten Kornspeicher und Heuschober oder trieben den Leibeigenen das Vieh weg; zudem schändeten sie zahlreiche Frauen und massakrierten so manchen Bauern, der ihnen verzweifelten Widerstand zu leisten versuchte.

Anfang Juli marschierten die Marodeure wieder nach Süden und trieben ihr Unwesen im Donaugäu unterhalb von Passau. In der zweiten Monatshälfte nahmen sie die kleine Bischofsburg Haichenbach ein, die auf einem Hügelrücken über der Schlögener Donauschlinge stand. Nachdem sie die schwache Festung gestürmt hatten, henkten sie die überlebenden Verteidiger, darunter den Pfleger, soffen den Weinkeller leer und warfen bei ihrem Abzug Feuerbrände auf die Strohdächer der Wirtschaftsgebäude, so dass die Burg teilweise ausbrannte.

Während die Augusthitze über dem Land brütete, suchten die von Zacharias Haderer und Andreas Haller kommandierten Horden das bischöfliche Territorium südwestlich der Schlögener Schlinge heim. Sie drangen dabei bis Ried vor und richteten abermals schweren Schaden an; danach, in der ersten Septemberwoche, kehrten sie zu den südlichen Donauhöhen zurück. Dort heerten sie unter anderem in der Gegend von Eferding und St. Agatha; anschließend setzten sie vom Dorf Wesenufer aus, das sie zuvor geplündert hatten, über den Strom und leisteten sich einmal mehr brutale Übergriffe auf die Menschen, die am Saum des Waldgebirges lebten; am schlimmsten trieben sie es in Untergriesbach.

Zweieinhalb Wochen nach der Donauüberquerung dann stürmten sie den Markt Obernzell, wobei sie ein Blutbad anrichteten. Zwei Tage lang feierten sie ihren fragwürdigen Sieg über die Marktbürger mit einer Sauforgie, und nachdem sich die mittlerweile zumeist völlig vertierten Marodeure von diesem Exzess erholt hatten, beschlossen der Hirschsteiner und der Stadtrichter, ihre Truppe nach Passau zurückzuführen.

Am Morgen des neunundzwanzigsten September standen die Männer zum Abmarsch bereit; jetzt schwangen sich auch ihre beiden Anführer in die Sättel, und als er seinen unruhig stampfenden Streithengst versammelt hatte, sagte Zacharias Haderer zu Andreas Haller: „Nun, wo wir dem Bischof mit eiserner Faust klargemacht haben, dass er nicht länger der alleinige Herr in den hiesigen Landstrichen ist, kann sich die Passauer Bürgerschaft bestimmt besser als im Juni gegen ihn durchsetzen."

Darin allerdings hatte sich der Ritter getäuscht. Denn schon bald nach dem Aufbruch von Obernzell hielt der Stadtrichter, der sich zusammen mit dem Hirschsteiner an der Spitze des Kampfverbandes befand, plötzlich erschrocken sein Ross an und rief aus: „Da vorne am Waldrand! Ein Reitertrupp unter dem bischöflichen Banner!"

Im nächsten Moment gewahrte auch Zacharias die feindlichen Berittenen: acht, zehn Gepanzerte, welche den Weg zum Dorf Erlau sperrten. Gleich darauf löste sich ein einzelner Geharnischter von der Reiterschar und trabte den Marodeuren entgegen; als er näher kam, erkannten der Hirschsteiner und der Richter, dass er ein weißes Tuch in der Linken hielt, das er nun zu schwenken begann.

„Ein Parlamentär!", stieß Andreas Haller hervor.

„Aber einer, der nichts Gutes im Sinn hat!", versetzte Zacharias Haderer mit gepresster Stimme. „Ich spür's! Hab's im Urin!"

Wenig später zügelte der Bischöfliche sein Tier vor dem Ritter und dem Richter, musterte die beiden Männer scharf und sagte in drohendem Tonfall: „Euer Spiel ist aus, ihr entmenschten Räuber und Mordbrenner!"

„Was soll das heißen?!", fuhr der Hirschsteiner auf.

„Bei Erlau steht ein bischöfliches Heer, das euch noch heute für eure Bluttaten bestrafen wird!", erklärte der Parlamentär. „Und ich bin gekommen, um euch, so wie es der Brauch ist, den Fehdehandschuh hinzuwerfen und euch dadurch zur Schlacht herauszufordern!“

Damit streifte der Gepanzerte einen seiner Kampfhandschuhe ab und schleuderte ihn zu Boden.

Andreas Haller spürte, wie ihm ein eisiger Schauer über den Rücken rieselte; Zacharias Haderer war für einen Augenblick versucht, seinen Hengst herumzureißen und zu fliehen – mit dem nächsten Lidschlag jedoch ermannte er sich und schrie den Bischöflichen an: „Den Kampf könnt ihr haben, ihr Hundsfötter! Aber glaubt ja nicht, dass ihr triumphieren werdet! Vielmehr werden wir euch zu Paaren treiben! Und danach wird Passau endlich frei und reichsstädtisch sein!“

Der Parlamentär feixte. „Wir wissen, wie viehisch ihr in Obernzell gesoffen, gefressen und gehurt habt! Und so etwas ist nicht gerade die beste Vorbereitung auf eine Feldschlacht!“

„Mit euch Pfäffischen werden wir trotzdem fertig!“, knurrte der Stadtrichter mit dem Mut der Verzweiflung. „Wann und wo sollen die Waffen sprechen?!“

„Sobald ihr vor Erlau erscheint, wird der Kampf beginnen!“, erwiderte der Bischöfliche.

„So sei es!“, bestätigte der Hirschsteiner Ritter. „Und jetzt verschwinde, du Pfaffenknecht! Gehab dich wohl, bis wir uns auf dem Schlachtfeld wiedersehen!“

Der Parlamentär wendete sein Ross und galoppierte davon; zugleich trieb der Edelknecht Gerald, der sich bei der Vorhut der Marschkolonne befunden hatte, sein Pferd heran und sagte mit beklommener Miene: „Wollen wir uns den Bischöflichen tatsächlich stellen? Besser wäre es meiner Meinung nach, wenn wir uns nicht auf die Schlacht einlassen würden. Denn es könnte leicht sein, dass uns die Feinde überlegen sind.“

Andreas Haller machte den Eindruck, als würde er mit sich ringen; der Hirschsteiner hingegen schüttelte den Kopf. „Ich habe dem Treffen soeben zugestimmt! Und deshalb kann ich es nicht mit meiner ritterlichen Ehre vereinbaren, nun feige den Schwanz einzuziehen!“

Zögerlich nickte der Edelknecht; der Stadtrichter wiederum gab sich jetzt einen Ruck und erklärte: „Ich denke wie du, Zacharias. Wir müssen die Schlacht schlagen! Anderenfalls wären wir ehrlos, und kein Hund würde mehr einen Bissen von unserer Hand annehmen!"

„Eben!", versetzte der Hirschsteiner Ritter; dann rief er den Scharen der Bewaffneten, die sich hinter der Führungsgruppe drängten, zu: „Wir ziehen weiter! Und lehren die Feinde auf der Walstatt bei Erlau das Fürchten! Der Sieg wird unser sein, das verspreche ich euch! Ihr müsst bloß das Eurige dazu tun und fechten wie die Teufel!"

Die Marodeure begannen zu johlen und zu grölen; gleich darauf setzte sich die Marschkolonne wieder in Bewegung – und nach etwa einer halben Stunde kam die bischöfliche Streitmacht in Sicht: ein starkes Heer, das sich auf einer Flussaue östlich der Erlauer Anwesen bereits in Schlachtordnung formiert hatte und wenigstens ein halbes Tausend Bewaffnete zählte.

„Verflucht!", stieß Gerald hervor. „Ich habe es geahnt! Die Bischöflichen sind uns fünffach überlegen!"

„Dort drüben steht nicht nur Albert von Winkel mit seinen Kampfscharen im Feld!", kam es von Andreas Haller. „Er hält lediglich das Mitteltreffen. An den beiden Flanken aber sind österreichische Banner zu sehen."

Zacharias Haderer umkrampfte den Schaft seiner Lanze. „Das bedeutet, der Fürstbischof hat sich mit seinem früheren Erzfeind, dem Herzog von Österreich, gegen uns verbündet! Gottverdammt! Das hätte ich nie im Leben für möglich gehalten!"

„Wenn wir sofort kehrtmachen würden, könnte uns die Flucht vielleicht noch gelingen", murmelte der Edelknecht.

Unschlüssig nagte Zacharias an seiner Unterlippe – plötzlich rief der Stadtrichter: „Da! Auf der Donau!"

Der Hirschsteiner und Gerald spähten zum Strom hinüber – und sahen dasselbe wie Andreas Haller: mehrere große Plätten, die, von Nordwesten kommend, soeben aus einer Flussbiegung heraus auftauchten. Die Frachtkähne schienen viele Männer zu tragen; da und dort funkelte es metallisch im frühherbstlichen Sonnenschein, und nun gewahrte Zacharias auch eine Fahne, die ihm vertraut war: das Zunftbanner der Passauer Donauschiffer.

„Es sind unsere Verbündeten!" Tiefe Erleichterung schwang in den Worten des Ritters mit. „Sie werden Seite an Seite mit uns kämpfen, und damit haben wir eine Chance gegen den Feind!"

Während er es sagte, wurden auf dem Fluss weitere Plätten sichtbar; rasch trug die starke Strömung die immer mehr anwachsende Flotte heran, und zuletzt konnten die Marodeure und ihre Anführer um die zwanzig Frachtkähne zählen.

Wenig später, während im bischöflichen Heer Unruhe entstand, passierte die Plättenflotte das Dorf Erlau und schwenkte ein Stück unterhalb schräg zum Ufer hin ab. Wiederum nach einer Weile legten die schweren Kähne nahe der Stelle an, wo sich die von Zacharias Haderer und Andreas Haller kommandierten Streitscharen befanden. Etwa zweihundertfünfzig bewaffnete Passauer Bürger gingen an Land; dazu mehrere Dutzend Söldner, welche die Städter in den vergangenen Wochen an Inn, Vils und Isar angeworben hatten.

„Zusammen mit diesem Kampfverband sind wir den Feinden gewachsen", äußerte der Stadtrichter; der Hirschsteiner ließ seinen Hengst steigen und rief den hinter ihm wartenden Männern zu: „Vorrücken! Zum Landeplatz unserer Verbündeten."

Kurz darauf vereinigten sich die Passauer und die Marodeure; einer der städtischen Zunftmeister kam auf Andreas Haller zu, umarmte den Richter und beschied ihn und Zacharias: „Wir haben schon vorgestern durch einen Spion erfahren, dass der Fürstbischof plante, Euren Heerhaufen hier bei Erlau zu stellen und zu vernichten. Als wir die Feindarmee heute in aller Frühe abmarschieren sahen, machten sofort auch wir mobil. Und nun sind wir da, um dem Albert von Winkel die Suppe zu versalzen und den Krieg durch unseren Sieg zu beenden!"

„Es war allerhöchste Zeit, dass Ihr kamt!", erklärte Haller; der Hirschsteiner Ritter forderte: „Unser Heer muss sich schleunigst formieren, sonst gelingt es den Bischöflichen am Ende noch, unsere ungeordneten Scharen in einem plötzlichen Sturmangriff zu überrennen!“

„Da habt Ihr recht!“, bestätigte der Zunftherr – und wenig später standen die vereinigten Passauer Kampfhaufen ihren Feinden in geschlossenen Schlachtreihen gegenüber.

Die Marodeurscharen bildeten das Zentrum der vierfach gestaffelten Phalanx; Zacharias Haderers Reitertrupp, der Stadtrichter und einige weitere Berittene hatten sich in Keilformation vor der Linie der Fußkämpfer aufgestellt. Die Stadtbürger drängten sich Schulter an Schulter an den beiden Flügeln; die von den Passauern angeworbenen Soldknechte standen jeweils in der vordersten Reihe des linken und rechten Phalanxflügels.

Kaum hatten die Männer ihre Positionen eingenommen, schmetterten drüben, bei den Bischöflichen, Fanfaren. Sofort gingen die feindlichen Panzerreiter, ungefähr fünfzig an der Zahl, zum Angriff über. Mit gesenkten Lanzen oder gezückten Langschwertern preschten sie über die Flussaue heran; die Fußtruppen folgten ihnen im Laufschritt.

„Die Spieße schräg in den Boden rammen und auf Biegen und Brechen standhalten!“, schrie der Hirschsteiner den hinter ihm stehenden Marodeuren zu. „So könnt ihr die Gepanzerten von euch abwehren!“

Der Ruf wurde von den Befehlshabern an den Flanken der städtischen Streitmacht wiederholt; die Spießträger gehorchten – und im selben Moment galoppierten Zacharias Haderer und seine Berittenen an. Sie jagten den bischöflichen Angreifern entgegen – doch dann, nachdem der Hirschsteiner einen weiteren Befehl gebrüllt hatte, wichen sie den attackierenden Panzerreitern aus, preschten an ihnen vorbei und sprengten auf die heranlaufenden feindlichen Fußkämpfer zu.

Deren Schlachtreihen hatten sich aufgrund ihres raschen Vorrückens aufgelockert. Daher glückte es Zacharias und seinen Mitstreitern, an einer besonders schwachen Stelle durchzubrechen – und gleich darauf sah sich der Fürstbischof in höchster Gefahr.

Albert von Winkel hatte sich nicht am Angriff seines Heeres beteiligt; umgeben von zwanzig schwergepanzerten Berittenen war er bei einer Turmruine zurückgeblieben, die sich auf einer jahrhundertealten, vom Zahn der Zeit abgeflachten Motte am Auensaum erhob. Dort hatte sich der Bischof in Sicherheit gewähnt; jetzt aber gerieten er und seine Leibwächter in schwerste Bedrängnis, weil der Hirschsteiner Ritter und dessen Kampfgefährten alles daransetzten, an den Kirchenfürsten heranzukommen.

In furiosem Ansturm attackierten sie, trieben ihre Rösser die Mottenflanken hinauf, hieben mit Schwertern und Streitäxten auf die Männer um den Bischof ein. Etliche der Leibwächter fielen; schon sah es so aus, als hätte der wütende Angriff Erfolg – plötzlich jedoch wendete sich das Blatt.

Denn an die zwei Dutzend jener Berittenen, die zuvor auf die Phalanx der Passauer zugeprescht waren, hatten kehrt gemacht, waren zur Turmruine zurückgaloppiert und fielen den Kämpfern um Zacharias Haderer nun in den Rücken. Ein fürchterlicher Lanzenstoß traf den Stadtrichter zwischen den Schulterblättern und durchbohrte ihm den Oberkörper; sterbend stürzte Andreas Haller vom Pferd. Gleich darauf fielen drei, vier Söldner des Hirschsteiners; er selbst musste sich gegen einen Hagel von Schwerthieben decken, die ihm den Eisenhut vom Kopf rissen, den Schild splittern ließen und so hart auf seinen Plattenrock krachten, dass ihm die Luft wegblieb.

Dann, als weitere seiner Mitstreiter starben, wurde Zacharias von Panik gepackt. „Weg hier!“, schrie er Gerald zu, der verzweifelt in seiner Nähe focht – im nächsten Augenblick jagten die Überlebenden der grausam dezimierten Reitertruppe davon: nur noch sechs Mann.

Als er merkte, dass die Feinde auf eine Verfolgung verzichteten, ermannte sich der Hirschsteiner wieder. Er lenkte seinen Hengst dorthin, wo mittlerweile die Hundertschaften der Passauer und der Bischöflichen auf breiter Front aneinandergeraten waren; Gerald und die wenigen Reiter, die beim Kampf um die Motte davongekommen waren, folgten ihm.

Aber der mutige Einsatz der bereits so schrecklich geschlagenen Schar war sinnlos. Zacharias und die anderen schafften es zwar noch, ein knappes Dutzend der feindlichen Fußkämpfer niederzuhauen – doch zugleich begann die Phalanx der Städter zu wanken, und wenig später flüchteten die Passauer, die dazu noch imstande waren, zu den Plätten am Donauufer.

Der Hirschsteiner Ritter sah, wie die Besiegten in die Frachtkähne sprangen und sich bemühten, die Schiffe vom Stromufer wegzubringen; vielfach wurden sie dabei von den Bischöflichen bedrängt. Als Zacharias außerdem mitbekam, wie mehrere Städter ins Wasser stürzten, abtrieben und von einem Strudel verschlungen wurden, jagte er sein Ross zu Gerald, der sich verbissen gegen zwei Feinde wehrte. Mit einem mächtigen Schwertstreich spaltete der Hirschsteiner dem einen Bischöflichen den Schädel; dann, während der Edelknecht den zweiten Mann niederhieb, rief Zacharias: „Es ist alles verloren! Uns bleibt nur die Flucht!“

Sofort gab Gerald Fersengeld; der Hirschsteiner Ritter und drei seiner Waffenknechte galoppierten ihm hinterdrein: in Richtung auf einen Auwald, der sich zwischen Erlau und der Donau erstreckte.

Unangefochten erreichten die fünf Reiter den Waldrand, preschten mit kaum verminderter Geschwindigkeit durch das Gehölz und kamen etwa eine Meile nordwestlich des Schlachtfeldes wieder ins Freie. Erst dort, auf einer Sauerwiese, ließen sie ihre Tiere in Trab fallen; der Edelknecht trieb sein Pferd neben das des Ritters und stieß hervor: „Verfluchte Scheiße! Fast unsere ganze Mannschaft ist zur Hölle gefahren, und der Feind hat triumphiert!“

„Und die Passauer müssen jetzt wie geprügelte Hunde zu Kreuze kriechen!“, versetzte Zacharias Haderer. Er spuckte aus. „Aber wenigstens bleibt dem Stadtrichter die Schmach erspart! War ein tapferer Haudegen, der Andreas Haller ...“

Für eine Weile herrschte Schweigen; dann murmelte Gerald: „Ich nehme an, wir retten uns auf den Hirschstein, oder?“

Zacharias nickte. „In Passau dürfen wir uns in der nächsten Zeit nicht sehen lassen. Doch in meiner Burg sind wir hoffentlich sicher. So, und nun haben die Rösser genug verschnauft."

Damit spornte er seinen Hengst erneut zum Galopp, und eine halbe Stunde später kam der kleine Reitertrupp zum bescheidenen Anwesen eines Fergen, der bei Bedarf die örtlichen Bauern über den Strom zu bringen pflegte. Mit seiner Hilfe gelangten die Flüchtlinge zum südlichen Donauufer hinüber; kurz vor der Abenddämmerung überquerten sie auch den Inn und verkrochen sich nahe des Flusses in einer Feldscheune.

Am Mittag des darauffolgenden Tages schließlich erreichten sie das Dorf Irsham. Erschrocken starrten die Hörigen auf die fünf dreck- und blutbespritzten Reiter, die den Eindruck machten, als seien sie mit knapper Not der Hölle entronnen. Gleich darauf erklommen die müden Pferde den Burgweg; droben auf dem Hügel öffnete sich knarrend das Festungstor, und als er bei der Hofzisterne aus dem Sattel stieg, hatte Zacharias Haderer mit einem Mal das beängstigende Empfinden, als würde der Erdboden unter ihm schwanken.

Am nächsten Morgen, nachdem er zwölf Stunden wie ein Toter geschlafen hatte, ließ Zacharias den Burgschmied zu sich ins Herrschaftsgeschoß des Wohnturmes kommen und deutete auf seinen arg lädierten Plattenrock, der über einem Stuhl hing. „Meinst du, dass du den wieder in Ordnung bringen kannst?"

Der Handwerker untersuchte die Rüstung, runzelte dabei mehrmals die Stirn und murmelte zuletzt: „Es sieht böse aus. Aber ich denke, ich kriege es hin. Bloß müsste ich zunächst ein paar Stücke besten Harnischstahls besorgen ..."

„In Passau solltest du das besser nicht versuchen!", warnte der Ritter. „Klüger wäre es, wenn du nach Vilshofen reiten würdest. Doch es hat keine Eile. In nächster Zeit brauche ich den Plattenrock nicht. Hab die Schnauze gestrichen voll von Kampf und Krieg."

Wortlos nickte der Schmied; dann trug er die Rüstung in seine Werkstatt, die am Rand des Festungshofes an die Schildmauer angebaut war. Drinnen gab es neben dem eigentlichen Schmiederaum eine Kammer, die seitlich angrenzte. Dort hängte der Handwerker den Plattenrock vorerst an einem Wandhaken auf; danach begab er sich zur Esse und machte sich an eine dringende Arbeit.

Zacharias Haderer wiederum verbrachte den Vormittag in seinen Gemächern, wo er sich zunächst ein Zuberbad gönnte und später einige Becher Wein mit Gerald trank. Nach dem Mittagsmahl sodann rief er die rothaarige Magd zu sich, mit der er es schon früher getrieben hatte, und als er mit ihr fertig war, kündigte sich bereits die Abenddämmerung an.

Zeitig am folgenden Tag brach der Burgherr, mit Armbrust und Hirschfänger bewaffnet, zu einem Jagdritt auf. Stundenlang durchstreifte er die Wälder um Irsham; schließlich glückte es ihm, einen Rehbock zu erlegen. Der Bolzen traf das Tier sauber ins Blatt; Zacharias empfand Freude über den meisterlichen Schuss – doch kaum hatte er angefangen, den Bock auszuweiden, erinnerte ihn das Blut jäh an das Grauen der Erlauer Schlacht. Erneut schien die Erde unter seinen Füßen zu wanken; abermals verspürte er beklemmende Furcht, und gleich darauf begannen seine Hände unkontrolliert zu zittern. Nur mit Mühe schaffte er es, das Wild völlig aufzubrechen und den Kadaver hinter dem Sattel seines Pferdes festzubinden. Danach drängte es ihn mit aller Gewalt zur Heimkehr nach Hirschstein: zur Flucht hinter die Mauern der Festung.

Am Abend ließ er einmal mehr die Rothaarige zu sich kommen; in ihren Armen versuchte er, Vergessen zu finden, und zuletzt schlief er erschöpft ein. Doch irgendwann in der Nacht quälten ihn Alpträume; grauenhafte Traumbilder peinigten ihn, bis er keuchend und am ganzen Körper schweißgebadet erwachte. Die Magd bemühte sich, ihn zu beruhigen; es gelang ihr freilich nur unvollkommen – und kurz nach Tagesanbruch schickte Zacharias sie mit den Worten weg: „Geh zu Gerald und richte ihm aus, dass ich ihn sofort sprechen muss!“

Wenig später trat der Edelknecht ins Kamingemach des

Wohnturmes, wo der Ritter, nur notdürftig bekleidet, am Tisch saß und sich gerade einen Humpen Bier eingeschenkt hatte. Nun füllte Zacharias einen zweiten Krug, reichte ihn Gerald und sagte: „Ich und du … wir wollen auf unseren Abschied anstoßen."

„Wieso denn das?!", stieß der Edelknecht verblüfft hervor.

„Weil ich nicht länger auf dem Hirschstein bleiben kann!", erwiderte der Burgherr. „Zwar dachte ich nach der Schlacht, ich wäre hier sicher, aber darin täuschte ich mich. Der Bischof wird Rache an mir nehmen wollen! Er wird alles daransetzen, mich in seine Gewalt zu bekommen! Denn ich war der Feldhauptmann der Passauer, war als solcher sein ärgster Feind. Und jetzt, wo er nach unserem Debakel auf der Walstatt mächtiger ist denn je, bin ich in höchster Gefahr!"

„Du willst dich vorsorglich in Sicherheit bringen?", fragte Gerald.

Zacharias nickte. „Ich reite nach Landshut, zu Herzog Stephan von Niederbayern. Unter seinem Banner habe ich früher mehrmals gefochten, deshalb wird er mich schützen. Und wenn Gras über die Ereignisse hier im Fürstbistum gewachsen ist, kehre ich zurück."

Der Edelknecht setzte sich zu seinem Herrn. „Ja … ich verstehe dich. Würde an deiner Stelle wahrscheinlich ebenso handeln. Und was den Hirschstein angeht …"

„So vertraue ich ihn dir an", unterbrach der Ritter seinen Kampfgefährten. „Du sorgst hier auf der Burg in meinem Namen für Zucht und Ordnung, bis ich wieder heimkomme. Vielleicht in ein paar Monaten schon, vielleicht auch erst in einem Jahr …" Zacharias hob seinen Humpen. „Und nun lass uns auf unseren Abschied trinken. Unsere Krüge leeren wir noch, danach mache ich mich zum Aufbruch fertig."

Stumm stieß Gerald mit dem Burgherrn an – und kaum eine Stunde später verließ der Ritter die kleine Festung.

Zacharias Haderer saß im Sattel seines Streithengstes; ein ebenfalls berittener und schon grauhaariger Diener, der ein Packpferd führte, folgte ihm. Von der Burgmauer aus schaute der Edelknecht den beiden Reitern nach, bis sie zwischen den Irshamer Anwesen verschwanden; plötzlich ging es ihm durch den Sinn: Das Lasttier trägt die schwere Kampfrüstung von Zacharias. Möglicherweise wird er sie brauchen, wenn ihn der Landshuter Herzog in seinen Dienst nimmt. Und der Plattenrock, der in der Erlauer Schlacht so böse beschädigt wurde, hängt nun herrenlos in der Schmiede …

***

An die sechs Wochen waren verstrichen, seit Zacharias Haderer nach Landshut aufgebrochen war. Jetzt, in der Novembermitte, lasteten dichte Nebelschwaden über dem Dorf Irsham, der Festung Hirschstein und dem umliegenden Land.

Es wird heute so grau und düster bleiben wie gestern, dachte der Burgschmied, als er nach dem Morgenimbiss in der Gesindeküche zu seiner Werkstatt ging, um das Essenfeuer anzufachen. Für diesen Tag hatte er sich vorgenommen, mit der Reparatur des demolierten Plattenrocks zu beginnen – doch kaum hatten die Kohlen auf der Esse die richtige Gluthitze erreicht, hörte der Schmied einen gellenden Alarmruf von draußen.

Erschrocken lief der Handwerker ins Freie. Zugleich kam Gerald, der soeben sein Ross für einen Jagdausflug fertiggemacht hatte, gestiefelt und gespornt aus dem Pferdestall gerannt, und wiederum einen Augenblick später schrie der Wächter auf der Tormauer, der Alarm gegeben hatte, in Richtung des Edelknechts: „Ein Heerbann nähert sich! Vierzig, fünfzig Berittene! Drüben, am Dorfrand, sind sie aus dem Nebel aufgetaucht!"

„Verrammle das Burgtor!", rief Gerald dem Schmied zu.

Dann, während der Handwerker zum Tor eilte, erklomm der Edelknecht hastig den Wehrgang, stellte sich neben den Mauerwächter und spähte nach Irsham hinüber. Zunächst konnte er nur die Masse der Reiter ausmachen; nach einer Weile aber erkannte er die Wappenfarben des Banners, das über dem Vortrab des Heeresverbandes wehte, und stieß hervor: „Es sind Bischöfliche!"

Ein Sondengänger fand, dort, wo früher die Burg Hirschstein stand, im Jahr 2002 diesen Plattenrock. Das Fundstück wurde zum nationalen Kulturgut erklärt und ist heute im Bayerischen Armeemuseum in Ingolstadt zu sehen.

„Ich hab's schon befürchtet!", versetzte der Wächter. „Und was sollen wir jetzt tun?! Mit Euch und dem Ritter sind nur drei Waffenknechte von Erlau zurückgekehrt. Und die übrigen paar Männer, die sonst noch auf der Burg sind ..."

„Dem Albert von Winkel geht's um den Haderer", fiel ihm Gerald ins Wort. „Und nachdem der beim Landshuter Herzog ist, können wir unter Umständen verhandeln. – Auf jeden Fall jedoch muss jeder Kampftaugliche sofort auf die Mauer!"

Kurz darauf waren die Wehrgänge zumindest notdürftig besetzt, und wiederum wenig später erreichte der Heerbann den Fuß des Festungshügels. Dort hielt das Gros der gepanzerten Berittenen an; der Anführer aber trabte, vom Bannerträger begleitet, den Weg zur Torbastion empor.

Als die beiden Männer ihre Rösser vor dem verschlossenen Burgtor zum Stehen brachten, trat der Edelknecht in die Lücke zwischen zwei Mauerzinnen und fragte: „Was wollt Ihr von uns, Ihr Herren?!"

Der Befehlshaber des Heeresverbandes beschattete den Helmrand mit der Hand. „Wer bist du?"

Gerald nannte seinen Namen; daraufhin verlangte der Bischöfliche barsch: „Ich will mit Zacharias Haderer, dem Raub- und Mordbrenner, sprechen!"

„Der Burgherr weilt nicht auf Hirschstein", beschied ihn der Edelknecht. „Und vielleicht solltet Ihr bedenken, dass er unter dem Schutz des niederbayerischen Herzogs steht."

„Der feige Hund ist also geflohen!", schrie der Bannerträger.

„Ein ehrloses Stück Dreck ist er!", knurrte der andere Reiter und spuckte aus. Dann rief er zur Mauerkrone hinauf: „Dass der Hundsfott ausgerissen ist, rettet ihm den Hirschstein nicht! Denn der Fürstbischof hat folgendes entschieden: Dem Haderer soll die Burg zur Strafe für seine Verbrechen weggenommen und zerstört werden! – Also, öffnet uns jetzt unverzüglich das Tor, damit wir die Order Alberts von Winkel ausführen können!"

Gerald brauchte einen Moment, ehe er imstande war, zu erwidern: „Wir werden ... die Festung verteidigen. Werden mit unserem Leben für das Hab und Gut unseres Herrn einstehen, dem wir Treue geschworen haben!“

Entgeistert starrten die Bischöflichen den Edelknecht an; schließlich fragte der Anführer des Heerbannes: „Ist das dein Ernst, du Narr?! Dein letztes Wort?! Ihr seid uns doch hoffnungslos unterlegen! Und wenn wir stürmen, werdet ihr allesamt den Tod finden!“

„Unser Schicksal ... liegt in Gottes Hand“, entgegnete Gerald stockend – und nachdem sie das gehört hatten, wendeten die beiden Reiter ihre Pferde und trabten zum Heeresverband am Fuß des Burghügels zurück.

Kurz danach kam es zum Angriff auf die kleine Festung. In den Irshamer Gehöften hatten die Männer des Bischofs ein halbes Dutzend Leitern beschlagnahmt; jetzt liefen ebenso viele Trupps, die Steigleitern mit sich tragend, den Burgweg hinauf. Die wenigen Verteidiger auf der Tormauer beschossen sie, konnten gegen die Gepanzerten aber wenig ausrichten – und dann, als die Leitern am Festungswall aufgerichtet worden waren und die Bischöflichen sie zu erklimmen begannen, setzte von unter her ein mörderischer Armbrustbeschuss ein.

Die Bolzen hagelten gegen die Mauerzinnen, zischten durch die Lücken dazwischen oder prallten, wenn sie zu tief gezielt waren, von den Steinen am Sockel der Mauerkrone ab und gruben sich am Hügelhang in die Erde. Der Edelknecht und seine Mitstreiter wurden in Deckung gezwungen; sie mussten sich hinter den Zinnen niederducken – gleich darauf versuchten die ersten Angreifer, auf den Wehrgang zu kommen.

Gerald attackierte einen der Bischöflichen; spaltete ihm mit seinem Langschwert den Schädel, riss die Klinge wieder hoch und traf einen zweiten Mann. Nicht weniger tapfer fochten die drei Hirschsteiner Waffenknechte und die übrigen Burgleute; fünf, sechs weitere Angreifer wurden getötet oder schwer verwundet – doch einen Augenblick später wendete sich das Blatt.

Der verzweifelt kämpfende Edelknecht sah, wie der Burgschmied sterbend in die Knie sank; ein Eisenbolzen war ihm durchs rechte Auge ins Gehirn gedrungen. Unmittelbar darauf fielen noch mehr Verteidiger; Gerald selbst wurde nun von zwei Bischöflichen mit Streitäxten bedrängt. Mit aller Kraft wehrte er sich, plötzlich streifte ein Hieb seine Schläfe. Betäubt taumelte der Edelknecht zurück, stolperte über das Bein eines Toten und stürzte über die Balkentreppe des Wehrganges in den Burghof hinab, wo er besinnungslos liegenblieb.

Im selben Moment brach der Widerstand auf der Mauer völlig zusammen. Die letzten Verteidiger wurden abgeschlachtet; gleich darauf drängten sich die Angreifer auf dem Wehrgang, und dann hastete ungefähr ein Dutzend von ihnen in den Festungshof hinunter, um das verrammelte Burgtor zu öffnen.

Als die Sperrbalken des Tores entfernt wurden, kam Gerald wieder zu sich. Er gewahrte, wie ein paar verstörte Alte und Frauen in einer Hofecke zusammengetrieben wurden; einige gehetzte Atemzüge später sah er, wie ein Reiter, von drei, vier Armbrustschützen gedeckt, durch den Torschlund trabte – und da schoss es ihm durch den Kopf: Mein Jagdross! Im Stall!

Er raffte sich auf; merkte, dass sein Schwert neben ihm lag, packte die Waffe und rannte zum Pferdestall. Ein Armbrustbolzen verfehlte ihn knapp; dann war er im Stallgebäude, riss die Zügel seines Rosses an sich, schwang sich in den Sattel und hämmerte dem Tier die Dornen seiner Sporen in die Flanken.

In vollem Galopp preschte das Jagdross ins Freie; erneut fegten Bolzen heran, doch der Edelknecht schaffte es, zur Torbastion zu kommen. Dort ritt er einen Bischöflichen über den Haufen, der ihn aufzuhalten versuchte; draußen, auf dem Torweg, zwang Gerald das Pferd nach links herum. Hart an der Burgmauer entlang jagte er auf ein Waldstück zu, das sich südlich der Festung erstreckte; in seinem Gehirn hämmerte es: Wenn ich den Forst erreiche, bin ich gerettet!

Plötzlich aber bäumte sich sein Ross unter schrillem, erschrockenem Wiehern auf. Ein Armbrustbolzen, der am Hügelfuß abgeschnellt worden war, hatte das Tier in den Hals getroffen. Der Edelknecht nahm noch wahr, wie eine

Blutfontäne aus der Wunde spritzte; im nächsten Moment überschlug sich das Ross nach hinten und begrub seinen Reiter unter sich.

Mit zersplitterten Rippen lag Gerald auf der Erde; sein rechter Fuß war gebrochen; der Sporn, den er am Stiefel getragen hatte, war beim Aufprall verbogen und abgerissen worden. Jetzt, während das Pferd im Todeskampf zuckte, bemühte sich der Edelknecht verzweifelt, unter dem Tierkörper hervorzukommen. Aber auf einmal befiel ihn schwere Atemnot; als er keuchend nach Luft rang, hörte er Blut in seiner Lunge brodeln, und da wurde ihm bewusst, dass er sterben würde.

Mit einer letzten Kraftanstrengung zwang Gerald den Kopf herum; noch einmal schaute er zur Burg hinauf – und kurz bevor ihm schwarz vor Augen wurde, sah er dort droben eine Funkengarbe gen Himmel steigen.

Der Brand war während des Kampfes in der Gesindeküche ausgebrochen; das Feuer hatte sich zunächst unbemerkt ausgebreitet, war dann aber plötzlich durchs Strohdach des Gebäudes gefaucht. Nun bewirkte der sausende Funkenflug, dass sich weitere Dächer und anderes brennbares Material entzündeten; innerhalb kürzester Zeit entstand eine Feuersbrunst, die schnell das ganze Festungsareal ergriff.

Anfangs versuchten die Bischöflichen und die wenigen überlebenden Burgleute noch zu löschen. Bald jedoch sahen sie die Aussichtslosigkeit ihres Tuns ein, und als die Flammen immer wütender prasselten, mussten sie vom Hirschstein flüchten. Freund und Feind durcheinander, rannten sie den Festungshügel hinab; aus sicherer Entfernung beobachteten sie sodann, wie der gewaltige Brand die Burg vernichtete.

Stundenlang tobte das Feuer; am Ende stürzten der Wohnturm und die übrigen Gebäude in sich zusammen – und in der Schmiede wurde der Plattenrock des Zacharias Haderer unter dem niederkrachenden Mauerwerk begraben.

Die Untat der Wisstensteiner Burgfrau

Oberpfalz, Landkreis Tirschenreuth
Neolithikum und 13. Jahrhundert

Das Felsheiligtum erhob sich im Quellgebiet eines Flusses, der Jahrtausende später den Namen Fichtelnaab tragen sollte. Hoch ragten die Granittürme der Sakralstätte empor: mächtige Naturmonumente, die aussahen, als wären sie aus riesigen, übereinandergeschichteten Steinfladen erbaut worden.

Fast das ganze Jahr lag die andersweltlich wirkende Felsgruppe verlassen da; an bestimmten Tagen aber versammelten sich die Bauernfamilien der weiten Umgebung bei den heiligen Steinen. Und wenn die jungsteinzeitlichen Menschen dort zusammenkamen, schauten sie ehrfurchtsvoll auf die magischen Zeichen, die schon Jahrhunderte zuvor an verschiedenen Stellen in den feinkörnigen Granit eingegraben worden waren: weich geformte Runsen und Rinnen, mit denen die Uralten das steinerne Gebein der göttlichen Erdmutter geschmückt hatten.

Nun leiteten andere weise Frauen und Männer die ehrwürdigen Rituale, welche dem Land Fruchtbarkeit und seinen Bewohnern Glück schenken sollten. Von Generation zu Generation ging dies so; mehrere Millennien hindurch, bis die Bauernsippen schließlich während einer Kälteperiode in eine wärmere Gegend abwanderten. Nur die Felstürme blieben zurück und ragten sehr lange in völliger Einsamkeit gen Himmel – doch dann, im zwölften Jahrhundert christlicher Zeitrechnung, wurde der Landstrich von neuem besiedelt.

Auf Rodungsinseln entstanden Hofstellen und Dörfer; bald danach zog ein Treck heran, der von einem Ritter angeführt wurde, und dieser Adlige sorgte dafür, dass am Ort des neolithischen Steinheiligtums eine Burg erbaut wurde. Zwischen den Felstürmen wurden zunächst die Mauern eines wehrhaften Wohnturmes hochgezogen; ein Menschenalter später waren einige Nebengebäude sowie eine starke Umwallung hinzugekommen. Im Lauf der folgenden beiden Generationen genossen die Edelleute auf Wisstenstein oder Weißenstein, wie die Festung im Steinwald nun genannt wurde, ihre Macht – zuletzt aber, Anno 1248, musste der Urenkel des ersten Burgherrn zu einem Kreuzzug aufbrechen.

***

Schweren Herzens verabschiedete sich der junge Ritter Niklas von Weißenstein von seiner kaum zwanzigjährigen Gattin Nora, die er erst ein knappes Jahr zuvor geehelicht hatte. Als ihr Gemahl an der Spitze einer Schar von Waffenknechten davonritt, dachte die dunkelhaarige Burgherrin beklommen: In unserer kurzen Ehe ist uns noch kein Kind geschenkt worden. Und wenn Niklas in Outremer getötet wird und ich zur Witwe werde, sind mir womöglich niemals Mutterfreuden vergönnt.

Im Verlauf der folgenden Monate, in denen sie vereinsamt und freudlos auf der Festung lebte, litt Nora zunehmend unter dieser bedrückenden Vorstellung. So verstrichen der Sommer und der Herbst; im Frühwinter gelangte die Nachricht auf den Weißenstein, dass das Kreuzheer, welches unter dem Befehl König Ludwigs IX. von Frankreich in Ägypten kämpfte, in schwerste Bedrängnis geraten sei. Als sie dies hörte, verschlimmerte sich die Niedergeschlagenheit der Burgherrin noch – und dann, zur Weihnachtszeit, bäumte sie sich gegen ihr Schicksal auf.

Über die Feiertage weilte ein fahrender Sänger auf der Festung: ein südländisch aussehender Troubadour, welcher die Frauen durch sein anziehendes Äußeres und seine Liebeslieder zu bezaubern wusste. Die Burgmägde schmolzen bei seinem Anblick hin; er aber machte der alleingelassenen Nora den Hof – und sie vermochte, obwohl sie sich bemühte, der Versuchung nicht zu widerstehen.

In der Nacht nach dem Stephanitag ließ die junge Strohwitwe den Sänger in ihre Kemenate; bis zum Morgengrauen genoss das Paar das verbotene Liebesspiel, und Nora verspürte nach langer Zeit endlich wieder berauschende Leidenschaft. Auch in der darauffolgenden Woche waren die Burgherrin und der Troubadour, obwohl das Weißensteiner Gesinde tuschelte, unzertrennlich. Zuletzt jedoch zog der Sänger weiter, und Nora erlebte ein zweites Mal bitteren Trennungsschmerz.

Im Februar des neuen Jahres sodann verwandelten sich die süßen Erinnerungen der Burgherrin in grässliche Furcht. Denn Nora musste begreifen, dass sie schwanger war; dass ihr Ehebruch verhängnisvolle Frucht getragen hatte. Bis in den Mai hinein litt sie; schließlich entschloss sie sich, eine alte Frau, die im tiefen Wald zwischen dem Weißenstein und Erbendorf hauste, ins Vertrauen zu ziehen.

Die Greisin versuchte der Burgherrin zu helfen; sie gab ihr einen Kräutersud, den Nora sieben Tage hintereinander zu sich nehmen sollte. Aber der Trank verursachte der Ehebrecherin lediglich quälende Leibkrämpfe und beendete ihre Schwangerschaft nicht. Ebenso scheiterte ein zweiter Abtreibungsversuch im Juni, den Nora mit noch schlimmeren Schmerzen büßte, und daraufhin entschied sie sich, ihren Zustand wie bisher schon vor den Burgleuten zu verbergen, das Kind heimlich zur Welt zu bringen und es anschließend zu beseitigen.

Ende September setzten die Wehen ein; mit Hilfe einer ledigen Magd namens Kreszenz, die im gleichen Alter wie sie stand und die sie ins Vertrauen gezogen hatte, gebar die Ehebrecherin einen Knaben. Kreszenz nabelte den Säugling ab; plötzlich spürte Nora, dass die Presswehen erneut einsetzten und einige Zeit später hatte die Magd sie von Drillingen entbunden: allesamt Buben.

Nachdem Nora ihre Erschöpfung überwunden hatte, fragte Kreszenz, welche die Knaben mittlerweile gewaschen, gewindelt und eng nebeneinander in einen Säuglingskorb gelegt hatte: „Was soll nun mit den Kindern geschehen?"

Das Herz der Burgherrin krampfte sich zusammen. Ihre Augen irrten zwischen dem Korb und der Magd hin und her; auf einmal glaubte Nora weiter hinten im Gemach, im Halbdunkel, das zornige Antlitz ihres Gatten zu erkennen. Angstvoll stöhnte sie auf; dann stieß sie hervor: „Die Drillinge müssen weg!"

Kreszenz senkte die Lider und nickte. „Wenn Euer Gemahl sie sähe ... Und erfahren würde, dass sie ..."

„Er würde mich verstoßen!", fiel ihr die Burgherrin ins Wort. „Ehrlos, von allen verachtet, müsste ich bei den Bauern um einen Bissen Brot betteln." Sie begann vor Furcht zu zittern. „Oder Niklas ... würde mich in seinem Zorn über meinen Fehltritt sogar erschlagen!"

Nora brach in Tränen aus; die Magd murmelte: „Ich könnte die Buben zu mir nehmen. Könnte Weißenstein verlassen und die Kleinen in meinem Heimatort Erbendorf als meine eigenen Sprösslinge großziehen ..." Sie überlegte und fuhr in entschlossenerem Tonfall fort: „Ich würde es tun, sofern Ihr mich dafür heimlich entlohnen würdet. Und meine Verwandten in Erbendorf könnte ich wegen des Kindsvaters belügen."

Die Ehebrecherin atmete auf. „Silber will ich dir für deine Hilfe geben! Jedes Jahr ein Dutzend Brakteaten. Damit kannst du dir ein gutes Leben mit den Drillingen machen."

Damit war der niederträchtige Handel abgeschlossen; am nächsten Tag schmuggelte Kreszenz die Säuglinge aus der Burg und brachte sie in ihr Heimatdorf. Dort fand sie eine Amme, der sie weismachte, dass ihre eigenen Brüste nach der anstrengenden Drillingsgeburt trocken geblieben seien, und während der folgenden Wochen wurden die drei Buben von der anderen Frau genährt.

Die Burgherrin wiederum verspürte anfangs, als ihr die Knaben aus den Augen waren, tiefe Erleichterung. Bald aber wurde sie erneut von Ängsten befallen; immer wieder musste sie sich wie zwanghaft ausmalen, was passieren konnte, wenn ihr Gatte vom Kreuzzug zurückkehrte; wenn er ihr auf die Schliche kommen und sie wutentbrannt bestrafen würde. Einen Monat nach der Niederkunft schließlich, kurz vor Allerseelen, wurde Noras Furcht so unerträglich, dass sie Kreszenz von Erbendorf herbeiholen ließ und ihr eröffnete: „Die Drillinge können nicht länger bei dir bleiben!"

„Was soll denn mit ihnen geschehen?", fragte die Magd verblüfft.

Nora zögerte mit der Antwort; dann flüsterte sie mit bleichem Gesicht: „Sie müssen sterben ... Sonst ist mein eigenes Leben in Gefahr."

„Seid Ihr wahnsinnig geworden?!", rief Kreszenz entsetzt.

Statt etwas zu erwidern, ging die Burgherrin mit schleppenden Schritten zu einer Truhe und nahm einen kleinen Lederbeutel heraus, in dem es metallisch klirrte; erst danach sagte sie: „In dem Beutel sind zehn Golddukaten. Sie gehören dir, wenn du die Säuglinge in der Nacht zur Fichtelnaab bringst und sie dort ertränkst. Anschließend fliehst du in die Fremde, und so wird dich niemand für deine Tat zur Rechenschaft ziehen."

Die Magd machte den Eindruck, als wollte sie empört ablehnen; gleich darauf jedoch schien sie mit sich zu ringen, und nach einer Weile murmelte sie: „Zehn Goldstücke ... Dafür könnte ich ein Bauerngut kaufen ... Könnte als wohlhabende Frau einen betuchten Ehemann finden ..." Sie gab sich einen Ruck. „Also gut. Ich mache es. Aber nicht allein. Ihr müsst mit mir zum Fluss gehen, müsst mir helfen!"

Hastig reichte Nora ihr den Lederbeutel. „Ich danke dir! Wir tun es gemeinsam. Und ... für die Kleinen ist es so gewiss am besten. Sie sind ja noch unschuldig, haben noch keine Sünde begangen, kommen deshalb sofort ins Paradies. Und haben es dort viel schöner als hier auf der Erde."

„Das glaube ich ... auch", äußerte Kreszenz mit unsicherer Stimme – und in der Abenddämmerung des nächsten Tages verließ die Burgherrin unter einem Vorwand die Festung, ließ sich auf dem Meierhof in der Nähe der Burg ein Pferd geben und ritt nach Erbendorf.

Ein paar Stunden später brachten die beiden Frauen die Drillinge im Schutz der Dunkelheit und der herbstlichen Nebelschwaden in einem Tragekorb zur Fichtelnaab. Am Flussufer raunte Nora der Magd zu: „Am barmherzigsten ist es wohl, wenn wir die Kinder ersticken, ehe wir sie ins Wasser werfen."

Kreszenz schreckte zurück. „Nein! Das kann ich nicht!“
„Denk an das Gold, du Närrin!“, zischelte die Burgherrin.
Die Magd zuckte zusammen, als wäre sie geschlagen worden; sie griff in den Korb, schaffte es aber nicht, einen der Säuglinge herauszuheben, und schluchzte: „Ich bringe es nicht übers Herz! Habe die Kleinen doch wochenlang …“
In einer wilden Aufwallung stieß Nora die andere Frau beiseite, packte eines ihrer aufschreienden Kinder, erdrosselte es und schleuderte die kleine Leiche in den Fluss. Unmittelbar darauf, während Kreszenz von Weinkrämpfen geschüttelt wurde, tötete die Burgherrin auch den zweiten und dritten Säugling.
Dann, als der letzte Kinderkörper im Flusswasser versunken war, herrschte sie Kreszenz an: „Wenn du mich verrätst, sorge ich dafür, dass du im Kerker verschmachtest! Du weißt, mein Vater ist ein mächtiger Adelsherr! Doch wenn du noch vor Tagesanbruch aus Erbendorf verschwindest und mir schwörst, mit keinem über die heutige Nacht zu sprechen, kannst du die Hälfte des Goldes, das ich dir gab, behalten.“
Stockend, kaum hörbar leistete die Magd den verlangten Eid. Einige Zeit später, in ihrer Kammer im Dorf, gab Kreszenz der Kindsmörderin fünf der Dukaten zurück, packte hastig ihr Bündel, folgte der Burgherrin wieder ins Freie und flüsterte: „Ich gehe auf der Stelle in die Fremde.“
„Gut so!“, versetzte Nora; sodann verließen beide die in tiefer Stille daliegende Hofstelle, wo die Magd einen Monat zuvor mit den Drillingen Unterschlupf gefunden hatte. Draußen vor dem Anwesen rannte Kreszenz ohne ein Wort des Abschieds davon; die Burgherrin lief zu einem Waldstück, wo sie ihr Pferd verborgen hatte, schwang sich in den Sattel und galoppierte wie von Furien gehetzt nach Weißenstein zurück.

***

Einige Tage vor Allerseelen war der dreifache Kindsmord geschehen – bald nach Ostern des darauffolgenden Jahres kehrte Niklas von Weißenstein vom Kreuzzug heim.
Bloß zwei Waffenknechte waren dem Ritter nach den blutigen Kämpfen in Ägypten noch geblieben, und als Nora ihren

Gemahl im Burghof zur Begrüßung umarmte, erkannte sie, dass er entsetzlich abgemagert war. Zudem war er, wie seine Gattin gleich darauf herausfand, an der linken Schulter verwundet worden; er beteuerte aber: „Die Lanzenwunde macht mir nur noch wenig zu schaffen, und bald werde ich gar keine Schmerzen mehr spüren." Er bewegte den Arm, grinste etwas gequält und fügte hinzu: „Doch der Sarazene, der mir die Verletzung beibrachte, hat's bitter bereut. Den habe ich nämlich, obwohl ich im Zweikampf mit ihm den Schildarm nicht mehr gebrauchen konnte, zuletzt mit meiner Streitaxt zur Hölle geschickt."

„Möge er dort bis in alle Ewigkeit schmoren", murmelte Nora; dann hörte sie Niklas fragen: „Und wie erging es dir ohne mich? Bist du gesund? Ist alles in Ordnung?"

Sie nickte; im nächsten Moment presste sie sich fester an ihn, verbarg ihr Gesicht an seiner Brust und begann zu zittern. Ihr schlechtes Gewissen war schuld; mit aller Gewalt waren einmal mehr die Ängste wegen ihres Ehebruchs auf sie eingestürmt, dazu die noch viel schlimmere Erinnerung an den dreifachen Kindsmord. Wenn er davon erfährt, wird er mich aufs grausamste bestrafen, ging es ihr, wie so oft schon, durch den Kopf; zwei, drei gejagte Herzschläge später vernahm sie erneut seine Stimme: „Was ist dir? Fühlst du dich nicht wohl?"

Sie löste sich aus seinen Armen; zwang sich, den Blick auf ihn zu richten. „Es ist nur die Wiedersehensfreude ... Sie macht mich ganz schwach ..."

Er küsste sie und flüsterte: „Lass uns in unsere Gemächer gehen. Ich brauche ein Bad, ein Mahl und Wein. Am besten zusammen mit dir im Zuber. Und danach will ich dich lieben. Will die endlos lange Zeit unserer Trennung auslöschen."

So fand das Weißensteiner Adelspaar, zumindest äußerlich, wieder zueinander; mit wilder, beinahe verzweifelter Leidenschaft gab sich Nora ihrem Gatten an diesem Tag hin. Auch während der darauffolgenden Wochen flammte die Lust häufig zwischen den beiden auf; wann immer es geschah, durfte sich die Burgherrin auf diese Weise ins Vergessen flüchten, und schließlich bekam sie das Empfinden, als würde das Böse, das sie getan hatte, zunehmend unwirklicher werden.

Als sich das Frühjahr in den Sommer drehte, war Niklas' Schulterwunde völlig verheilt, und auch dies gab seiner Gemahlin das Gefühl, als würden die Schatten der Vergangenheit schwinden. Nur noch selten wurde sie von ihren heimlichen Befürchtungen und ihren finsteren Erinnerungen heimgesucht – dann aber, im Hochsommer, wendete sich das Blatt, ohne dass Nora etwas davon ahnte.

***

Der Weißensteiner Burgherr war an diesem Tag auf die Jagd geritten. Seit Stunden durchstreifte er nun schon die Wälder und Auen nördlich von Erbendorf; hatte mit Pfeilschüssen bereits vier Wildhasen erlegt, die an seinem Sattel hingen. Jetzt, gegen Mittag, gelangte er zu einem Waldstück, wo zwischen den Buchen mächtige Felsklötze aufragten. Er hielt sein Ross an, um sich einen Imbiss und ein paar Schlucke Wein zu gönnen – und bemerkte dabei nicht, dass er beobachtet wurde.

Kreszenz, die Magd, die Zeugin des Kindsmordes gewesen war, hatte nach ihrer Flucht vom Erbendorfer Anwesen Unterschlupf in einer Höhle unter einem der riesigen Felstrümmer gefunden. Dort hatte sie sich seither mehr schlecht als recht durchgebracht. Sie hatte sich von Kleinwild ernährt, das sie in Schlingen gefangen hatte; dazu von Beeren und anderen Waldfrüchten. Dann und wann war sie zum Marktort Waldeck gewandert, um dort mit dem Geld, das ihr Nora gelassen hatte, Lebensmittel zu kaufen; auch ein paar Wolldecken und irdenes Geschirr hatte sie gleich zu Anfang in Waldeck erworben.

In den Monaten, die sie einsam in der Kaverne verbracht hatte, war Kreszenz kaum weniger als die Weißensteiner Burgherrin von Gewissensbissen gequält worden. Tausendmal hatte sie es mittlerweile schon bereut, die unschuldigen Drillinge nicht beschützt zu haben; der herzlosen Mutter am Ufer der Fichtelnaab nicht in den Arm gefallen zu sein. In vielen

Nächten waren ihr die getöteten Knaben in ihren Alpträumen erschienen; mehr als einmal war sie versucht gewesen, vor dem Waldecker Marktrichter ein Geständnis abzulegen – und nun, da sie den Gatten der Kindsmörderin vor Augen hatte, erschien ihr dies wie ein zwingender Wink des Schicksals.

Wie gebannt starrte Kreszenz auf den Ritter; dann verließ sie die Höhle, rannte zu dem inzwischen neben seinem Pferd stehenden Burgherrn, der beim Anblick der abgerissenen Frau unwillkürlich zum Waidmesser griff, und rief: „Ich muss unbedingt mit Euch reden, Herr!"

Niklas erkannte sie, löste die Hand von der Waffe. „Du?! Die verschollene Magd ..." Verwundert schüttelte er den Kopf. „Ich habe gehört, dass du im letzten Frühherbst vom Weißenstein verschwunden bist. Und in Erbendorf, wo du dich danach wohl einige Zeit aufgehalten hast, tuschelt man, du hättest drei Kinder von einem unbekannten Mann geboren und wärst mit ihnen in die Fremde gegangen."

„Das ist nicht ganz richtig ...", flüsterte Kreszenz; im nächsten Moment fiel sie vor dem Ritter auf die Knie und stieß hervor: „Die Erbendorfer täuschen sich! Die Drillinge, die ich nach meinem Weggang von der Burg betreute, waren von einer anderen Mutter ..."

„Von welcher?!" Niklas packte sie an der Schulter. „Heraus mit der Sprache! Du willst mir doch etwas beichten, oder?!"

Mit tränenfeuchten Augen nickte die Magd – gleich darauf berichtete sie dem Kreuzritter in gehetzten Sätzen, was während seiner Abwesenheit geschehen war – und so erfuhr Niklas von Weißenstein von den Untaten seiner Gemahlin.

Nachdem Kreszenz geendet hatte, stand der Burgherr eine ganze Weile wie gelähmt da; endlich sagte er stockend: „In Ägypten habe ich ... Grausames erlebt. Musste auch mit ansehen ... wie Frauen und Kinder abgeschlachtet wurden. Aber dass ... meine Gattin ... nach dem Verrat an mir und unserer Ehe ... ihre eigenen Söhne ..." Er verstummte; hatte sichtlich Mühe, seinen Grimm zu bezähmen, ballte die Fäuste, öffnete sie wieder, besann sich auf die Magd und presste hervor: „Du hast mir die Augen geöffnet. Deshalb soll dir nichts geschehen. Obwohl du der Verfluchten zu Diensten warst. Doch an dem … Kindermord bist du unschuldig …"

Schwankend erhob sich Kreszenz. „Ich danke Euch tausendmal, Herr!" Sie schien mit sich zu kämpfen. „Aber Eure Gemahlin … Werdet Ihr …"

„Ich weiß nicht, was ich tun werde", versetzte Niklas. „Warte hier. Ich muss jetzt allein sein!" Damit schwang er sich auf sein Ross, hieb dem Tier die Sporen in die Weichen und jagte davon: tiefer in den Buchenwald hinein.

An die zwei Stunden kauerte die Magd vor dem Eingang ihrer Höhle; endlich kehrte der Ritter zurück, winkte Kreszenz zu sich heran und beschied sie: „In der Einsamkeit des Forstes wurde mir klar, was das Gesetz der Gerechtigkeit von mir verlangt. Doch damit ich ausführen kann, was ich mir vorgenommen habe, brauche ich deine Hilfe."

„Ich tue alles, was Ihr verlangt, Herr!", beteuerte die Magd.

„Gut!", erwiderte Niklas – und dann erteilte er Kreszenz eine ganze Reihe von Instruktionen.

***

Eineinhalb Wochen nach dem Zusammentreffen des Ritters mit der Magd – Niklas hatte den Weißenstein in dieser Zeit mehrmals für einen halben oder ganzen Tag verlassen – ging ein scharfes Sommergewitter über dem Landstrich an der Fichtelnaab nieder. Der Burgherr und seine Gemahlin hatten sich vor dem krachenden Donner, den Blitzen und dem prasselnden Regen in den Wohnturm der Festung geflüchtet; nun saßen beide im Fenstererker des herrschaftlichen Kamingemachs und beobachteten von dort aus das Wüten des Unwetters.

Plötzlich rief Nora aus: „Es scheint mir, als ob da draußen, von Waldeck her, trotz des Gewittersturms Leute herankämen!"

Tatsächlich näherten sich dem Weißenstein zwei Reiter, die eine dritte, zu Fuß laufende Person zwischen ihren Pferden mitschleppten. Bald erreichten sie den Torbau und wurden in die Festung eingelassen; wenig später trat ein Diener in den Raum, wo das Adelspaar saß, und meldete dem Burgherrn: „Büttel, die vom Waldecker Marktrichter gesandt wurden und eine Gefangene bei sich haben, möchten Euch sprechen, Herr!"

„Bring sie in den Rittersaal und ruf auch die Burgleute dort zusammen", ordnete Niklas an.

Nora blickte erstaunt auf ihn. „Wieso unsere Dienstleute?"

„Wenn der Richter von Waldeck ein Anliegen an mich hat, geht es um ein Verbrechen und seine gerechte Sühne", erwiderte ihr Gatte. „Und angesichts dessen können unsere Hörigen womöglich etwas lernen."

Damit erhob sich Niklas und begab sich, von seiner Gemahlin gefolgt, in den großen Turmsaal. Der Diener wiederum eilte davon, um den erhaltenen Befehl auszuführen; nach einer Weile dann fanden sich die Burgleute ein, und zuletzt schritten die beiden bewaffneten Gerichtsbüttel mit der an den Händen gefesselten Frau in den Raum.

Alle drei trieften vor Nässe; das Gesicht der Gefangenen war nicht zu erkennen, weil sie eine schwarze Kapuze über dem Kopf trug, die lediglich Ausschnitte für die Augen besaß.

Jetzt winkte der Ritter, der sich mit seiner Gattin auf einer Bank an der Stirnseite des Saales niedergelassen hatte, die Waldecker zu sich heran, wartete ab, bis sie vor ihm standen, und fragte den älteren Büttel: „Wie kann ich dem Marktrichter behilflich sein?"

Der Mann deutete auf die Gefesselte. „Das Weib da, das die Schandkapuze trägt, hat ein abscheuliches Verbrechen begangen. Die Frau brachte ein lediges Kind zur Welt. Aber statt dem Säugling die Brust zu geben und ihn aufzuziehen, so wie es eine Mutter tun sollte, ermordete sie ihr eigen Fleisch und Blut und verscharrte den kleinen Leichnam im Wald. Doch andere Leute kamen ihr auf die Schliche, brachten das Verbrechen ans Licht und zeigten die Kindsmörderin beim Marktrichter an. Weil der aber in diesem schrecklichen Fall nicht allein urteilen will, sandte er uns mit dem Weib zu Euch und lässt Euch bitten, ihm bezüglich der Strafe, welche die Delinquentin erleiden soll, einen Rat zu geben."

Im Wald versteckt liegt die Burguine Weißenstein. Das alte Gemäuer, an dem sich zahlreiche Wanderwege kreuzen, ist eines der beliebtesten Ausflugsziele im Steinwald, dem kleinsten Naturpark Bayerns.

Mit versteinerter Miene hatte Niklas den Worten des Büttels gelauscht; jetzt schien er angestrengt zu überlegen – dann wandte er sich an seine Gemahlin: „Welches Urteil fändest du im Fall dieser vertierten Mörderin gerecht?"

Nora, die totenbleich dasaß, zögerte mit der Antwort; schließlich sagte sie mit flatternder Stimme: „Das Weib ... verdient wegen seiner grässlichen Tat ... den Tod."

„So bist du also der Meinung, dass es vor Gott und den Menschen nur gerecht ist, wenn eine Kindsmörderin gehenkt wird?", hakte der Burgherr nach.

„Ja ...", hauchte Nora – unmittelbar darauf erhob sich Niklas von Weißenstein, ging zu der gefesselten Frau und nahm ihr die Kapuze ab.

Zutiefst erschrocken stieß die Burgherrin hervor: „Du?! Kreszenz!" – im nächsten Moment herrschte ihr Gatte sie an: „Deine ehemalige Magd ist unschuldig. Sie hat sich geweigert, zu tun, was du im letzten Herbst von ihr verlangt hast. Du hingegen hast die Drillinge, die neun Monate lang unter deinem Herzen heranwuchsen, erwürgt und hast ihre Leichen in die Fichtelnaab geworfen! Damit hast du nicht nur einmal, sondern dreimal gemordet – und auf welche Weise dein grauenhaftes Verbrechen gesühnt werden muss, hast du soeben selbst kundgetan!"

„Gnade!", bettelte Nora. „Ich bin deine Ehefrau ..."

„Meine Gemahlin bist du gewesen!", fiel ihr Niklas ins Wort. „Seit deiner gotteslästerlichen Bluttat bist du es nicht mehr!"

Abrupt wandte er sich von ihr ab und befahl den Gerichtsbütteln: „Ergreift die Kindsmörderin und werft sie in den Kerker! Und morgen, wenn der Tag graut, soll die Verfluchte hängen! Dreimal soll sie am Galgen hochgezogen werden, nach dem dritten Mal soll sie nicht mehr niedergelassen werden, damit sie, dreifach bestraft, zur Hölle fährt!"

Nachdem er sein Urteil gesprochen hatte, verließ der Weißensteiner Ritter den Raum. Wie gelähmt schaute Nora ihm nach – gleich darauf packten die Büttel zu und schleppten die Kindsmörderin, die sich nun verzweifelt wehrte, unter den fassungslosen Blicken der Burgleute weg.

Historische und sonstige Erläuterungen

Der Tote am Kalten Baum

Die Sage von der eingemauerten Grafentochter und ihrem getöteten Geliebten existiert in verschiedenen Versionen. Zeitangaben enthalten diese Sagen allerdings nicht. Die Geschichte des Adelsgeschlechts der Leuchtenberger gibt jedoch einen Hinweis auf die historische Zeit, in welcher der Ursprung der Sage wahrscheinlich anzusiedeln ist. Es gab nämlich nur einen einzigen Leuchtenberger Landgrafen, der tatsächlich auf der Burg residierte: Ulrich I. von Leuchtenberg, welcher die Landgrafenwürde von 1293 bis zu seinem Tod im Jahr 1334 innehatte. Ulrich erbaute Leuchtenberg etwa im Jahr 1300 und verließ die Festung bereits 1322 wieder, um danach von Pfreimd aus zu herrschen. Als Schuldiger für die Mordtaten, die in den Sagen erzählt werden, kommt also eigentlich nur Landgraf Ulrich I. in Frage, und deshalb wurde das auch in der vorliegenden Erzählung so dargestellt.

Die Leuchtenberger Felsen mit den eingegrabenen „Kochkesseln“ tauchen in diversen Sagen auf; die moderne Archäologie hat sie als vorchristliche Opferschalen definiert.

Der Kalte Baum steht bis heute auf einer Anhöhe unweit der Burgruine Leuchtenberg. Das Alter der Linde wird auf ungefähr dreihundertsiebzig Jahre geschätzt. Es soll aber schon vorher lange Zeit einen besonderen Baum an der gleichen Stelle gegeben haben. Die älteste urkundliche Erwähnung, die freilich umstritten ist, besagt, dass ein Kalter Baum als bedeutende Grenzmarke bereits im Jahr 1361 existierte. Gesichert ist ferner dank einer Quelle aus dem Jahr 1637, dass der alte Kalte Baum damals verdorrt war und deshalb eine neue Linde gepflanzt wurde, weshalb sich das Alter des heutigen Baumes, wie oben schon erwähnt, mit etwa dreihundertsiebzig Jahren angeben lässt.

Die in der vorliegenden Erzählung verarbeiteten Sagen um den Kalten Baum wurden erstmals von Franz Xaver Schönwerth publiziert. Bei ihm finden sich auch die Prophezeiungen vom Kalten Baum, welche der geheimnisvollen Seherin Sibylle Michalda (auch Sibylla Weis/Weiß oder Sibylle von Prag) zugeschrieben werden. Ein großer Prophezeiungskanon der Sibylle Michalda wurde einige Jahre vor Ausbruch des Dreißigjährigen Krieges in Böhmen in Buchform veröffentlicht. Daraus sind die Weissagungen über einen Dritten Weltkrieg, den Untergang Prags und die lange Friedenszeit nach der Globalkatastrophe entnommen. Der komplette Kanon sowie eine Biographie der Sibylle Michalda sind im Buch „Die berühmtesten Propheten Europas" des Autors Manfred Böckl enthalten. Das Werk ist im Kopp-Verlag erschienen.

Die Burgmagd von Weißenstein

Der Angriff einer schwedischen Armee-Einheit auf den Markt Regen ist historisch belegt. Am 10. Dezember 1633 wurde der befestigte Ort von Truppen, die unter dem Oberbefehl des protestantischen Herzogs Bernhard von Sachsen-Weimar standen, beschossen, gestürmt und zum größten Teil niedergebrannt. Anschließend wurde auch die Burg Weißenstein, die zu jener Zeit in kurfürstlich-bayerischem Eigentum war und von einem kurfürstlichen Pfleger verwaltet wurde, von den Schweden attackiert, erobert und teilweise zerstört.

Die Geschichte von der Burgmagd, welche die Belagerer der Festung Weißenstein verspottete und dann zur Strafe in einem Kerker der Burg verschmachten musste, ist in einer Sage überliefert, die u. a. von Emmi Böck publiziert wurde.

Die grauenhaften Visionen der jungen Frau des 20. Jahrhunderts (ihr Name wurde in der Erzählung geändert), die sich mit den Aussagen der erwähnten Sage und den geschichtlichen Ereignissen decken, könnten durchaus mit dem Phänomen der Seelenwanderung erklärt werden.

Die Königstochter in Kastl

Die Geschichte der in der Nähe von Kastl verstorbenen Anna von Wittelsbach ist historisch gut dokumentiert. Ihr Todestag war der 29. Januar 1319. Annas Vater Ludwig der

Bayer, der zum Zeitpunkt der Erzählung noch deutscher König war, errang neun Jahre später, Anno 1328, die Kaiserwürde; zuvor hatte er in der Schlacht bei Mühldorf (der letzten Ritterschlacht des Spätmittelalters) seinen Gegenkönig Friedrich von Habsburg besiegt und damit entmachtet.

Die Erinnerung an den Tod Annas hat sich auch in der Sage niedergeschlagen. Denn in der Gegend von Kastl wurde immer wieder und bis in die Moderne herauf erzählt, dass auf einem Mauerstück am Rand der alten Straße von Amberg zum Klosterort einst eine Königs- beziehungsweise Kaisertochter gelegen habe und dort verstorben sei.

Die Raubhorde von Wildthurn

Die im 12. Jahrhundert erbaute Burg Wildthurn war circa ein halbes Jahrtausend lang im Besitz des Adelsgeschlechts der Waller. Die Ministerialen und Ritter der an verschiedenen Orten des Vilstales ansässigen Adelssippe dienten den Grafen von Ortenburg, die ihre Lehnsherren waren; sie zeichneten sich vielfach auf Turnieren aus und waren hochgeachtet. Im Spätmittelalter jedoch verarmte das Geschlecht, und in dieser Zeit wurde einer der Wildthurner Burgherren zum Raubritter. Eine örtliche Sage bewahrt die Erinnerung daran. In dieser Lokalsage wird die dreizehnköpfige Raubbande beschrieben, ebenso ihr spektakuläres Ende. Der Wildthurner Burgturm, der seinen Einstieg im dritten Stockwerk hatte, existiert bis heute. Im vierten Turmgeschoß befindet sich nach wie vor der große Raum mit den dreizehn Wandnischen, wo der Raubritter und seine Kumpane ihre Gelage abgehalten haben sollen.

Der Turm ist leider nicht zugänglich; das Schloss, dessen Gebäude hauptsächlich im 16. Jahrhundert errichtet wurden, ist noch immer bewohnt. Jedes Jahr im August lädt die Schlossherrenfamilie Lermer zu Konzerten und Ausstellungen ein.

Der Spuk von Wolfsegg

Die Schilderungen über die paranormalen Phänomene in der Burg Wolfsegg hat der Autor teils selbst aus dem Mund der in der Erzählung genannten Personen gehört; teils sind sie den Publikationen über Wolfsegg entnommen.

An die Ermordung der Klara von Helfenstein durch ihren Gemahl Ulrich von Laaber sowie an die Liebesbeziehung Klaras mit dem Heitzenhofener Hammerherrn Ulrich Moller gibt es lokale Volkserinnerungen. Die Ereignisse können also dank der historischen Personen zeitlich festgemacht werden; Ulrich soll laut den Überlieferungen kurz nach dem Mord an seiner Gattin ebenfalls ums Leben gekommen sein.

Was den Sturz des Ulrich von Laaber in die Höhle unterhalb der Burg angeht, so hat der Autor bei der Ausarbeitung der vorliegenden Erzählung auf den Bericht eines Regensburger Fernsehjournalisten und Höhlenforschers namens Fritz S. zurückgegriffen. In den 80er Jahren des 20. Jahrhunderts erzählte Fritz S. dem Autor, dass bei einer Befahrung der Höhle, an der er neben anderen Höhlenforschern teilgenommen habe, ein Skelett in einer Rüstung entdeckt worden sei. Der skelettierte Gepanzerte hätte sich in einer Felsspalte in der zerklüfteten Höhle befunden.

Zuletzt noch ein Wort zum äußeren Treppenturm der Burg. Er findet in der Erzählung keine Erwähnung, weil er erst nach der Handlungszeit erbaut wurde.

Der Untergang der Burg Hirschstein

Der Plattenrock des Zacharias Haderer befindet sich heute im Bayerischen Armeemuseum in Ingolstadt und kann dort besichtigt werden.

Die in der vorliegenden Erzählung verarbeiteten Informationen über den historischen Ritter Zacharias Haderer, die Anlage der Burg Hirschstein, den vermutlichen Ablauf der Zerstörung der Festung und den Fluchtversuch des Reiters, dessen Sporn wahrscheinlich durch einen schweren Sturz verbogen wurde, verdankt der Autor dem Sondengänger Michael Z., welcher die Rüstung wiederentdeckte. Weiteres Material zur Burg Hirschstein, zum Hirschsteiner Plattenrock und zur Geschichte des Adelsgeschlechts der

Haderer sind auf der Web-Seite von Michael Z. zu finden (www.mesa-online.de).

Was Zacharias Haderer selbst angeht, so scheint er nach dem Verlust seiner Burg noch einige Zeit gelebt zu haben; er blieb wohl ein Söldnerführer, der gegen Bezahlung kämpfte.

Zuletzt noch ein Wort zur Beschreibung der Passauer Bischofsfestungen Oberhaus und Niederhaus in der Erzählung. Der doppelte Wehrgang zwischen den beiden Burgteilen existierte im Jahr 1367, als das Niederhaus von den Passauer Stadtbürgern gestürmt wurde, noch nicht. Die Mauerzüge wurden erst kurz danach errichtet.

Die Untat der Wisstensteiner Burgfrau

Dieser Erzählung liegt eine vom Autor frei bearbeitete Lokalsage zugrunde, die in dem Buch „Aus dem Sagenschatz des Steinwaldgaues“ (Band 2 der Buchreihe „Land und Leute am Steinwald“) enthalten ist. Das Werk ist im Verlag Bodner erschienen.

Die ungewöhnliche Felsformation, auf welcher die Burg errichtet wurde, trug ursprünglich den Namen Wisstenstein. Der Namensteil „Wiss“ lässt sich etymologisch auf das keltische Wort „Wid“ zurückführen, das Wissen, Weisheit beziehungsweise Wissende(r), Weise(r) bedeutet und damit eine Druidin oder einen Druiden bezeichnet. Der Wisstenstein wäre dann ein Druidenstein gewesen: ein Ort, wo sich Druiden trafen.

In späterer Zeit verwandelte sich der Orts- und Burgname in Weißenstein, doch bis in unsere Tage sind an den Burgfelsen die geheimnisvollen, in der Erzählung erwähnten Einkerbungen zu erkennen. Ausführliche Beschreibungen und Fotos zu diesen vorchristlichen Felsfiguren finden sich in dem Buch „Sprechen mit Steinen“ von Christian Sedell, Verlag Bodner.

Abdecker (Schinder): Angehöriger eines in früheren Jahrhunderten verachteten Berufs, der Tierkadaver beseitigte oder teilweise noch verwertete.

Allerseelen: Katholischer Gedenktag für die Toten am 2. November.

Armierungskammer: Waffenkammer.

Boier: Großer mitteleuropäischer Keltenstamm, der im heutigen Böhmen und Ostbayern lebte.

Brakteat: Mittelalterliche Silbermünze.

Chorherren: Geweihte Priester (Patres) eines Klosters.

Dormitorium: Wohntrakt der Mönche in einem Kloster.

Dukaten: Goldmünzen.

Edelfreier: Freiherr (Baron).

Einschildritter: Ein Ritter von niedrigem Rang, der nur seinen eigenen Schild (einzig sich selbst, aber keine Gefolgsleute) in den Dienst eines mächtigeren Adligen stellen konnte.

Eisenhut: Einfacher spätmittelalterlicher Helm ohne Visier, der nur den oberen Teil des Kopfes bedeckte und um den unteren Rand eine Krempe (ähnlich einer Hutkrempe) besaß.

Eselspforte: Schmales und niedriges Portal neben einem Burgtor, das nur Fußgänger oder kleinere Tiere bis zur Größe eines Esels passieren konnten.

Feldschlange: Vorderladerkanone des Dreißigjährigen Krieges.

Frater: Einfacher Mönch ohne Priesterweihe.

Gabreta: Antike Bezeichnung für den Bayer- und Böhmerwald.

Ganerbe: Teilerbe. Eine Ganerbenburg war eine Festung, die nach einem Erbfall ins Eigentum verschiedener Erben kam. Die Burg konnte dann unter Umständen in abgetrennte Wohnbereiche für jede Erbenpartei aufgeteilt werden; auch die Nutzungsrechte an den zugehörigen Ländereien wurden geteilt.

Hammerherr: Eigentümer eines Hammergutes, wo mit Hilfe von Wasserkraft ein Hammerwerk betrieben wurde: eine frühindustrielle Eisenschmiede, in der Waffen und Werkzeuge in großem Umfang hergestellt wurden. Manche Hammerherren gehörten dem Adel an.

Hausmacht: Persönliche Machtbasis eines Hochadligen, die vor allem in land- und forstwirtschaftlich nutzbaren Ländereien sowie steuerpflichtigen Dörfern, Märkten und Städten bestand.

Hirschfänger: Langes, schweres Jagdmesser, das Ähnlichkeit mit einem Kurzschwert hat.

Höriger: Leibeigener. Untertan eines Adligen oder Kirchenfürsten.

Hoftag: Adelsversammlung.

Hübschlerin: Prostituierte.

Indoeuropäische Kultur: Die Urkultur der Menschen in einem riesigen Siedlungsraum, der große Teile Asiens und dazu fast ganz Europa umfasste.

Kastellan: Dienstmann in gehobener Stellung, dem die Oberaufsicht über die anderen Bediensteten in einer Burg oblag.

Kavalkade: Reitertrupp.

Kettenkugeln: Mehrere Kanonenkugeln wurden durch Ketten verbunden, in den Kanonenlauf gestopft und abgeschossen. Die Kettenkugeln wirbelten dann wild durch die Luft und konnten fürchterliche Schäden anrichten.

Kraxe: Großer hölzerner Transportbehälter ähnlich einem hohen Korb, der auf dem Rücken getragen wurde und den Kopf seines Trägers überragte.

Marstall: Pferdestallung einer Burg.

Meierhof: Großer Bauernhof, der zur landwirtschaftlichen Versorgung einer Burg diente. Der Bauer eines solchen Hofes wurde als Meier bezeichnet.

Millennium: Jahrtausend.

Ministeriale: Hoher Verwaltungsbeamter, der einem Adligen diente.

Motte: Künstlich aufgeschütteter Erdhügel, der eine kleine Befestigungsanlage trug.

Mundwalt: Vormund. Ehefrauen standen im Mittelalter in finanziellen und anderen Angelegenheiten unter der Vormundschaft ihres Gatten.

Neolithikum: Jungsteinzeit.

Outremer: Mittelalterliche Bezeichnung für den Orient, insbesondere Palästina und Ägypten. Das Wort kommt aus dem Französischen und bedeutet: Jenseits des Meeres, wobei das Mittelmeer gemeint ist.

Palas: Palastgebäude einer Burg, wo die Adelsfamilie wohnte.

Papist: Päpstlicher; Anhänger des Katholizismus.

Pater: Zum Priester geweihter Mönch.

Pavese: Schwerer, bis zu zwei Meter hoher Holzschild, der am unteren Ende einen Stachel oder zugespitzten Pfahl besaß, so dass er im Erdboden verankert werden konnte. Pavesen wurden im Mittelalter zum Schutz von Bogen- oder Armbrustschützen eingesetzt; später fanden auch Musketiere oder Kanoniere hinter ihnen Deckung.

Petarde: Geschlossener, mit Schwarzpulver gefüllter eiserner Topf oder Kasten, der mittels einer Lunte gezündet werden konnte, so dass er explodierte. Petarden wurden vorzugsweise zum Aufsprengen von Festungstoren benutzt.

Pfahl: Bezeichnung für einen viele Kilometer langen Felsgrat aus hellem Quarzgestein, der sich durch den Bayerischen Wald zieht.

Phalanx: Schlachtformation.

Plätte: Flussschiff mit flachem Boden, das zum Warentransport benutzt wurde.

Plattner: Harnischmacher.

Refektorium: Speisesaal eines Klosters.

Regensburger Pfennig: Kleine Silbermünze, die vor allem, aber nicht nur in Bayern in Umlauf war. Im 14. Jahrhundert konnte ein Handwerksmeister am Tag etwa zehn Regensburger Pfennige verdienen.

Reiberin: Prostituierte, die in einer Badstube tätig war. Badstuben waren sowohl öffentliche Wannenbäder als auch Bordelle.

Reisiger: Waffenknecht.

Roma: Eigenbenennung jener Menschen, die in der Vergangenheit von anderen abwertend als Zigeuner bezeichnet wurden.

Scherenstuhl: Schwerer Stuhl, dessen Beine und Lehnenstützen aus je einem gebogenen Stück bestehen und scherenförmig gekreuzt sind. Die obere „Schere" umfasst mit ihren waagrechten Lehnen links und rechts die Sitzfläche.

Schlögener Donauschlinge: Auch Schlögener Schlinge: U-förmige Stromschlinge der Donau ungefähr in der Mitte zwischen Passau und Linz. Innerhalb der Schlinge erhebt sich auf einem Landrücken die heutige Burgruine Haichenbach.

Schrapnell: Schrotladung einer Kanone. Für einen Schrapnellschuss konnten kantige Steine, Glasscherben, kleinere Stein- oder Bleikugeln oder auch Metallschrott verwendet werden.

Schwanzhammer: Sehr schwere, mit Wasserkraft betriebene Hammervorrichtung, die zum Schmieden von großen Eisenstücken dient. Der Schwanzhammer besteht aus einem an einem Querlager beweglich befestigten Balken mit eisernem Hammerkopf vorne; das hintere Ende des Balkens wird durch ein Wasserrad mit Zapfen in regelmäßigen Abständen angehoben und wieder fallen gelassen.

Schwertleite: Durch die Schwertleite (Schwertübergabe) wurde ein junger Adliger zum Ritter erhoben. Er musste bei dieser Gelegenheit schwören, sein Ritterschwert nur im gerechten Kampf einzusetzen und die Schwachen zu beschützen. In der Praxis allerdings wurde dieser Eid vielfach gebrochen.

Tölter: Ein Pferd, das den Passgang (Tölt) beherrscht. Bei dieser weichen Gangart kann der Reiter, auch wenn das Pferd schnell läuft, sehr bequem und fast erschütterungsfrei im Sattel sitzen. Aus diesem Grund waren Tölter (auch Zelter genannt) beim mittelalterlichen Adel, der viel ritt, sehr beliebt. Heutzutage findet sich der Tölt-Gang vor allem bei Isländer-Pferden, denen er angeboren ist. Andere Pferderassen müssen, ebenso wie im Mittelalter, zumeist für den Tölt trainiert werden.

Vysehrad: Neben dem Hradschin die zweite berühmte Prager Burganlage.

Waibel: Feldwebel.

Zuchtel: Hure.

Foto: Edeltraud Oberneder

Manfred Böckl wurde 1948 in Landau/Isar (Niederbayern) geboren. Er war zunächst Redakteur bei einer großen bayerischen Tageszeitung; 1976 machte er sich als freier Schriftsteller selbständig. Er veröffentlichte bisher circa achtzig Romane und Sachbücher mit einer Gesamtauflage von rund einer Million, die teilweise auch in andere Sprachen übersetzt wurden. Böckl schrieb zumeist über bayerische, deutsche und europäische Geschichte. Seine Romane „Mühlhiasl. Der Seher vom Rabenstein", „Agnes Bernauer", „Die Bischöfin von Rom", „Die Hexe soll brennen" und andere wurden zu Bestsellern. Manfred Böckl lebt heute in seinem einsamen Haus „Dinas Draig Goch" im Bayerischen Wald.

www.manfred-boeckl-schriftsteller.de

Aktualisierte Neuauflage

ISBN 978-3-935719-79-7

Zu allen Zeiten und in allen Kulturkreisen hat es Seher gegeben. Einer der bekanntesten in Bayern ist der Mühlhiasl, der im 18. Jahrhundert „Wägen ohne Ross und Deichsel“, „einerlei Geld“, „eiserne Straßen“, die beiden Weltkriege, das große Weltabräumen und vieles mehr vorausgesagt hat. In diesem Buch sind nicht nur alle überlieferten Prophezeiungen abgedruckt, sondern der mehrfach ausgezeichnete Autor Manfred Böckl beleuchtet auch das Leben des Mühlhiasl, zeigt Hintergründe auf und führt zu den Orten, an denen der Prophet gelebt und gewirkt hat.

Format 13 x 20,5 cm, 96 Seiten, 8 Illustrationen, Hardcover mit Fadenheftung

9,95 €

Noch mehr schaurig-schöne Geschichten von

Manfred Böckl in

DAS SKELETT IM LEHNSTUHL

Erzählungen um Burgen im
Dreiländereck Bayern-Böhmen-Österreich

Im 19. Jahrhundert wurde das Turmverlies des Burgschlosses Egg in Niederbayern aufgebrochen. Man fand einen Berg von menschlichen Gebeinen; obenauf thronte in einem Lehnstuhl das Skelett eines großgewachsenen Mannes.

So beginnt eine der schaurig-schönen Erzählungen aus dem Buch von Manfred Böckl – dann deckt der Erfolgsschriftsteller die wahrscheinlichen historischen Hintergründe des grauenhaften Skelettfundes auf.

Drei weitere meisterhafte Novellen ranken sich um die Burgen Altschneeberg und Frauenstein (Oberpfalz), Rannariedl und Haichenbach (Oberösterreich) sowie Krumau (Südböhmen). Jede der vier Erzählungen garantiert schaurig-schönen Lesegenuss. Greifen Sie also möglichst schnell zu dem Buch mit den vier Novellen:

-Das Skelett im Lehnstuhl (Niederbayern)

-Der verschollene Schatz von Rannariedl (Oberösterreich)

-Der wilde Ritter von Altschneeberg (Oberpfalz)

-Die Weiße Frau von Krumau (Südböhmen)

Gebundene Ausgabe, 204 Seiten, Morsak-Verlag

ISBN 978-386512-024-3